我在记忆深处等你

海风暖暖 著

远方出版社

图书在版编目(CIP)数据

我在记忆深处等你 / 海风暖暖著. —呼和浩特：远方出版社, 2018.4

（紫水晶情感小说系列）

ISBN 978-7-5555-1122-9

Ⅰ.①我… Ⅱ.①海… Ⅲ.①长篇小说－中国－当代 Ⅳ.①I247.5

中国版本图书馆 CIP 数据核字（2018）第 074640 号

我在记忆深处等你
WOZAI JIYI SHENCHU DENGNI

作　　者	海风暖暖
责任编辑	云高娃
责任校对	云高娃
出版发行	远方出版社
社　　址	呼和浩特市乌兰察布东路 666 号　邮编 010010
电　　话	（0471）2236470 总编室　2236460 发行部
经　　销	新华书店
印　　刷	三河市华东印刷有限公司
开　　本	155mm×225mm　1/16
字　　数	277 千
印　　张	19.25
版　　次	2018 年 4 月第 1 版
印　　次	2018 年 5 月第 1 次印刷
标准书号	ISBN 978-7-5555-1122-9
定　　价	48.00 元

如发现印装质量问题，请与出版社联系调换

序　永不回头

十二月的北京城，夜风有点凉。寒风过处，车水马龙，霓虹大厦，勾勒出这座城市的钢筋铁骨。

Iris进来汇报明天行程的时候，曹星光吸掉烟盒里的最后一支烟。

"曹总，明天早上七点开股东大会，十一点是星海楼盘的竞标，下午吉星集团的老总邀请您参加一个酒会，晚上……"

曹星光伸手揉了揉眉心，说："除了这些，还有别的事情吗？"

Iris合上文件夹，点了点头说："明天是菲菲小姐的生日。"

曹星光拨动打火机的手指一僵，火苗直接燎到了指甲上。可看着稍稍变黑的指甲，曹星光却丝毫没有在意。

"好，我知道了，你出去吧。"曹星光转头，看向窗外的黑夜，长长地叹了一口气。然后在Iris的手握住门把手的时候，及时叫住了她："Iris，把刚才所有的行程都取消了吧。"

"好的，我这就去安排。"Iris回答得很快，连身都没有转，还背对着曹星光。但在走出去的前一刻，还是问出了她一直想知道的问题。她说:"曹总……星光,都这么多年了,你还是一直忘不掉她们吗?错的人从来都不是你啊!"

"我知道啊。"曹星光站起身,走到落地窗前,手指按在冰凉的玻璃上,"可是我真的失去了她们。"

菲菲生日这天,是个难得的好天气。好到曹星光坐进驾驶室里,抬头看见车窗上明媚的太阳时,都吹起了口哨。他记得菲菲最喜欢这样的天气了。

一路前行,路况一如既往地堵。但今天的曹星光没有一丝一毫的烦躁,耐心地等在车辆的长龙里。这是他奉行了多年的规矩,空出一整天来陪菲菲过个生日。

沿路,曹星光买了菲菲最喜欢吃的奶油蛋糕,买了菲菲最喜欢玩的芭比娃娃。路过公园的时候,曹星光甚至买了一大串气球,因为他记得菲菲最喜欢这些花花绿绿的东西了。

最后,曹星光把车开到了城郊的墓地。他坐在菲菲的墓前,打开了一瓶当年颜夏最爱喝的二锅头。当时因为颜夏的这个爱好,曹星光没少嘲笑她,说她一个姑娘家,怎么能喜欢喝酒?喝酒也就算了,还喜欢这么没档次的。可就是这么一个没档次的酒,曹星光却坚持喝了这么多年。

也不是多爱这个酒,而是怀念你当年唇齿间的甜香。

作为颜家千金,今日酒会的小女主人,颜夏却素着一张脸,衣服是简单的白色连衣裙,连佩戴的首饰都没有。

而此时的曹星光只是一个二十出头的毛头小子。这么多年过去了,曹星光依旧清晰地记得他第一次见到颜夏时的样子。

那是颜家举办的一场酒会，曹星光跟随父亲曹同参加。他在酒会外的小花园里第一次见到了颜夏。

二十出头的毛头小子，身份上的优越感和骨子里的高傲让他不屑于搭讪任何平凡的女生。但此时站在他面前的颜夏对曹星光来说是不同的，如果非得说出一个理由，那就是她激发了曹星光的雄性荷尔蒙。

爱情来的时候，人总是简单而肤浅的。

"嗨，怎么一个人在这儿吹风？"

颜夏转过身，手里却拿着一个酒瓶。她又喝了一口，挑着眉看了曹星光一眼，说："小弟弟，在吹风的人是你，我这是在喝酒。"

颜夏的这一声小弟弟，直接把曹星光的脸都叫绿了。他颤抖着手指指着颜夏，说："你……你说谁是弟弟？不对，我哪小了？啊？我哪小了？"

"哟，小弟弟这你可是难为我，眼见才能为实啊。要不，你脱了让我验明正身？"

那天的阳光也很好，颜夏说着流氓话，却洋溢着一张最纯净的脸。强烈的反差在曹星光的心里埋下了深刻的种子，那也是他看见的爱情最初的模样。

后来，曹星光通过朋友圈子，打听到这个叫颜夏的姑娘。

兄弟们说："哟，咱们光哥的口味什么时候变得这么清淡了？这种清汤挂面也能咽得下去？"

"听说这姑娘没在咱们圈子里跟谁谈过恋爱，我看啊，八成是个处女。光哥你可悠着点啊，这种处女最麻烦了，矫情！"

"没谈过恋爱就是处女了啊？你思想什么时候这么保

守了?"

………

曹星光坐在酒吧灯光照不到的角落里,手指间夹着一根烟,听着兄弟们胡扯着关于颜夏的事。不知怎么的,他总觉得今天的自己不能集中精力,想着念着的都是那条长长的白裙子和那张素着的小脸儿。

"不过光哥啊,这个姓颜的已经二十四岁了啊。听我一个在法国留学的哥们儿说,这妞正在巴黎大学攻读硕士。你不是最烦有文化的大龄女青年吗?"

烟头燃尽,烧到了曹星光的手指。曹星光丢掉烟头,甩了甩手指,恨恨地想,我还真是她"小弟弟"啊?这什么人生!

白驹过隙,时光总是过得飞快。北京的阳光依旧很好,却再也见不到你当年的裙摆飞扬。而菲菲的墓前也已蒙上了尘埃。

颜夏,如果我们的菲菲还活着的话,她应该已经出落得亭亭玉立了吧?

颜夏,如果你还记得我,你知道你已经离开我十年了吗?

颜夏,无论我多么爱你,多么不能忘记你,你还是不会回来了,对不对?

目录

第一卷　婚姻围城

第一章　女人品位 / 003

第二章　幕后老板 / 012

第三章　白色衬衫 / 021

第四章　名存实亡 / 030

第五章　我的少年 / 039

第六章　千千心结 / 048

第七章　风雨欲来 / 058

第八章　初见端倪 / 068

第九章　李代桃僵 / 078

第二卷　法律的温度

第一章　灰发青年 / 091

第二章　他答应的 / 100

第三章　心上的他 / 110

第四章　苍穹之爱 / 119

第五章　前世今生 / 129

第六章　人性本恶 / 139

第七章　偏离轨迹 / 149

第八章　没有退路 / 159

第九章　你救救我 / 170

后续：爱成永恒 / 180

第三卷　记忆深处的你

第一章　巴黎巴黎 / 187

第二章　黑色周末 / 197

第三章　故人归来 / 207

第四章　独一无二 / 217

第五章　此间少年 / 226

第六章　第二个他 / 236

第七章　爱如繁花 / 246

第八章　真实目标 / 256

第九章　生死幻境 / 267

第十章　爱有新生 / 278

尾　声 / 289

第一卷 婚姻围城

第一章　女人品位

薛佳佳是个超级漂亮的女人,这是唐果对她的第一印象。薛佳佳留着一头棕红色的大波浪发,精致到每一个发卷都精心吹过。着装简单大方,是一件白色的V领针织衫,配着一条墨绿色的铅笔裤。最主要的是性格,不同于唐果印象中的贵妇,薛佳佳的性格很随和,面对罗律师的犀利言辞,她依旧回答得很得体,且有问必答。

不过罗禹静的观点和唐果完全不同,她对薛佳佳的评价是:"漂亮个毛线!这女人鬼扯一通,在案子里我半点都帮不到她!"

薛佳佳正在打一个离婚官司,罗禹静则是她聘请的律师。

罗禹静是个雷厉风行、说话办事干脆利落的女人。所以很显然,她和薛佳佳这种打惯了太极的女人,气场完全不搭,对案情的初步了解没有任何实质上的进展。

走出咖啡厅,罗禹静把案子的资料丢给跟在她身后的唐果,说:"下次见面我就不来了,你直接和她谈。"

"啊,啊?"唐果抱着资料愣住了,"师……师父,我只是一个小助理啊,我连律师执照都没有!"

走路脚底生风的罗禹静突然一停,回过头来目光锐利地瞪了唐果一眼，质问道："你大学上了四年是只知道吃饭睡觉谈恋爱吗，连个律师证都考不下来？"

"师父……我冤枉啊……我……"可是罗禹静并没有给唐果解释的时间，眨眼的工夫就开着她的最新款沃尔沃消失在唐果视线中。唐果站在原地，抱着资料，幽怨的小眼神注视着罗禹静消失的方向，嘴里嘟囔着刚才没说完的半句话，"我一个中文系的大学生啊……我考律师证个大脑袋！"

一周后，唐果和薛佳佳见了第二面。这次罗禹静果然没来，她去见另一位当事人了，是她更擅长的遗产纠纷案。

薛佳佳把唐果约到了一家甜品店，唐果拿着甜品单的时候差点将口水流到上面，羞得她脸一下子就红了。

唐果连忙把花花绿绿的甜品单推还给服务生，对薛佳佳说："薛小姐，我们还是先谈事情吧。我是代表我们事务所的罗律师来的，她有事耽搁了，让我对您说声抱歉。"

薛佳佳很善解人意地朝唐果摇头，又从服务生手中接过甜品单，几下子就点好了小女生爱吃的甜品。她说："我还是小女生的时候，就特别喜欢吃甜品。可是那时候家里太穷了，买不起。现在买得起了，年纪大了，跑过来吃这个又怕人家笑话。"

唐果眨了眨水汪汪的大眼睛，说："可是薛小姐看起来很年轻呀。"

"你看，你都说了，是看起来。"薛佳佳举起一个拳头在唐果面前晃了晃，说，"你是刚毕业的大学生吧？我大你不止十岁。"

薛佳佳停了一下，然后报出了一个让唐果张大嘴巴的答案,"我已经三十五岁了。"

点好的甜品陆陆续续上来了,但唐果也不好意思吃什么。她喝了一口甜腻的焦糖玛奇朵,开始进入正题。

"薛小姐,您向法院提交了您的离婚诉讼。那您和您先生是出现了什么不可调和的矛盾吗?"

"不可调和?不,我和我先生的感情一直很好。我们没有吵过架,甚至都没有红过脸。"然后薛佳佳又补充,"我先生姓沈,叫沈安。"说这句话的时候,薛佳佳的嘴角是带着淡淡的微笑的。

"那家庭上的压力呢?恕我冒昧,据我们了解,您的父亲身家上亿,但几年前,沈先生还是一个穷小子。"

"哦,你是指我爸爸反对我们的婚姻,逼着我离婚?不过很可惜,爸爸很喜欢沈安,在公司里也给了他非常重要的职位,视他为自己的接班人。我提出离婚的时候,第一个反对的人就是我爸爸,他当时气得直接住进了医院。"

"那……那您离婚的理由是什么呀?"唐果抓了一把头发,觉得自己有点能体会罗禹静的心情了。

"离婚?"薛佳佳慵懒地靠在椅背上,目光有些迷离,反复斟酌了好久,才给出唐果一个更让她崩溃的答案,"大概是女人年纪大了吧,就总想做几件任性的事儿。"

唐果平复了好一会儿,最终放弃挣扎。这让两个人后半程的交谈变得索然无味,唐果问的都是一些再公式化不过的问题。

这次的交谈结束于薛佳佳的一通电话,电话是沈安打来的。最简单不过的几句话,却让薛佳佳脸上瞬间增了光彩。

薛佳佳站起身,朝唐果摇了摇手机,说:"抱歉啦小助理，我先生来接我了，我们下次再约。"

唐果当然说好，心里却想着这次的谈话虽然没有任何收获，但意外地可以见到传说中薛佳佳的老公，还是赚到了！

沈安的白色劳斯莱斯幻影就停在甜品店对面的停车位上，而他的穿着比薛佳佳还简单，白衬衫配着黑色紧身裤。沈安靠在车门上，显得整个人干净而挺拔。他的长相没有唐果想象中那么帅气，但微微上挑的丹凤眼，细长的眉毛，加上浅浅的酒窝，让人看起来很舒服。

薛佳佳走到沈安面前，沈安驾轻就熟地接过薛佳佳手上的包包。看见她额头上细密的汗珠，又从衬衣口袋里拿出手帕递给她，真是体贴又不失分寸。

最直接反应女人品位的，就是她挑选的男人。在唐果看到沈安的时候，她不得不承认薛佳佳这个女人的品位好得不是一星半点儿。

可怎么就离婚了呢？

薛佳佳的离婚案是唐果毕业后到盛夏律师事务所接的第一个案子，尽管薛佳佳并不配合，但唐果依旧很用心，想把它做好。

整理好明天要交给师父罗禹静的资料，天已经全黑了。唐果埋头收拾包包打算走人的时候，手机屏幕亮了，是曲向歌。

"喂，大白鹅，这么晚了找我，不耽误你泡妞啊？"唐果靠在椅子背上，活动活动腰酸背痛的身子骨。

"呸呸呸！你才是大白鹅，唐小果你全家都是大白鹅！"

提起曲向歌"大白鹅"的这个外号，还要从大一新生入学辅导员点名时说起。当时辅导员挨个念同学们的名字，底下都是鸦雀无声的。直到辅导员叫了一声"曲向歌",唐果在下面很自然地接了一句"鹅鹅鹅,曲项向天歌",引来一阵爆笑。那时的曲向歌还是一个脸皮很薄的小男生,所以他涨红了小脸,颤抖着小手指,对唐果说:"你,你给我等着!"于是唐果等来了一场两肋插刀的友谊。

"行了啊,我这刚忙完,准备回家呢,不跟你闲聊了。"

"唐小果!"曲向歌及时叫住要挂电话的唐果,说,"你这人太过分了啊,我提前告诉过你啊,今天是咱们中文班的毕业聚餐!全班都等你呢!就你没来!"

唐果一拍脑门,"我忘了。"

四十分钟后,唐果杀到了朵朵蓝酒吧。今天来的人果然不少,偌大的一个包房被挤得水泄不通。唐果踢开了好几个酒瓶子和讨厌的大长腿,才坐到曲向歌身边。

曲向歌递给唐果一瓶啤酒,看到她一身来不及换掉的工装,开始揶揄道:"哟,进了大公司架子就是大了啊,参加个同学聚会提前预约都不行,还得三请四请的。"

"得了啊,收起你贱兮兮的嘴脸。我就是一个还在实习期的小助理,连正式的聘用合同都没签呢。"

"你就知足吧,咱们法学院多少才子才女挤破头都挤不进盛夏,你一个中文系的居然混进去了!哎,你跟哥说说,你是不是跟你们家老板做了什么见不得人的交易啊?"

"呸!我连我们家老板姓什么都不知道!"唐果抬脚就要踹他,却在半道僵住了,身体停在一个特别扭曲的姿势上。

她看见了坐在灰暗角落里的白文宇。

那个害羞的,在自习室里亲她一下,脸颊都会红一整天的男孩。

那个在枫树林里牵着她的手,一走就是一下午,手心里都有汗水了还不愿意放开她的男孩。

那个在他们最困难,连房租都交不起的时候,一边努力学习,一边还出去兼职赚钱的男孩。

也是那个男孩,亲口对她说:"我觉得我们之间有问题,这样吵来吵去的没意思,我们都各自冷静一下吧。"

或许爱情终究会是这个样子吧,爱到了尽头,终会不屑一顾。

白文宇的目光已经向唐果看了过来,唐果撇撇嘴,悻悻地收回脚,伸手懒散地搭在曲向歌的肩膀上。她歪着头,一手摇了摇手里的酒瓶子,另一只手指了指坐在不远处的白文宇,问:"他怎么来了啊?"

曲向歌顺着唐果的目光,自然也看到了穿着干干净净的白衬衫,坐在角落里的白文宇。曲向歌尴尬地挠挠头,说:"那不是什么,我之前不是说了嘛,毕业聚会全员到齐啊……"说着说着,曲向歌也有点不淡定了,"唉,真不是我说你们俩啊,小两口有什么事不能解决啊,非闹得关系这么僵?"

辛辣的酒顺着喉咙进入胃里,在酒精的挥发下,好像所有的委屈也膨胀到了极点。但话到了嗓子眼儿,最终变成嘴角边的一丝苦笑。

"你说得没错,是挺好解决的。"顿了下,唐果又补充道,"我不该犹豫这么久的。"

整场聚会,同学们有哭的,有笑的,也有抱在一团疯狂喊叫的。这是对青春的不舍,也是对初涉社会迷茫的宣泄。只有白文宇一个人安安静静地坐在那里，一口一口喝着一杯橙汁，显得与大家那么格格不入。

聚会接近尾声的时候，有同学表示真的不能忍他了，一定要他高歌一曲，为今天的相聚与明天的别离助个兴。然而，出乎所有人的预料，白文宇想都没想，直接站起身走到点歌台，为大家唱了一首歌《匆匆那年》。

白文宇的声线很好听，有些低沉，有份痒到你心窝里的小情调。

整首歌白文宇都是闭着眼睛唱完的，而唐果则趴在曲向歌的肩头，咬着嘴唇，把眼泪流进了他的脖子里。

散场往出走，曲向歌拍拍唐果的肩膀，语重心长地说："唐果妹子，你要是真跟那个姓白的过不下去了，你也甭将就。赶明儿哥们儿就给你介绍一打北京的大好青年，这年头谁还在乎你处女不处女的。没事，啊，放宽心。"

唐果一口老血往上翻腾，咱还能愉快地做小伙伴了吗？

走出酒吧，唐果抬眼就看到了站在酒吧对面的白文宇。他站在昏黄的路灯下，高高的个子挺拔地立着，像一棵干净的胡杨，影子长长的，像一条细线。

白文宇修长漂亮的手指上夹着一根烟，他看见唐果出来，就扔掉了烟头，大步向她走来。

"我们走走吧。"

"你什么时候学会的抽烟？"

两个声音几乎同时响起，唐果有些尴尬地退后一步，白文宇倒是挺镇定自若的。他上前一步拽住唐果的手，说："心理压力大的时候就想抽两口，没什么瘾，你放心。"

唐果想挣脱白文宇的手，却甩不开他。她瞪了他一眼，说:"我一向很放心你啊,放心到没有了我你会把生活过得更好。"

白文宇握着唐果的手一僵,叹气道:"唐果,你别呛我,我们很久都没有好好聊过了,你总是躲我。"

唐果歪了下头,打量了一会儿白文宇那张漂亮的脸蛋,决定妥协……

于是,他们又走进了学校足球场旁边的小枫树林里。夜晚四下静静的,连天上的星星都不怎么眨眼睛了,只是偶尔能听到几声虫鸣。

白文宇就这样牵着唐果走着,好像不知道刚才要好好聊天的人是谁一样。最后,还是唐果打破平静。

唐果说:"白文宇,你当初说让我们彼此都静静。可是这一静就是半年,我觉得时间够久了,我不想再拖下去了,你说得对,我们真的不合适。"

白文宇没想到唐果能说得这么决绝,一时间整个人都有点懵。他停住,低下头,看着唐果厚厚的波浪形刘海。他试着组织语言,"唐果……你看,我在学校继续读研,你……你也愿意为我留在北京了,我以为,我们是可以继续的。"

唐果摇头道:"白文宇,我刚开始留在北京确实是为了你。因为我不甘心啊,我不相信一场爱情,一段婚姻,能因为一个毕业就把我们拍散了。但是这半年来,我一个人吃饭,一个人睡觉,一个人看书、工作,我发现我自己也能过得很好,我不是必须得有你。所以我现在没什么不甘心的,我不想再爱你了。"

唐果永远忘不了半年前白文宇对她做的那件恶心事。当时两个人一起回老家应聘当地挺出名的大企业,过五关斩六将的。唐果使出了吃奶的劲儿，觉得比当年高考的时候都卖力。然后当她和白文宇双双收到聘用书的时候，唐果直接乐哭了，抱着白文宇说什么都不松手，眼泪一把、鼻涕一把地往他身上抹。

她说："白文宇，你看，我就说吧，那些说毕业就分手的根本就是扯淡！"

白文宇拍拍唐果的小脑袋，平静地说了一声"是啊"。

可是第二天早上，去公司签合同的时候，白文宇却爽约了。人找不到，打他手机又关机，唐果从最初的莫名其妙，变得有些心慌了。

直到下午，唐果才拨通白文宇的电话，可得到的答案是，"对不起，唐果，我……我不能签老家的那个公司了。今天早上学校正式通知我，我的保研名额确定下来了，我可以留校读研。之前没告诉你，也是我一直不确定这件事，跟你讲又怕你多想。"

唐果挂掉了电话，好像是掐死了自己的一整个青春。

那天傍晚，唐果撕碎了白文宇的那份聘用合同，又想了想，连同自己的那份也一并撕碎了。

唐果想，她撕碎的不单单是两份合同，更是撕碎了对青葱岁月、对美好爱情和对懵懂婚姻的幻想。

大四那年，当她决定嫁给他的时候，所有人都觉得她疯了。而现在，她终于看清了自己，她当初的确是疯了。

如今时隔半年，当唐果再次认认真真地看着白文宇这张俊美的脸庞，终于可以淡定自若地说出：我不想再爱你了。

爱是需要理由的：你长得帅，你好有钱，你家里有实力……可是，都不爱了，还需要找什么理由呢？

第二章　幕后老板

再次见到薛佳佳，是隔周的周一。薛佳佳打电话让唐果陪她参加一场商业活动，唐果迫于师父罗禹静的压力，硬着头皮去了。

唐果放下电话，哭丧着一张脸，对罗禹静说："师父啊……我是您的小助理，我不是薛佳佳的全能保姆啊……"

罗禹静正坐在办公桌前，十指翻飞地打着起诉文件，闻言目光冷冷地瞥了唐果一眼，"薛佳佳是我们的客户，客户就是上帝你不懂吗？"

"懂……我这就去……"

唐果收拾好东西，起身准备走人的时候，却被罗禹静叫住了。罗禹静说："唐果，其实薛佳佳是我大学时的小师妹，她的事情我了解一些。她现在虽然活得光鲜亮丽，但其实是个挺……"罗禹静停了一会儿，然后琢磨了半天也没琢磨出来应该用什么样的词来形容薛佳佳现在的处境。

"师父，您就放心吧。"唐果调皮地吐了吐舌头，接过罗禹静不好说出口的话，"薛小姐是我来盛夏的第一个当事人，我必须尽心啊。"

唐果想，罗禹静是个外冷内热的女人，也是个好师父。

唐果没想到薛佳佳会派一个司机来接她,还给她准备了一套小洋装。唐果看了眼洋装的牌子,有点小贵,但不是什么让她局促的大牌子。唐果默默地给薛佳佳点了个赞,她真是个体贴又让人拒绝不了的女人啊。

司机师傅直接把唐果送到城郊的一处私人别墅区。这个别墅区从外面看挺普通的,普通到一般小老板都可以买得起的那种,可走到里面却是别有洞天。唐果踮着脚,手提小裙摆,生怕哪个动作大了把地砖上的哪块金子弄得缺斤少两。

一路小心翼翼地走到宴会会场门口,唐果就看见了穿着棕红色抹胸长裙的薛佳佳。此时的薛佳佳俏生生地站着,是一种看不出年龄的美丽与端庄。

唐果有些局促地东看看西看看,觉得自己跟这场晚宴实在是太不搭调了。薛佳佳就言笑晏晏地朝她走了过来,并十分自然地挽住了唐果的手。

"真是不好意思啊唐果,这么唐突地把你叫过来帮我这个忙。都怪这场宴会的主人,非要每位客人带一位朋友参加。我唯一的朋友他有事,就只能请你来帮忙了。"

唐果连连摆手,又捋了下头发,"没关系的,就是,就是怕给你跌份儿。"

"没有的事儿。"说着,薛佳佳凑到唐果的耳朵边,神秘兮兮地说,"唐果,你其实长得很漂亮,就是学生当得太久了,不懂得打扮自己。不过啊,现在这群肤浅的大老爷们儿多半喜欢你这款清纯的,一会儿你要是有看上啊,告诉姐姐,姐姐给你介绍啊。"

唐果吞了口口水,她突然觉得,这人要是太好了,也是会给别人增加负担的。

"哦,对了,唐果你应该还是单身吧?"

"姐,我都已婚了……不过,也快离了吧……"

唐果是个不大愿意把自己感情拿出来和别人分享的人,更何况对方还是自己的客户。但是作为一名律师助理,她倒是很想多打探一些薛佳佳的事儿。

薛佳佳的个子比唐果矮了一点,所以一路走进会场,都是薛佳佳挽着唐果的手臂。这样的举动不但没有让唐果觉得反感,反而让她觉得挺亲切的,好像自己真的是薛佳佳的闺蜜。于是配合气氛,唐果对薛佳佳的称呼也发生了改变。

"佳佳姐,能跟我讲讲你那位没来的朋友吗?我就是挺好奇的,什么样的人才能成为你的朋友。"

"哦,你说他呀。"薛佳佳从路过服务生的托盘里拿来两杯红酒,递给唐果一杯,她说,"其实你见过他啊,就前几天。"

"我见过?"唐果吃惊得张大了小嘴。

"嗯。"薛佳佳面带微笑地点了点头,"就是沈安,他是我最好的朋友,异性朋友。"

对于薛佳佳对沈安身份的定位,唐果还是挺惊讶的,她觉得自己有点看不懂这个女人了。

"沈安本来答应陪我来的,但是公司突然有事,他就和他的助理Cara去法国出差了。"薛佳佳不无遗憾地说。

"Cara?女助理?佳佳姐倒也是放心。"

唐果说完就有点后悔了,好在薛佳佳并不介意,并很快给出了答案。

薛佳佳低头抿了一口红酒,这让她原本就涂了大红口红的唇更加娇艳欲滴。她咧了咧嘴角,说:"不,Cara是个很帅气的男人，我当然放心啊。"

就是在这场宴会上，唐果第一次见到了曹星光，这个对她来说意义非凡的男人。不过两个人见面的方式有点尴尬且香艳，让唐果有一种吞了半只苍蝇的感觉。

宴会过半，唐果趁着薛佳佳结交新商业伙伴的空当，打算去厕所解决一下内急问题。好了，现在她人是到厕所前了，但是问题来了：一共有两个门，一个红色，一个绿色，然而门上没有标记哪个是男厕哪个是女厕！唐果急得跳脚，您这是玩哪门子的非主流呢？！

唐果提着裙子，低着头在厕所门前转圈圈。继续在这儿转吧，她丢不起这个人；可是转身走人吧，她又憋不住了……

就在这时，走来一个戴着眼镜的文质彬彬的男服务生。他看了一眼唐果，驾轻就熟地提醒了一句，"这位小姐，厕所门红男绿女。"

"哦……哦！谢谢啊！"反应过来后，唐果健步如飞地冲了进去，然后在打开一个虚掩着的门的瞬间，整个人都傻掉了。只见一个西装男背对着她，把一个女人包裹在马桶边的墙壁上，他精瘦的腰上盘着一双女人白花花的大长腿……最要命的是那个女人的娇喘声，她刚才居然脑袋短路没听见。

"出去。"男人并没有放开手掌里托着的女人，而是十分淡定地回过头，看了眼愣在原地的唐果。

"哦哦哦，对不起啊，我走错洗手间了！"唐果窘得想拔腿就跑，但是在看到这个男人的脸的瞬间，她真的走神了。这是一张与白文宇完全不同的脸庞，他有着小麦色的健康肌肤，粗而宽的眉毛，眼神锐利还透着一股子神秘，眼角有细碎的皱纹。在这狭小的洗手间里，满满地充斥着成熟男人荷尔蒙的味道。

见唐果迟迟不走，男人终于有了一丝的不淡定。他皱了下眉，不耐烦地提醒："看够了吗？看够了的话就麻烦把门从外面关上。"

这次唐果没再犹豫，砰的一声关门走人了。

出来的时候很巧，唐果又看到了刚才给她指路的男服务生。唐果瞪了人家一眼，嘟囔了句"屁红男绿女"，就在男服务生诧异的目光中，雄赳赳气昂昂地冲进了男洗手间。结果嘛，可想而知，在男人的咆哮声和唐果的尖叫声中，唐果觉得这辈子都对红色和绿色有阴影了……

宴会快结束的时候，薛佳佳才找到唐果。她挽住唐果的手臂，说："刚才你跑哪去了啊？我有好多好朋友想给你介绍呢。你们律师圈啊，人脉也是很重要的。"

唐果面瘫着笑了，她现在特别不想见人……

正说着，迎面走来一位身材高大健硕的西装男。薛佳佳脸上的笑容立马提高一倍，拉着唐果走到他跟前。

"曹总真是个大忙人啊，晚宴都快结束了，我才见上您一面。来，给曹总介绍一位新朋友。"说着，薛佳佳拉了唐果一把，把她推到曹星光面前，"我新认识的小姐妹，为人特别仗义，叫……"

"唐果。"曹星光打断薛佳佳的话，盯着唐果的眼睛，准确无误地报出了唐果的名字。

听到曹星光的点名，唐果下意识地就想答"到"！但是在她抬起头看到曹星光的瞬间，一声"到"便硬生生地憋回嗓子眼儿。这，这不就是刚才在洗手间，被她打扰了好事的男人吗？人生何处不相逢啊！

曹星光和唐果的互动被薛佳佳看在眼里，她一拍脑门，说："看我这个糊涂，我都忘了你们是认识的。"

这回唐果看看薛佳佳，又看看曹星光，她觉得怎么着该糊涂的人也应该是她吧。然后曹星光就特别仗义地开口给唐果解释疑惑了。

曹星光说："我是曹星光，是你的老板。"

唐果看着曹星光，嘴巴慢慢地张成了一个O形。老板？我的？可是我怎么不认识你啊！

薛佳佳转了下眼珠，很适时地拍了下唐果的手臂，说："曹总是你们盛夏律师事务所的幕后老板，唐果你不知道也情有可原呐。"又转过头来对曹星光说，"曹总您别介意啊。"

曹星光挑了下眉头，并不领情的样子，说："老板知道员工的名字，员工却不知道老板是谁，还真是情有可原呢。"

唐果在心里默默地为她的幕后老板竖起一根中指。

总算熬到宴会快结束，唐果打算出门透透气。可刚出门还没转个弯呢，冤家路窄又碰见了曹星光。这回曹星光身边站了一位美女，看她的腿型还有皮肤的颜色，应该是洗手间里的那位了……

美女整个身子都要挂到曹星光身上了，声音也是让人酥麻的台湾腔。她说："星光，你看，都这么晚了，你送我回家好不好？或者……"美女的纤纤细手抵在曹星光的嘴巴上，"我去你家里好不好啊？"

曹星光没有推开美女，但说出的话拒绝得彻底。他说："今晚我喝了酒，不能开车。这些钱你拿着，自己打个车。"说着，曹星光从钱包里拿出差不多五六张红色的钞票，塞到美女手中。

美女倒是个察言观色的好手,知道凡事都要适可而止,拿上钱开开心心地走掉了,走前还不忘给曹星光一个飞吻,"那曹总,我们再约喽。"

唐果愣在那里,走不是,不走也不是。然后曹星光就发话了,他说:"唐果,你是有偷窥别人的癖好吗?"

唐果立马摇头,"没,没有啊!"

"没有你还看什么?还不快走!"

"哦,哦哦。"唐果扭头就跑,灵活得像个兔子。但再灵活的兔子,也比不过猎豹啊。唐果觉得自己还没跑出去两步呢,就被曹星光抓住了手臂。

曹星光握着唐果的手臂,似乎犹豫了下,但最终也没有放手。他说:"算了,我送你回去吧。"

一路被曹星光拉到他的座驾前,唐果都有点没反应过来。直到唐果被曹星光塞进了副驾驶,扣上安全带,唐果才后知后觉地问:"曹……总……您不是说喝了酒,不能开车的吗?酒驾犯的可是大事啊,我还是自己回去吧!"说着,唐果想要解开安全带,却被曹星光一把按住。宽厚的手掌就按在唐果的头顶,这让唐果有一瞬间的失神。

曹星光锁上副驾驶的车门,转头坐进驾驶室,踩离合、挂挡、踩油门,动作一气呵成。车子飞驰而出的一刻,他还不忘绅士地和唐果解释:"我现在的样子像是喝酒了吗?真是,骗女人的话你也信。"

唐果觉得她今天出门前一定是没看皇历,今天不宜出行啊!

曹星光说话办事挺没品的,但车品还不错。他把车开得又快又稳,车窗外的霓虹灯被拉成一道一道闪烁的彩虹。

"你大学刚毕业?"曹星光目视前方,状似无意地开口问道。

"是的,曹总。"此时的唐果完全进入了员工面对大老板的状态,后背挺得直直的,双手很规矩地放在膝盖上。

曹星光的余光还是可以看见唐果的样子,他嘴角微微一勾,说:"我们现在不在事务所,我不算你的老板,不必叫我曹总。"

那叫你星光?光哥?妈呀,唐果紧张得手都出汗了。不就是看了不该看的嘛,她也不是故意的呀!谁想看这种长针眼的事啊!最后唐果只能从牙缝里挤出三个字,"曹先生……"

曹星光耸了耸肩,表示暂且放过唐果。就在唐果以为这位高冷总裁不会再发问了,曹星光却和唐果唠起家常来。曹星光问:"唐果,像你这样的小姑娘,毕业了家里人都是希望你能回老家,安安稳稳生活的吧?你怎么想着留在北京了?"

其实这个问题唐果真的考虑过,当初撕掉家乡公司的聘书,多半是赌气吧。带着一身孤勇留在北京,她就是想看看这个北京到底哪好了,好到让白文宇拼了命地留下。只是现在,好像所有的初衷都变了个样,她留在了北京,却放弃了白文宇。这世间的事情哪有那么多定数呢?她还那么年轻啊。

"想出来闯一闯吧。我从小那么努力地读书、考学,不是为了拿一张毕业证回老家庸庸碌碌的。谁说一个姑娘就不能有自己的梦想,有自己的事业了,曹总你说是吧?"唐果越说越起劲,竟说出了一番豪情气,小拳头都握起来了。不过唐果的这点豪气很快就被曹星光的凉水扑灭了,因为他说:"嗯,很天真的想法,你加油啊。"

唐果把头扭向车窗外,她不想跟他说话了!

被大老板深夜送回家这种小新闻唐果当然不会跟同事说,但她还是比较好奇盛夏律师事务所的大老板是曹星光这件事的。

到了午餐时间,唐果试探着问罗禹静:"师父,咱们律师事务所的幕后老板叫曹星光?"

"对啊,怎么了?"曹星光是事务所幕后老板并不是什么秘密,但作为事务所的老人,罗禹静知道一些背后的故事。

"哦哦哦,我就是好奇嘛,他一个老板,怎么从来不在公司出现啊?"

"都说了是幕后的老板啊,曹总真正的公司是星光国际,搞电子科技和酒店餐饮的。不过曹总也不是盛夏最初的老板,盛夏盛夏,它的第一任老板叫颜夏,是曹总给她开着玩的。"

这是唐果第一次听到颜夏的名字,颜夏颜夏,这应该是个有故事的漂亮女人。

"哇!"唐果嘴巴里的红烧肉都掉出来了,"这是霸道总裁和宠妃的故事啊!那颜夏呢?怎么看不到她了啊?"

"应该是在巴黎吧。"作为盛夏律师事务所的老员工,颜夏这个名字似乎是个禁忌,罗禹静并不愿意多说。她把自己盘子里的鸡腿夹到唐果碗里,说:"多吃饭,少说话。"

第三章　白色衬衫

薛佳佳和沈安的离婚案已经提上了法律日程，会在一个月后正式开庭审理。薛佳佳是个难啃的骨头，从她嘴里问不出什么来，唐果就想着，能不能从沈安这里找到突破口。

唐果的这个想法得到了罗禹静的支持，她觉得唐果这个小姑娘虽然不是学法律出身的，但挺有从事法律事务的机灵劲儿。但她也有她的担忧，"沈安我之前倒是接触过，人挺绅士、挺斯斯文文的。但我总觉得这个男人不一般，怪怪的吧，你接触的时候留点心眼儿。"

"好的，师父。"

唐果和沈安的接触还是比较顺利的，直接敲定了第二天的中午见面，见面地点是沈安的办公室。唐果有些不好意思，毕竟占用了人家的午饭和午休时间嘛，但沈安回复得很客气。

沈安说："下午我有个会，明天我要出差，恐怕就没有时间了。"

"我就是怕耽误了您休息。"

"唐小姐客气了，我和佳佳的案子麻烦了你才是。"

薛氏集团超级大，整整三十四层楼，都是他们的办公区。

沈安是个体贴又周到的男人，在集团楼下就派好了人等唐果。然后唐果就见到了Cara，那个薛佳佳口中沈安的帅气男助理。

Cara是个高瘦的法国男人，金色的短发，又大又蓝的眼睛，漂亮得像个电影明星似的。唐果真后悔今天只穿了双五厘米的小高跟啊，她都需要踮着脚看Cara了。

"很抱歉这个时间让您过来，沈总已经在旁边的餐馆订好了餐，一会儿谈完我就送您过去。"Cara说得一口正宗的北京腔，要不是配上这副西方面孔，唐果都想象不到这是一个外国人。

"沈总真是太客气了。对了，您的中文说得真好。"

"我妈妈是北京人，我从小在北京长大的。"

唐果点点头，原来如此。

沈安的总裁办公室在三十三层，距离董事长办公室只有一层。不过这些年薛佳佳的父亲薛千身体一直不好，董事长办公室三百六十五天有三百天都是空着的，沈安才是薛氏集团真正的掌舵人。

走进沈安的办公室，唐果觉得自己简直进到了无菌试验室。白色的窗帘，白色的老板桌，白色的书柜，连地板都是米白色的。沈安坐在老板椅上，低着头签署文件，白色的衬衫解开顶上的两颗扣子，露出一小片白皙的皮肤。唐果不禁咋舌，这人是有洁癖呢，还是有洁癖呢？

"沈总，唐小姐到了。"

听到Cara的话，沈安才抬起头来。他放下笔，眉头不受控制地皱了皱，眉目间很是疲惫。他缓了两秒，然后站起身，转头看向唐果的时候，已经是带着笑容的。

"唐小姐请坐。"沈安请唐果坐到沙发上，还不忘吩咐

Cara给唐果倒上杯果汁。沈安说:"上次听佳佳说,唐小姐很爱甜食,我就想着果汁你应该也喜欢。"

唐果端着葡萄汁,再次感慨沈安真是个周到又贴心的男人啊。

"是的,谢谢沈总了。"

Cara站在一边说:"沈总,要是没事我就出去了。"却被沈安叫住,沈安说:"还有一些文件没批复,我怕下午登机之前完不成。这样,你先帮我看看,没什么问题的文件放在一起,我一会儿就直接签字了。"

"好的,沈总。"对于沈安的决定,Cara似乎没有任何的迟疑和疑问。他走到沈安的办公桌后坐下,驾轻就熟地看起文件来。

屋子里多了一个人,一会儿谈论的虽然是案子,但怎么说也是沈安的家里事,唐果都有些替沈安尴尬。但沈安全然不在意,还替Cara解释:"Cara是跟我一块儿上学,一块儿出来打拼的兄弟,不是外人。"

这回倒换成唐果尴尬了,她尴尬地低着头从文件包里拿出案子需要的文件,开始进入正题。

"沈总,关于您和薛小姐的离婚案,我们之前从薛小姐那了解到一些情况。介于案子是双方的事,我们事务所就想听听您的想法。"

沈安很配合,直接说:"好的,我一定知无不言。"

"沈总,薛小姐于半个月前向法院提交了和您的离婚申请,那我想问问沈总,您是怎么看待薛小姐的这一举动呢?"

"我想佳佳是被我宠坏了吧,以前她做什么我都顺着她。"

"那关于这次离婚,您不想顺着她了?"

"不,我依然尊重她的决定。"

"您同意离婚?"

"为什么不呢?"

唐果不理解了,随即低下头在笔记本上写下一些关键的话。她问:"既然您和薛小姐对离婚一事达成了共识,那她为什么还要向您提起诉讼?"

沈安背靠在沙发上,双臂展平放在沙发左右扶手上。他从兜里拿出一支烟,刚想点上,抬头看见了唐果,于是收起打火机,只拿着烟在鼻前嗅了嗅。沈安说:"佳佳很了解我,如果我们协议离婚的话,我不会要薛氏的任何财产。诉讼离婚,法院会判给我股份。"

"薛氏是沈总的心血,您不要?"

"以我现在的能力,另外开创一个沈氏,难道我做不到?"说着,沈安手指不自觉地将指尖的烟捏弯了。说这句话的时候,他的眉头微微上挑。

有这样的表情,他说谎了,唐果想。

走出薛氏集团,唐果回身,仰起头看着这座三十四层的高楼,若有所思。难道是因为沈安对薛氏集团的觊觎,才让薛佳佳动了和他离婚的念头?可是不应该啊,以唐果之前和薛佳佳的接触看,她并不是很在意薛氏,薛千也是更放心让沈安打理集团的。

那真正的原因又是什么呢?

在解开沈安和薛佳佳离婚谜团之前,唐果接到了罗禹静派给她的新任务。

罗禹静把几份资料交到唐果手上，说："唐果，我手头的遗产纠纷案子有眉目了，会在十天后开庭。现在我需要一位法国老人的证词，你帮我跑趟吧。"

"去法国？"唐果抱着资料，声音有些抖，连目光都亮了。

"对啊。"罗禹静莫名其妙地抬起头，看了唐果一眼。

"法国哎！我最喜欢的国家了！我都没去过呢！"

罗禹静哭笑不得，"你这是去出差，不是公费旅游。加上路程我只给你四天的时间啊，我这儿着急着呢。"

"Yes，Madam！"说着，唐果还给罗禹静敬了个礼。

法国的确是唐果最想去的国家。大四上学期，唐果和白文宇匆忙领证，两家人都不是很同意。他俩就想着，也别给家里人添堵了，就两个人出去旅行结婚吧。他们把旅行结婚的地点定在了法国巴黎，浪漫到俗气的地方，但唐果喜欢。结婚证领了，签证也办了，但两个大四的学生，哪里有那么多钱呢？巴黎的旅行被迫取消，临时改去四川。唐果表面上没说什么，但心里是有怨念的。一路的旅行也并不顺利，磕磕绊绊的都是别扭。如今时过境迁，能去法国看看，唐果还是很开心的。

下了班，唐果回到自己的出租小屋里，晚饭都没来得及吃，就开始收拾行李了，找各种证件。机票是第二天早上七点，得起个大早了，估计出门的时候天都没亮呢。

法国的签证是唐果大四毕业之后再次办的，那个时候她和白文宇的感情已经名存实亡，是她最痛苦的一段时间。唐果就想着自己出国散散心，但最终还是没去成，因为她接到了盛夏律师事务所的录用通知。如今兜兜转转，她还是去了法国。

天还未亮的北京城，道路上难得的清净，以至于到了机场唐果还有差不多两个小时的空闲时间。登机手续还没开始办理，唐果拖着行李箱在机场的餐馆前转来转去。真是饿啊，可机场的东西实在太贵，她怎么就不想着在路上买个煎饼呢！

好不容易熬到了登机，唐果上飞机的第一件事就是管空姐要了一杯热水，然后开始等飞机上的免费早餐，连她看空姐的眼光都冒着绿光。

飞机开始在滑道上滑行，空姐逐一提醒乘客关闭手机。唐果坐在经济舱的第一排，前面就是头等舱。在空姐放下隔开头等舱和经济舱帘子的前一刻，唐果清楚地看到坐在头等舱最后一排的沈安和Cara。

沈安之前说的出差，是去法国？还真是巧了。

十几个小时的航程，无聊极了。唐果全程都是吃了睡，睡了醒，醒了再吃。坐在唐果旁边的是去中国旅游的一家三口，法国人。小姑娘的睫毛长到逆天，蓝色的大眼睛眨啊眨啊的，特别漂亮。要不是唐果英语不好、法语不会，她真想和这一家人聊聊天。

到达巴黎戴高乐机场，是法国当地的傍晚时分。唐果的行李不多，她跟着人群缓缓走出机场，并没有遇到沈安和Cara。不过也正常，人家走的是贵宾专属通道嘛。

盛夏事务所对出差员工的待遇不错，唐果入住的酒店居然带了星级。刷卡进门后，唐果放下包，第一时间就享受了一下略带奢华的浴室。高档就是高档啊，浴帽都不是一次性塑料袋的。唐果躺在浴缸里，舒服得差点睡过去。

很平静的一个夜晚，却因为一个电话，唐果变得不平静起来。

电话是曹星光打来的，正好掐着晚饭后的时间。曹星光的声音很清凉，他说："唐果，巴黎那边的住宿条件怎么样？"

"好，好啊。"面对曹星光的提问，唐果不知所措，都有些磕巴了，他俩什么时候关系变得这么好了？她怎么不知道呢！

"嗯，那个酒店我住过几次，环境不错。半夜饿了你可以叫夜宵，你应该会喜欢他们做的栗子蛋糕。"

"谢谢，谢谢曹总啊……"

"好，那就这样。"

说完，曹星光干脆利落地挂了电话，留下唐果抱着手机犯傻了。唐果抬头看了眼墙上的钟表，心里换算了一下北京时间，大概是凌晨三点的样子。所以，天都快亮了，曹星光给她打个电话，就为了告诉她，一会儿可以点份栗子蛋糕？城里人可真会玩！

其实后来罗禹静才告诉唐果，给她安排的五星级酒店，是曹星光特意嘱咐的，普通员工当然不会有这样的待遇。罗禹静还说："唐果，曹总其实挺关心你的，有好几次都单独问我你的工作情况。"唐果有些懵圈，她和曹星光可是清白的啊！

来巴黎不是公费旅游，唐果第二天一大清早就屁颠屁颠地干活儿去了。

罗禹静要唐果找的证人，是在巴黎郊外一个红酒酒庄工作的老婆婆。老婆婆在这个酒庄已经工作了很多年，老庄主已经去世，他的儿子继承了酒庄。这个新庄主很尊重这个老婆婆，就留她在酒庄养老。老婆婆闲不住，就在酒庄里做做零活儿。

唐果已经做好了听不懂老婆婆的法语，全程肢体语言交流的准备，却不想老婆婆居然是个中国人。老婆婆没有那么老，六十岁左右的样子，保养得不错，隐隐可以看出她年轻时的风华。

许是太久没机会讲中文，老婆婆拉着唐果说话，很健谈的样子。老婆婆是八十年代来的法国，那个时候她的丈夫算是第一批下海经商的商人，只不过他下海下得有点远，一竿子来到了法国。老婆婆带着不满一岁的女儿投奔丈夫，过了差不多十年幸福的日子，之后生下了小女儿。小女儿刚出生这年，赶上一场不大不小的金融危机，老婆婆丈夫的公司破产了。老婆婆说不要紧，他们又不是没过过苦日子，她陪他！男人感动到哭，但转头就和有钱的女人跑了。

"那您遗憾吗？"唐果问。

"遗憾倒是谈不上，留不住的人终归是留不住的，他想走我不拦着。但是……我把我两个女儿弄丢了……丢了啊！"

"怎么会……"

"有人说可能是被人贩子拐走了，我报警，可根本没有结果。我想出门找她们，可又怕我离开了原地，她们回头找不到我。这么多年了，她们姐妹俩一直是我的心病啊。"

老婆婆说得流了眼泪，唐果也听得眼睛红红的。唐果几乎可以想象得到老婆婆拉着每个人聊天的样子，她一遍一遍揭开自己的伤疤，只为向更多的人打探女儿的消息。

取证很顺利，老婆婆格外配合。走的时候，唐果回过身给了老婆婆一个拥抱。唐果说："我再来巴黎的时候，一定来看您。"

老婆婆给唐果装了很多葡萄让她带着路上吃，她对唐果说的最后一句话是，"那个走掉的男人，他姓唐。"

姓唐，唐果的步子一顿。

唐果在巴黎市区逛了一会儿，又吃了当地的小吃，回到酒店的时候，天已经黑了。刷卡进屋前，唐果听到了不远处的争吵声。她顺着声音看过去，居然看到了沈安和Cara。

沈安站在门里，目光冷冰冰地看着门外站着的Cara。

沈安说："Cara，你这个时候说要离开我，还要辞职，就是对我好，为我考虑了？我真是谢谢你！"

Cara扶了扶额头，很懊恼的样子。他说："沈，有什么话你让我进去说。"

"没这必要，你什么时候想明白了，什么时候再进我的门！"沈安显然不想和Cara多谈，说完，砰的一声，把门关上了。

唐果站在自己屋的门口，差点惊掉了下巴。她无意中听到了什么？

其实有些东西是经不起细琢磨的，比如，在公司里，沈安的直系下属没有一个女性；比如，薛佳佳都三十五岁了，却一直没要孩子；比如，沈安和Cara穿的衣服款式虽然不一样，但是一个牌子，并且都是白色衬衫……

第四章　名存实亡

　　唐果只在法国逗留了两天，第三天就登上了返程的飞机。这回在飞机上，唐果没有再次遇到沈安和Cara，但她满脑子想的都是他们两个人。唐果选了一个靠窗的位置，她打开遮光板，看着万里高空上厚厚的云层。她想起了薛佳佳，那个长相漂亮、气质绝佳的女人。她说，她和她丈夫感情很好，生活和睦，但她要和他离婚。她说，沈安是她最好的朋友，异性朋友。她说，她不担心丈夫和漂亮的助理，因为那是个男人。唐果也想到了师父罗禹静，她说，你多帮帮薛佳佳吧，她也是个可怜的女人……

　　走出首都机场，唐果没有回家，而是直接坐车到了事务所。她回到办公间，把这次的取证整理好，然后交到了隔壁单独办公室的罗禹静手里。

　　遗产纠纷案子马上就要开庭了，罗禹静忙得恨不得自己长出三头六臂。拿到唐果整理好的证词时，罗禹静还有点没反应过来。等到唐果都快走出办公室了，罗禹静才叫住她。

　　"唐果，你回来。"

　　"哎，怎么了，师父？"

　　"我不是让你明天再正常上班吗？怎么刚下飞机就过

来了?"

"我在飞机上睡得好好的,回家了也没什么事,就过来上班了。"

罗禹静放下文件,看了唐果一眼,说了一个肯定句,"唐果,你情绪不对。"

"我……"唐果不想有事瞒着师父,她直接说,"师父,我在巴黎的时候遇见了沈安和Cara,他们的事儿……佳佳姐……"

罗禹静停顿了一下,有好几秒钟都没能说出话来。她想了想,才对唐果说:"薛佳佳很爱沈安,我想沈安对薛佳佳也是有感情的。所以到最后要离婚了,两个人也不想闹得鱼死网破。这件事你不用多想,按照正常的法律程序走就可以。"

"我知道,可是我觉得……"

"唐果!"罗禹静打断唐果,说,"做律师的,每天都会接触不同的案子,形形色色的人,你当然可以同情他们,但不要让这种感情耽误了工作。你是一名拿报酬做事的法律工作者,而不是一名伟大的慈善家。"

唐果点点头,心想,罗禹静说得对。

沈安从巴黎出差回来,已经是一周后的事。这天他出了机场,没有赶回公司,而是开车去了北京郊区的豪华别墅,那是他和薛佳佳的家。

此时的薛佳佳正在院子里浇花,看见沈安开车回来很吃惊,手一抖,浇花的水都洒到裙子上了。

薛佳佳放下喷壶,伸手把系着头发的头绳拆开,顺了顺蓬松的波浪发。她小步跑到沈安身前,接过他手里的文件包,说："沈安，你回来啦。"

沈安环视了一下周围的状况：一位老人带着他的小孙子在隔壁草坪上放风筝，马路上偶尔会经过车辆，于是他沉着嗓子说："进屋说话。"

"嗯。"薛佳佳乖顺地跟着沈安进了屋。

大门刚关上，沈安就坐在沙发上，烦躁地扯开了领带。他抬头死死地盯住薛佳佳的眼睛，说："薛佳佳，这个婚你非要跟我离是吧？"

薛佳佳把文件包放在茶几上，然后坐到了沈安对面。她说："沈安，我们好聚好散吧。我们这段婚姻还有什么意义呢？名存实亡罢了。"

"意义？你现在跟我说什么狗屁意义！"沈安起身，几步迈到薛佳佳身前，他伸手抓住薛佳佳的衣领，眼睛里瞬间就充了血。他说："当初我们结婚的时候，所有人都说我娶了一个老女人，为的是你的钱，你家里的钱。没错啊，我沈安娶你就是为了钱，这就是我们结婚的意义！我二十二岁就跟了你，我为了什么你不是不知道！现在你忍不了了就要跟我离婚，你凭什么！"

泪水慢慢地漫上薛佳佳的眼，她说："沈安，我们离婚了，公司也是你的，我不会要，钱我也不要。"

"你说得轻巧！没了这段婚姻，公司里哪个人挺我？还有薛千那个老东西，他看着糊涂，但保不齐就会弄死我！"

"不会的，不会的……"

薛佳佳想挣脱开沈安，但盛怒下的沈安力气太大了。他把薛佳佳拽着，压倒在沙发上。薛佳佳挣扎，沈安直接甩给她一耳光。接下来的事情变得无法控制，沈安的拳头一下一下砸在薛佳佳的身上。但这些落拳的地方很有讲究，除了最开始没控制好情绪的一耳光，其他的都打在别人都看不到的地方。薛佳佳放弃了挣扎，把头转到另一边，不去看沈安。她不再哭泣，她看着客厅最上方金碧辉煌的灯，好像看到了倒映着的破碎的自己。

总是这样，每一次。

大概十分钟吧，沈安停止了拳头。沈安颓废地坐到薛佳佳身边，伸手，让薛佳佳的头枕在自己的大腿上。他顺着薛佳佳凌乱的头发，低声温柔地说："佳佳，你为什么不能乖一点呢？"

薛佳佳的手紧紧地抓着沙发上的垫子，她依旧没去看沈安的眼睛，只是不停地重复："沈安，我要和你离婚，我们离婚。"

"好，我们离婚。"沈安拍拍薛佳佳的肩膀，声音愈发地温和起来，他说，"佳佳，你知道的，你说什么我都会答应你，可是你为什么要让Cara离开我呢？你不该这样。"

"我没有！"沈安的话刺激到了薛佳佳最脆弱的那根神经，她说，"我早就说过，我们和平分手，好聚好散。我没有找过Cara，更没有让他离开你！我连你都不要了，我还管他干吗呢……"

沈安拍拍薛佳佳的脸颊，起身整理了下自己的衬衫。他居高临下地看着薛佳佳，说："你看，你现在都学会骗我了。"

"沈安，你这个疯子！"

沈安没有再理会薛佳佳，他拿起茶几上的文件包，头也不回地走了。

沈安走后，薛佳佳扶着墙，缓慢地回到卧室。她娴熟地从床头柜里拿出红药水,坐在床上,脱掉外衣,给自己上药。上完药,薛佳佳给自己盖上被子,秋天还没彻底来呢,她就觉得好冷。她顺着红药水的方向,看到了抽屉深处静静躺着的一盒安全套。这是几年前买的呢?薛佳佳已经不记得了,估计早就过期了吧。

后悔吗?这七年来,两千多个日日夜夜,薛佳佳反反复复地问着自己:你和沈安结婚,你后悔吗?你要忍受他没有规律性的发怒、暴打;你要接受七年的时间,你的丈夫虽然偶尔睡在你的身边,但你们没有一次性生活;你要看着他身边换来换去的男助理,还要担心他是否会被传染上性疾病……

答案当然是后悔,后悔当年为什么要爱上他,为什么现在依旧爱着他?

薛佳佳和沈安是在薛氏集团里认识的。那个时候,二十八岁的薛佳佳凭借富二代名媛的身份,在薛氏人力资源部挂了一个闲职。而沈安呢,那个时候只有二十二岁,是一名即将毕业的大四学生,在薛氏做HR的实习生。

薛佳佳和沈安的第一次见面,是在除夕前夕,公司人力资源部的一次聚餐上。吃完正餐唱KTV,唱完KTV去酒吧喝酒吃夜宵,是人力资源部一贯的聚餐套路。薛佳佳平日里几乎不出现在公司里,但每次的聚餐都参加,和人力资源部同事的关系相处得不错。正赶上人力资源部刚刚招了几名实习生,薛佳佳挺有兴趣的。

一路喝酒喝到酒吧,薛佳佳再好的酒量也有些醉了。在乌烟瘴气的酒吧里,薛佳佳只觉得浑身燥热,随手就脱了羊绒外套。虽然不年轻了,但薛佳佳的身材一级好,腿长腰细36D。薛佳佳外套里穿的是一件裸色的抹胸紧身小衫，配着阔腿裤，性感又时髦。在座的一干男士都不敢看薛佳佳的脖子以下。

薛佳佳早就注意到了坐在角落里，长得像瓷娃娃一样漂亮的小男孩。食色，性也，薛佳佳开始对这个漂亮男孩产生了兴趣。

快散场时，老HR们开始鼓动实习生到小舞台上唱首歌。实习生一共有四个人，三个女生，只有一个男生。男生高而瘦，一张小脸长得比旁边的漂亮女生都精致。在这么多人前唱歌，男生似乎有些害羞，但他不扭捏，脖子挺挺的，站着像一棵白杨。

薛佳佳夹着烟的手指指着台上唯一一个男生，问旁边的HR："他叫什么？"

"他啊，叫沈安，出类拔萃的小伙子。不过这次咱们部门只有一个正式岗位的名额，他旁边那个女生，叫梅晓青的，实力比他强啊。"

薛佳佳在心里给HR的话打上一个大大的红×，不是的，没有人比这个男孩厉害，他是最好的。

实习生唱的是一首老歌，《海阔天空》。轮到沈安单独唱的时候，他的声线完美得不像话，又低又沉，听得薛佳佳全身骨头一酥。真是一个勾人的小男孩啊。

散了场，大部分人都醉醺醺的。而作为薛氏集团的千金、人力资源部挂名的最高领导，把她安全送回家就成了在场不那么醉的人的第一要务。有眼色的老HR都知道这位千金小姐的脾气，要找一个帅气的男士，于是今晚的这个任务就落到了沈安身上。

沈安看着冷，但其实很会照顾女人。招呼出租车，开车门,车窗摇下一个缝儿,把自己的外套给薛佳佳披上,一路下来,沈安做得温柔熟练。

薛佳佳自己单独的公寓在北京的二环,已经是后半夜了,路上一点都不堵,不一会儿就到了。下了车,薛佳佳依旧披着沈安的外套,没有要还的意思。沈安站在薛佳佳对面,严寒的除夕前夕,只穿了一件单的白衬衫,一张俊脸冻得白里透红。

"要不要上去喝杯热茶?"薛佳佳说得语调婉转,每个音都带着情调。这是成熟女性对男人的邀约,薛佳佳以为沈安会拒绝,但他没有。

沈安笑了一下,说:"那谢谢佳佳姐了。"

那是薛佳佳见过的最好看的笑容了。

薛佳佳住在二十六层,电梯每上一层,她的心跳都会加快一些。但这晚什么都没有发生,唯一的一个吻,一开始还因为沈安下意识地躲开,印在了他的脸颊上。

薛佳佳坐在沈安的腿上,伸手帮沈安擦掉印在脸颊上的口红印。薛佳佳扳正沈安的头,让他看着自己。她朝他吹了口气,问:"你讨厌我?"

沈安摇头,"那样我就不会上来。"

原来他懂啊,薛佳佳想。

"那为什么拒绝我?"

"佳佳姐。"沈安牵起薛佳佳的手,十指相扣。他的手指纤细修长,但很有力量。他说:"给我一点时间,就一点。"

"好。"薛佳佳附身向前,这次沈安没有躲,她的吻就落在了他的唇瓣上。薛佳佳说:"但你得给我个定钱。"

闻言,沈安把薛佳佳彻底拉到怀里,回吻住了她。

薛佳佳对沈安感兴趣，但她并不缺男人，转个头的工夫也就把沈安忘了。再一次想起沈安，是在年后，薛佳佳难得回家陪爸妈，结果被爸妈逼婚逼得无家可归。这个张公子，那个李老板的，薛佳佳觉得自己的头都要炸了。

漫无目的地在路上开着车，看着车前的人来人往，薛佳佳觉得寂寞又烦躁。她掉头去了一家夜总会，但在推门进去之前，沈安那张干净漂亮的脸蛋浮现在了她的眼前。薛佳佳退后几步，转身回到车里。薛佳佳拿出手机，手指来来回回拨弄着通讯录里沈安的名字。突然，薛佳佳笑了，认命地笑，这一刻她好像闻到了宿命的味道。这样想着，薛佳佳拿出手机，拨通了沈安的电话。

"你在哪儿？"

"佳佳姐？"沈安那边似乎很吵，他问了好几声，薛佳佳才依稀听得到。

"对，我是薛佳佳，你在哪儿？"

"我在火车站啊，回老家。"

"北站？南站？还是别的什么？多长时间后发车？"

"北站。一个小时四十分钟后发车。"

"好，在那儿等我。"

薛佳佳什么都没有带，她不了解沈安这个人，更不知道沈安的老家在哪儿。但这一刻她就是想跟着他去，好像是奔赴一场救赎。

薛佳佳在最后一刻买票上了车，并且和沈安旁边的一位男士换了座位。沈安伸手顺了顺薛佳佳乱了的头发，拧开一瓶矿泉水，递给她。

"怎么突然过来了？"

薛佳佳没回答沈安的话,而是反问了他一句自己比较关心的,"你家远吗?"

"大概十二个小时,哈尔滨。"

"哟,大城市啊。"

沈安摇头。

"下面的县城?"

沈安笑了,"县城下边的村子。"

后来薛佳佳想,最初她为什么会对沈安有这么好的印象呢?大概就是贫贱,但不自卑,落魄,却不失风骨吧。

坐了一夜的硬座,下了车,就要马上赶汽车。沈安在上车之前买了豆浆和油条,拿着路上吃。沈安很抱歉地说:"辛苦你了,佳佳姐,但是不赶这班车,天黑之前就到不了家。"

事实上,天黑之前他们还是没有赶到家。这个村子又偏又远,又赶上下雪,白茫茫的雪片在田间飞舞着,冷风往脸上刮,往骨头里钻。薛佳佳只穿了一件半截的驼绒外套,全程都裹着沈安脱下来的羽绒服。沈安里面的衣服很薄,冻得嘴唇都发紫了。沈安牵着薛佳佳的手也很凉,薛佳佳反握住他的手,说:"给你添麻烦了。"

沈安笑了,"怎么会?佳佳姐能陪我回家,我很开心。"

薛佳佳伸出另一只手,戳了戳沈安的胸口,说:"你别在嘴上占我便宜啊。"

"我说什么了呀,佳佳姐?"

"德行!"

第五章　我的少年

沿路上沈安劝薛佳佳订几天后回北京的票,薛佳佳就有些不乐意了,"你就这么不想跟我在一块儿?"

"不是。"沈安解释,"主要是我家条件太差了,怕你住不惯。"

"你都能住,我有什么不能的?"

沈安无奈,只能说:"那你开心就好了。"

薛佳佳也是去过乡下的,小时候和父母回老家,最不能忍的无非就是需要到室外上厕所。但薛佳佳没想到,真正的贫穷可以是这样。沈安家的房子在一片菜地的深处。严寒的季节,菜地都被积雪覆盖。从远处看,竟只能看到房顶和一根又细又矮的烟囱。房子是用土块堆起来的,夜风呼呼地吹着,能这么多年都没有倒,薛佳佳觉得堪称奇迹。走进屋内,整个房子大概有六十平方米的样子,除了厨房和走廊的占地面积,两个卧室小得可怜。沈安的小屋子在西面,推门进去,小小的地方挤着一张小学时用的那种木桌椅和一个分上下铺的床。

薛佳佳疑惑了,回过头来问沈安:"你这屋里还住着别人?"

沈安接过薛佳佳还给他的羽绒服,稍稍整理了下床铺,让薛佳佳坐下休息。沈安说："我有一个姐姐，以前我们住一块儿。后来我去了北京念书，她在县城里打工。"

薛佳佳挑了下眉毛，"亲姐？"

"当然。我们农村嘛，一家有两个孩子算是少的。"沈安回来得突然，小屋里并没有烧火取暖，屋里冷得说句话都冒凉气。沈安把叠好的羽绒服重新打开，想给薛佳佳披上，可触手摸到的衣服又湿又凉，还不如不穿呢。

薛佳佳看出了沈安的懊恼，她拍拍沈安的手，说："行了，别忙了，一会儿就洗洗睡了。"

大学毕业后，这还是薛佳佳第一次睡上下铺的床。不过这床的质量忒差了点，薛佳佳稍稍侧个身，床板都会发出吱嘎吱嘎的声音。伴着吱嘎声，薛佳佳看着上铺沈安从被子里露出来的小脑袋，身体烦得发躁。

薛佳佳抬头，敲了下头顶的床板，说："沈安，你在上面别动。"

"佳佳姐……"沈安笑了笑，"我真的一动没动。"

薛佳佳彻底躺不住了，她坐起身，对沈安说："沈安，你给我下来！"

"好。"

沈安躺在自己身边了，薛佳佳终于不动了。薛佳佳把沈安的手臂放到自己的脖子底下。

等到薛佳佳睡着了，他转过头，第一次认认真真地看着身边这个女人。薛佳佳二十八岁，却保养得相当好，皮肤白皙，吹弹可破，倒像是个二十出头的小姑娘。

自从那次聚会散场后沈安送薛佳佳回家，公司的老HR就或明或暗地提示他："沈安，你要是真想留在薛氏，伺候好佳佳姐比什么都重要。"和沈安有竞争关系的梅晓青也知道了一些风声，但聪明人就是聪明人，起码在沈安面前，梅晓青没有表现出任何异常，只是私底下，实习生的聚会她能推就推了。

沈安能感觉到自己在这批实习生里渐渐被孤立，但他无所谓，他只想留在薛氏。至于他对薛佳佳的感情，他觉得没有人会拒绝薛佳佳这样有钱有势、长得漂亮性格又好的女人。

第二天一大清早，薛佳佳是被冻醒的。她伸了个懒腰，却再次听见讨厌的床板声，吱嘎，吱嘎。薛佳佳觉得自己这辈子都没有睡过这么难受的觉，身上的每个骨头好像都错了位一样，又酸又疼。薛佳佳一动，沈安也就醒了。身材高大的沈安在小床上躺了一宿，几乎没有睡着，让薛佳佳一直枕着的手臂也全麻了。

薛佳佳侧了侧身，就看见了躺在自己身边的漂亮男孩，烦躁的心情顿时缓和了不少。她撇撇嘴，向沈安抱怨："你家这睡一觉也太要人命了，就不能换个软点的床吗？"

沈安苦笑，"佳佳姐，我说了让你早点回北京的。"

"哟，在这儿等着我呢？我还就偏不回了！"

简单地洗漱过后，沈妈妈已经做好了一桌子的饭菜。因为有客人在，沈妈妈还特意杀了院子里养的一只鸡。沈妈妈说："小薛你多吃点啊，别客气。俺们乡下也没啥好吃的，你别介意啊。"

薛佳佳虽然是位千金大小姐，但并没有大小姐的脾气和架子。她很自然地坐到沈安旁边，端着碗吃得很香。薛佳佳说："沈妈妈，你做的饭很好吃！哎，沈妈妈，你也坐下吃啊，别忙活了。"

"哎！"沈妈妈擦擦手，坐到薛佳佳对面，沈爸爸的旁边。沈爸爸年龄和沈妈妈一般大，但因为常年卧床生病，看起来年纪很大。沈爸爸的头发差不多都掉光了，沈妈妈就给他织了毛线帽子。他的牙齿快掉没了，吃饭时流口水的时候，沈妈妈就拿毛巾耐心地接着。因为家里没有男劳动力，沈妈妈一个人承担了家外所有的农活儿和家里所有的家务。她的手因为常年干活，已经又硬又黑，额头上的抬头纹很深，不笑的时候纹路里黑黑的，但笑起来牙齿很白。

　　沈妈妈说："小薛，你别介意啊，唉，你看，家里就这么个情况……"

　　薛佳佳有点尴尬，她不知道该怎么接沈妈妈的话，只能笑笑。她转头看沈安，他就那么安静地坐着，吃饭的样子很斯文，在这样破烂的家里，也能美好得不成样子。

　　饭桌上还有个小女孩，六七岁的样子，沈妈妈说叫妞妞，是她的外孙女。妞妞很乖，大眼睛眨啊眨啊地看着薛佳佳，充满着好奇。吃完饭，薛佳佳抱着妞妞坐到热乎乎的炕头休息，沈安则坐在旁边给她们俩剥橘子。橘子又甜又水灵，薛佳佳吃得很开心。

　　妞妞到底是小孩子，坐了一会儿就坐不住，跑出去玩了。薛佳佳看着妞妞跑出去的背影，问沈安："妞妞这么大了，怎么不去上学啊？"

　　"姐，这大过年的，我一个实习生都休假了，小学生不放寒假啊？"

　　"哦，对，我把这茬儿忘了，真是猪脑袋。"

　　"不过放不放假妞妞也是不上学的。"

　　"怎么？"

"没钱呗。"

"你姐和你姐夫呢？不管吗？"

"我没姐夫。姐姐是我姐高中时和一个小混混生的，我姐退了学，生了娃，那男的也不知道哪儿去了。这些年我姐也不找个正经工作，家里全靠我妈一个人撑着。不过现在好了，我毕业了，就快有工作了。"

薛佳佳不是一个会安慰人的人，她只能说："薛氏员工的待遇不错，你家里以后会过上好日子的。"

"可是留在薛氏很难吧？"沈安放下手里的橘子，抬头看了眼薛佳佳，试探着问了一句。

"我薛佳佳看上的人，怎么可能留不下？"薛佳佳吃掉最后一瓣橘子，拍了拍沈安的手背，说，"你也不用试探我，在我这儿，付出和回报是成正比的，安心。"

作为一名实习生，沈安只有年后的四天假期。走之前，薛佳佳问沈安哪有银行，沈安说那得到上边的县城，大概半个小时到。

"去县城挺折腾的，佳佳姐，你着急用钱吗？"

薛佳佳没好气地瞪了沈安一眼，说："当然啊，回北京不要钱的啊？我身上一分钱的现金都没有！"

沈安没话说了，只能从院外的小棚子里推出一辆旧电驴子，载着薛佳佳去县城。年前年后的，银行里有很多排队取钱的人。薛佳佳排了差不多十分钟的队就没耐心了。她把银行卡甩给沈安，贴着他耳朵说了密码，就准备出门抽烟了。可薛佳佳转个身的工夫，沈安就拽住了薛佳佳的胳膊。

薛佳佳乐了，"哟，这么一会儿也舍不得我走？那也行吧，我就陪你会儿。"

"姐……我是想问你，取多少钱。"

薛佳佳撇撇嘴，稍微想了一下，然后说："都取出来吧，这卡里也没多少钱。"

没多少钱，沈安觉得那也就几千吧，最多上万，却没想到是整整十万，他从来没有见过这么多钱。

沈安拿着好几摞钱走到薛佳佳跟前的时候，心里有些不是滋味。他说："佳佳姐，咱们就回个北京，你取这么多钱干吗啊？"

薛佳佳打开自己的包，让沈安把钱装进去。她一手拍了拍自己的包，一手搭在了沈安的肩膀上，说："沈安，以后跟姐学着点，有钱人就是这么取钱的。"

这是他奋斗几年都赚不来的钱，却不过是有钱人眼里的零用钱，这就是他和薛佳佳的区别。

薛佳佳和沈安走的那天早上，沈妈妈天还没亮就起床了。她做了一大桌的饭菜，又给薛佳佳和沈安带了好多家乡的特产。沈妈妈拉着薛佳佳的手说："都是些吃的，你就当是尝尝鲜。"又说："我听小安说过，你是他领导。小安这孩子，听话、不惹事，但是个闷葫芦，你多担待着点。"

抛开权势和身份，这一刻的薛佳佳无比地羡慕沈安。有再多的钱有什么用呢？她的妈妈只知道美容、购物、打牌、泡小男生，对她的关心也只停留在让她嫁给一个公子哥上，从来没关心过她到底需要什么。

走之前，薛佳佳送给沈妈妈一箱在县城里买的苹果。不是什么特别贵重的东西，沈妈妈收下了，却在薛佳佳走后才发现，苹果箱的下层是好几摞钱。沈妈妈数了数，差不多有十万块。

年后的薛氏忙得一片兵荒马乱,而关于实习生转正的名额也快要敲定了。薛佳佳的手下李林把一份候选名单呈给薛佳佳,薛佳佳只瞥了一眼,有沈安的名字,但排在第二的位置上,前面是个叫梅晓青的女生。

薛佳佳敲了敲梅晓青这个名字,抬头问李林:"这个梅晓青有什么背景?"

关于这个梅晓青,可以说是李林一手带起来的。高学历,办事能力强,聪明,还长得漂亮,可以说是天生做HR的料。所以介绍起梅晓青来,李林也是很卖力气的。李林说:"这个梅晓青是清华毕业的硕士生,高学历,实习的这段时间在咱们公司的业务……"

"停。"关于人才的介绍,薛佳佳早就听腻了。她打断李林,问:"我是说这个梅晓青有什么特殊的身家背景,我们必须录用吗?"

"这个,倒是没有。"

薛佳佳耸耸肩,意思是那你还跟我废什么话。她点了支烟,吸了几口,才慢悠悠地说:"李林,你也是做多年HR的老人了,有些规矩怎么还要我来跟你讲呢?我还是哥伦比亚大学毕业的呢,有用吗?要不是我爸,我现在还不得当你的手下?"

虽然李林为梅晓青可惜,但薛佳佳已经把话说到这份儿上了,他也只能闭嘴。

薛佳佳对沈安用情至深,但她毕竟不傻。名额敲定的前两天,薛佳佳找沈安谈了话。其实谈话的内容很简单:你可以留在薛氏，但必须跟我订婚。

薛佳佳的原话是，"沈安，别说你要留在人力资源部，跟我结了婚，以后整个薛氏都是你的。我已经把话说得这么明白了，怎么选择，就看你自己了。"

"佳佳姐，我……"

"这次还需要想两天？"

"不是……"沈安坐在薛佳佳面前，坐得很端正，像个小学生似的，低着头，双手放在膝盖上。

面对沈安的支支吾吾，薛佳佳又烦躁了起来。她伸手去包包里拿烟，却发现烟已经抽完了，而她又知道沈安是不抽烟的，于是就更加烦躁。

薛佳佳伸手拍了拍沈安的脸蛋，说："沈安，我知道你不喜欢我，但是只要你娶我，我也就知足了。要不了你的心，我就要人，这世上哪有那么多十全十美的事呢？"

沈安顺势抓住了薛佳佳的手，他看着薛佳佳的眼睛，这一次他说得很坚定。沈安说："不，佳佳姐，我是喜欢你的。"

一个月后，薛佳佳和沈安举办了订婚仪式。一时之间，大半个北京商圈都知道了沈安这个名字。二十二岁，不知名大学的本科毕业生，薛氏独女薛佳佳的未婚夫，薛氏未来的掌舵人……面对众多质疑和非议，年纪尚轻的沈安表现出了超乎常人的淡定，这令薛佳佳甚至薛千都对这个年轻人刮目相看。

这之后沈安成为薛氏集团的一名正式员工，在人力资源部就职。半年后，沈安调到事业部。此后两年，沈安凭着自己的努力和薛千的提携，做到了事业部副总的职位。一时之间，沈安在薛氏风光无限。

家庭聚会的时候,薛千甚至还会开薛佳佳和沈安的玩笑。薛千说:"佳佳啊,你别的优点没有,就是这眼光嘛,不错!"

这就是薛佳佳和沈安最开始的故事。

第六章　千千心结

　　白文宇打来电话的时候，唐果正在帮罗禹静处理遗产纠纷案的最后文件。薛佳佳的离婚案，加上遗产纠纷案都到了最后的关头，落在唐果身上的工作也就全是文件整理。经过一周的电脑作业，唐果一脸菜色，跟中了电脑病毒似的。以至于她看到手机屏幕上"白"字开头的电话，还以为是纠纷案里的一个证人。

　　"白先生您好，关于您前天给我们律师事务所提供的证词，我已经整理好了，您需要确认一下吗？"

　　电话那头的"白先生"听了唐果的话，半天都没反应。唐果还以为自己的手机信号不好呢。她站起身，移动着找信号，"喂，白先生，您听得到吗？"

　　"唐果。"对面的白先生终于说话了，他的声音很低沉，"我是白文宇。"

　　唐果以0.01秒的速度挂断了电话，不过她倒是觉得掐白文宇的脖子更解气些。

　　上次在学校小树林里的谈话不欢而散后，唐果对白文宇一直保持着回避的态度。白文宇呢，倒也配合，两个人属于老死不相往来的状态。不过今儿个打电话过来，他是脑抽了吗？

接下来白文宇又锲而不舍地打了两个电话，等到第三个的时候，唐果果断把他拉进了黑名单。大概空了十几分钟吧，第四个电话打进来，这回是曲向歌。唐果歪着头想了几秒钟，接起了电话。

"唐果……"

"有什么话快说，姐姐我这儿忙着呢。"

"这不是那个什么，哎呀，白文宇……"

"白文宇怎么了？你不说我挂了啊。"

"哎哎哎我说！"曲向歌那头的工作也忙，接到白文宇求救电话的时候他真想拒绝。他们两口子的事他掺和什么劲儿啊！曲向歌清了清嗓子，说："白文宇代表咱们学校参加《一答到底》的比赛了，说是高校联盟什么的。你不是特别喜欢那个主持人嘛，白文宇就搞来了几张票，问你愿不愿去。"

"不去。他都有老婆有孩子了，早就不是我男神了。"唐果回答得很干脆。

"话不是这么说的啊，那你还是人妻呢，人家也没嫌弃你这个粉丝啊！"

"你才是人妻！你全家都人妻！"

到了下班的时间，夜已经很深了。唐果匆匆忙忙赶到地铁站，准备坐最后一班地铁回家。此时的地铁站，是一天当中人流量最少的时候。唐果坐在座位上，车厢里广告的声音都带着回声。

地铁开始飞驰，车窗外是一帧又一帧的黑色。广告结束，车厢里放了一首《独家记忆》，这让唐果想起了她和白文宇最初的那些时光。那时候唐果和白文宇刚来北京，他们坐着地铁去一个个景点游玩，到一条条美食街吃美味。地铁承载了他们的欢乐，也承载了他们的梦想。白文宇说："果果，毕了业我们留在北京吧。你看这里这么大，机会这么多。"唐果却不太赞同，"可是我还是觉得老家好，压力小啊。我们要是留在北京，忙活一辈子都买不起一间房。"白文宇倒也不和唐果争辩，只拍了拍她的头，说："只要我们在一起就好。"

现在，他们都将在北京落地生根，却再也找不回当初的感情。好悲伤啊，好悲伤看不到帅帅的男神主持人啊……

唐果还是见到了那个帅帅的男神主持人。这天是周末，难得清闲。曲向歌做东，请了几个大学的好友吃海底捞。唐果觉得曲向歌这是无事献殷勤，但谁叫她是吃货呀，就屁颠屁颠地去了。

天气已经转凉了，吃上热乎乎的火锅，再喝两瓶小啤酒，人生很是圆满。毕业已经快两个月了，昔日同窗好友的生活都发生了翻天覆地的变化。曲向歌去了一家游戏公司，他说："我制作的手游马上就要上线了，广告也做成LED投放到北京各大商场！之后还会和明星合作，制作投放到电视台的电视广告！有没有觉得我即将走上'当上CEO、迎娶白富美'的巅峰之路？"

唐果立马摇头，"你倒是说说那个明星是谁，赶明儿给我要张签名照？"

"唐小果，你看不起我！"

"还真是。"

苏苏是唐果大学时的室友，毕业后留到了本校做辅导员。对女生来说，这绝对是个既稳定又清闲，还有面子的工作了。

不过苏苏说:"这工作也不好做,现在的大学生多难管呀!哎,想想我们当年做过的那些不靠谱的事儿就知道了。还有啊,我这本科学历太低了,我想着在职读研呢。"

"要说咱们班同学啊,最牛掰的还是白文宇!"说话的是叫陶海的男生,是曲向歌的下铺,五大三粗的富二代。毕业后,他老爹让他回家继承家业,他偏偏要在北京教外国人中文。陶海说:"现在这小子在咱们学校混得风生水起,这才刚读研一,他导师就给他推荐了一个巴黎的大学让他读博!"

白文宇,白文宇,真是阴魂不散的白文宇啊。

"咳咳。"曲向歌叫来服务员又上了四盘肥牛,"今儿个我们吃好喝好啊!"

唐果今天只喝了一瓶啤酒,没敢多喝,因为她要千防万防曲向歌,却万万没想到最后着了苏苏的道儿。

吃完海底捞,苏苏挽着唐果的手臂,姐妹情深地说:"果果,咱们大家伙儿要不要回学校看看,缅怀一下我们逝去的青春?"

"不看。"唐果是拒绝的,"本姑娘正青春着呢好不?"

"哎呀!你就权当看看我的工作环境了!"

唐果没办法拒绝苏苏,一路跟着她来到了昔日的校园,来到了图书馆旁边的演播厅,《一答到底》的录制现场……

你妹啊……唐果现在特别想咬人怎么办?

座位很靠前,是第三排的豪华座。苏苏拍拍唐果的手,安慰道:"果果啊,既来之则安之嘛。而且你看啊,咱们的位置多好,你男神眼角的皱纹都看得到!"

唐果龇牙道:"我男神才没有皱纹!对了,你老实交代,收了白文宇那个混球什么好处?"

"嘿嘿嘿。"苏苏捂着嘴巴傻乐,"白文宇答应给我的学生做演讲!"

"我怎么有这么个棒槌朋友!"

不过其实苏苏说得很对,既来之则安之,就当是来看男神的,关键是男神真的很帅呀!又帅又有智慧!

白文宇是倒数第二个出来答题的,有捡漏之嫌。但他发挥得很好,一路答到底。白文宇得了很多奖品,笔记本电脑啊、空调啊、单反什么的。最有爆点的是蜜月豪华套房,主持人说:"这个套房是双人的哦,你想和谁一起去?"

全场的女性观众都被白文宇的智商和帅气折服,主持人这么问,她们就好想替男神回答"我自己去"!然而并没有,白文宇清了清嗓子,脸颊微微泛红,说:"我带我老婆去。"

全场观众都发出了惊呼,倒是主持人很会随机应变:"现在的九〇后都很放得开啊,女朋友都直接叫老婆的。"白文宇笑笑,不再接这个话题。

苏苏拍拍唐果的手臂,凑到她耳边说:"果果,我觉得白文宇还是很在乎你的,你就真的不再考虑一下?"

唐果翻了个白眼,说:"我考虑个毛线。苏苏,你再拍我手试试看!都拍肿了!"

比赛结束后,苏苏拉着唐果直奔后台。唐果摇着头倒退,她才不要见到白文宇!但苏苏这个姑娘看着文弱,其实力气很大。没一会儿的工夫,就把她"绑"到了白文宇跟前。

唐果无语。

白文宇倒是很自然地上前一步,拉住唐果的手。他打趣着说:"怎么才过来,等你好一会儿。你再慢点,你男神都下班回家了。"

真是……回你妹啊。

在白文宇的介绍下，唐果真的见到了男神主持人。主持人很忙，但还是给唐果签了名，并和唐果合了影。白文宇拿着手机给他俩拍照，唐果冲着镜头摆了个剪刀手的动作，笑容有点僵。

主持人很快就走了，白文宇把手机还给唐果，让她看看自己刚才拍的照片怎么样。白文宇说："唐果，你怎么这么平静呢？见了你男神，不激动？"

唐果只瞥了一眼手机，就装进了包里。唐果摇头说："苏苏说得没错，他都长皱纹了，不再是我男神了。"

白文宇笑了笑，拍了下唐果的头，说："好了，忙活大半天了，我请你吃个饭。"

"我拒绝！刚刚曲向歌请客吃海底捞，我吃了三盘肉！"

白文宇牵着唐果的手一僵，有些无奈，"那你就陪陪我。"

白文宇带着唐果去吃学校旁边的一家麻辣串，上学那会儿唐果特爱吃这个，但白文宇总是不让，说不卫生。今儿个白文宇居然请客吃这个，唐果冒着撑死的危险也要吃上十串。

白文宇点了很多，包括鱼丸、香菇什么的，都是唐果爱吃的。白文宇不能吃辣，这次却要了重辣锅，一共吃了好多串，吃到最后嘴唇都有些辣肿了。唐果叹叹气，何必呢？

吃完麻辣串，两个人散着步前往地铁站。唐果说："白文宇，你回去吧，挺近的，不用送我。"

白文宇摇头，"再送送你吧，我们也把上次没谈完的谈完。"

哦……唐果低着头，踢着脚下的小石子，谈就谈吧，早谈早解脱。兴许人家遇见了人生的第二春,她这在挡着人家姻缘呢。

"唐果,你真的不打算回头了吗?我还是在原地的啊。"

唐果认真地组织了一会儿语言,才说:"白文宇,你上次是因为保研的名额,放弃了和我在老家的工作,那下次呢?如果国外有了更好的读书就职机会,北京是不是也装不下你了呢?白文宇,你的心太大了,而我不够优秀,永远没办法跟上你抛弃我的脚步。"

说完这些话,唐果都想给自己鼓掌,她简直是太适合当一名鸡汤写手了!而白文宇呢,在听了唐果的话之后,陷入了沉思。

地铁站已经在眼前了,唐果朝白文宇挥了挥手,说:"我到了,这回你可以回去了。"

这会儿,白文宇没再坚持。他点了点头,然后在唐果转身离开的一刻,说:"唐果,改天咱俩都有空,回趟老家,把手续办了吧。"

唐果的步子一顿,但并没有回头。她说:"好。"

唐果听过这样一段话,一个女人可能一天和她男朋友说十次分手,但最后也不舍得分开。但一个男人只要和女人说一次分手,那就再也不打算回头了。

不过,不回头也就不回头了吧,谁稀罕。

所有的情伤必须在周一之前打包收拾好,上了班就得精神抖擞地给老板卖命。不过今天事务所里还真迎来了老板,大老板。

曹星光迎面走来的时候,唐果有点懵圈。她扯了扯罗禹静的袖子，问："师父啊，大老板大驾光临这是闹哪出啊？不会是检查咱们的业绩吧？你快说说我最近表现得好不好啊？"

罗禹静扯回自己的袖子，优哉游哉地回道："放心吧，大老板不懂法律。"

唐果无语。

大老板果然不是查业绩的，他背着手逛了一圈，然后停在了罗禹静跟前。曹星光问："罗律师，咱们事务所最有空的人是谁？"

曹星光话音刚落，唐果就被罗禹静伸手推了出来。唐果问候了一句罗禹静的祖辈，可是那又怎么样呢，她还是要保持微笑。

"曹……曹总……"

"嗯，还有十分钟就午休了，我在楼下等你。"曹星光交代道。

曹星光走后，唐果拉着罗禹静问："师父师父，你说大老板是不是要潜规则我啊？我是不是要拒绝和他单独出去呀！"

罗禹静懒得理唐果，只赏给她一记白眼。

事实证明唐果绝对是想多了，曹星光的司机把他们拉到了京郊的一栋别墅，这里住着一个十岁左右的小女孩。

小女孩坐在楼梯台阶上，低着头玩着手里的娃娃。听见声音，小女孩只是微微地抬了下头，看见是曹星光，就继续低头玩娃娃了。

曹星光走到小女孩身边，也和小女孩一样，坐在台阶上。他转过身来，伸出手臂，对小女孩说："来，小珊，爸爸抱。"

小珊皱了下眉头，但还是放下手中的娃娃，勉强让曹星光抱了下。曹星光摸摸她的小脑袋，说了声"乖"。

唐果站在曹星光和小珊对面，惊得瞪圆了眼睛。原来曹星光根本就不是钻石王老五啊，人家分明就是连孩子都有了！

到了小珊午睡的时间，曹星光等小珊睡着了，开始跟唐果交代起来。

"我需要出两天差，这两天你就留在别墅照顾小珊，算是正常上班。小珊这孩子不爱理人，你多担待些。"

大老板都这样说了，唐果只能点头点头点头。曹星光还说了一些小珊爱吃的食物，喜欢玩的玩具，等等，每一项都事无巨细。唐果偷偷看了下曹星光的侧脸，第一次觉得这个认真又疼爱女儿的男人还是很有魅力的。

"那个，您太太呢？"唐果到底没忍住好奇心，问了出来。

听了这个问题，曹星光倒也没什么反应，只是平淡地说："我没太太。"

"那小珊是您领养的？"

然后曹星光就不乐意了，他皱着眉头说："小珊和我长得不像吗？"

"哦，哦，像，越看越像！"

曹星光却话锋一转："不过我倒是觉得小珊和你长得有点像。"

唐果也没在意，自夸起来："大概漂亮的女生都长得差不多吧！"

这天曹星光走之前，还问了唐果一个让她摸不着头脑的问题。他说："唐果，你没有一个姐姐吗？"

唐果照顾曹小珊的这两天，错过了薛佳佳和沈安离婚案的开庭审理。唐果掐着时间给罗禹静打电话，以表达错过工作以来第一个案子的遗憾。但罗禹静只淡淡地说了一句："这案子没开庭，薛佳佳临时撤诉了。"

"啊？"唐果有些惊讶，"佳佳姐不和沈安离婚了？"

"也不是。"罗禹静思考了一下，最终还是决定告诉唐果，"沈安涉嫌盗用薛氏集团资金高达一半以上，薛千已经以挪用资金罪和经济诈骗罪起诉了沈安。本来不应该跟你透露这个，但这个经济案我接了，你继续做我的助手。"

"那师父，您是帮谁打官司？"

"薛千。"

第七章　风雨欲来

两天后，曹星光出差归来，唐果也顺利卸去曹小珊小保姆的身份。曹星光为表感谢，请唐果去吃大餐。唐果也没客气，跟着去了。

餐厅没有唐果想象中的那么高大上，但菜的味道极好，是家私家菜馆。曹星光坐在唐果对面，因为时差还没倒过来，没有胃口。不过看着唐果吃得那么香，曹星光心情不错。

曹星光喝了瓶啤酒，精神了一些。他给唐果夹了块东坡肉，说："小珊这两天麻烦你了。"

"不麻烦不麻烦！"唐果吃得满嘴流油，心情甚好，她摇着手说，"小珊特别乖，特别好带！"

曹星光把果汁打开，给唐果倒上，却听唐果问道："不过，小珊是不是有点自闭症啊？两天了，一句话都不跟我说。"曹星光的手一僵，果汁洒了，溅到了唐果的裙子上。

曹星光从桌子上拿来纸巾，站起身，走到唐果跟前，想要给她擦裙子上的果汁。曹星光说："对不起啊。"

可唐果哪敢让大老板亲自动手，立马拿过曹星光手中的纸巾，自己随意擦了擦。她说："该说对不起的人是我，不该说小珊……"

"没事儿。"曹星光镇定自若地坐回去，起了另一个话题，"最近工作忙吗？"

"估计得忙，师父接了个新案子。"

"薛氏集团的案子？"

"您知道？"唐果还真以为曹星光是盛夏律师事务所挂牌的老板，不管不问呢，原来人家门儿清啊。

"商圈说大是大，但说小也就那些家。兜兜转转的，都能套上些关系。前些日子我就觉得薛氏的股票不对劲，投资上也不符合常理，但是没想到真出了事。要说这个沈安，胆子也真大，上百亿的钱，说拿走就拿走了。"

曹星光果然是挂牌的老板啊……

唐果吃饱了，擦擦嘴巴，就开始想工作上的事儿了。她问："那老板，您和沈安熟吗？"

曹星光笑了，"现在又不是在事务所，你不必叫我老板。至于那个沈安，熟算不上，但是打过不少交道。怎么了？"

"我这不是要接这个案子嘛，多了解了解当事人总是好的。"

"嗯。"曹星光略微思考了下，说，"沈安这个人攀上了薛家大小姐算是年少得志，做生意也算把好手。这些年薛氏在他手里虽然没发扬光大，但能维持现状也还不错。不过这人有点急功近利，不值得深交，估计是穷怕了吧。还有那个薛家的大小姐，也是个没脑子的。"

呃……唐果有些为薛佳佳打抱不平了，"可是我觉得佳佳姐人挺好的呀！"

"人好有什么用？眼瞎啊。"

唐果以前还真不知道，曹星光这么毒舌！

"那你刚才不是说，沈安把薛氏管理得不错吗？"

"是，管理得好，好到薛千都把他告到法庭上去了。"

喂，还能愉快地做上下级了吗？

恢复上班的第一天，唐果还没迈进办公室的门呢，就被一阵风走过来的罗禹静拖走了。唐果一边踉跄着被罗禹静拖着走，一边双手护着手里刚买到的热乎乎的早餐，"师……师父！我的煎饼啊！"

罗禹静继续脚底生风，头也不回地说："车上吃！"

可是到了车上，唐果也不好意思吃煎饼了。她探了探头，问坐在前排的罗禹静："师父，我们这是去哪儿啊？"

"薛氏老宅，我们和薛老见个面。"

薛老，也就是薛佳佳的父亲，薛氏集团的董事长，薛千。因为之前对薛佳佳的印象很好，唐果就觉得薛千应该是个很和善的老人。然而事实并非如此，薛千从脾气到相貌都挺可怕的。

薛家老宅在三环和四环中间的一个别墅区，这是个寸土寸金的地方，住户也都是各个行业的大佬。薛家装修得中规中矩，一看就是富豪家。出来开门的是薛家保姆，她直接将罗禹静和唐果引到二楼薛千的书房。

书房里，薛千坐在老板椅上，旁边站着的是他的助理小张。

看见罗禹静和唐果进来，薛千客气地和罗禹静握了手，说："我最近身体不太好，麻烦罗律师和助理过来了。"

"薛老客气了，您是我们律师事务所的客户，为您服务是应该的。"

罗禹静是个简单明快的女人，几句寒暄后，直接进入了正题。

"关于沈安挪用薛氏资金和操纵股市的控诉，您有确切的证据吗？"

"有。"薛千转头，让小张把事先准备好的材料拿出来，交给罗禹静，他说，"这是我们掌握的证据，应该对你们有所帮助。"

罗禹静接过资料，大略地看了一下，这是有备而来啊，绝对能把沈安的罪定死了。

"那薛老，您对这个案子的预期是？关于经济犯罪这块儿，金额数量达到一定程度，可以处十年以上有期徒刑或无期。"

"不。"薛千说，"这个对我不重要。让他净身出户和我女儿离婚，并且把拿走薛氏的这些钱还回来。"

走出薛宅，唐果拉着罗禹静说："师父，你说薛千还真是个好父亲吧，这么关心佳佳姐。"

"我看未必，薛千这种老江湖可不是这么好相处的。"

"你是说刚才薛千并没有跟你全盘托出，他不会轻易放过沈安？"

罗禹静摆摆手，她现在有些头疼了，"我总觉得这件事没那么简单，但我现在还觉不出哪里不对劲儿。"

"哎，船到桥头自然直嘛。我们不如明天约沈安谈谈，看看他是什么态度。"

"嗯。"罗禹静点头，"你跟沈安的助理约一下吧，他叫什么来着？"

"Cara。"

唐果和Cara约得很顺利,定在第二天下午一点在薛氏集团附近的咖啡厅见面。中午是行车的高峰期,不到十一点,罗禹静就拉着唐果出门了。赶到咖啡厅的时候,距离一点还有二十分钟,时间刚刚好。

沈安是老板嘛,按点到或者迟到一些时间比较正常。两个人坐下之后也没着急,罗禹静打开笔记本整理文档,唐果则招来服务生叫了两杯咖啡。一杯咖啡很快就进了唐果的肚子,罗禹静好心提醒了一句,"这家店的咖啡是可以续杯的。"

续杯好啊!唐果立马又要了一杯。不过等续杯了三次后,服务生频频投来鄙视的眼光,唐果都不好意思再续杯了。这个时候,时钟指针已经划到了三点。

罗禹静把自己跟前的咖啡推给唐果,意思是让她喝这杯。唐果挥了挥手,捂着嘴巴痛苦地说:"师父啊,我再喝自己都成咖啡了。"

罗禹静低头看了看手表,终于也坐不住了。她对唐果说:"唐果,你给Cara打个电话,问问什么情况。沈安要是真有事耽搁了,我们就再约时间。"

唐果的一声"好"还没说出口呢,罗禹静的电话就响了。是公安厅的座机电话,罗禹静给了唐果一个制止的眼神后,接起了电话。

"是的,我是盛夏律师事务所的罗禹静,薛千是我的当事人。"

"啊?什么时候的事儿?"

"好,我这就过去!"

罗禹静挂断电话的瞬间，就把唐果从座位上拉了起来，并且一溜烟儿冲出咖啡厅。唐果觉得自己跟在罗禹静手底下干活儿，都快被她扯成破布娃娃了……

"师父啊……又怎么啦……"

车已经开出去一段距离了，罗禹静还是有些喘。她平复了一下心情，等到红灯的时候，才转过头看了唐果一眼，说："薛千死了。"

是的，薛千死了。薛家的保姆早上出门买菜，回来后做好了饭，打扫了一遍房子，见薛老还没下楼吃饭，就到二楼的书房叫。门是锁着的，保姆也没在意，以为薛老趁她买菜的时候自己出门了。等到中午，薛老还是没有回来，保姆怕薛太太怪罪自己没照顾好薛老的饮食，就给薛太太打了电话。

"老薛不可能出门啊！这两天医生交代了，他的病有点恶化，跟他说了不让他出门的啊！"

保姆这才慌了，满屋满院子地找，都不见薛老的人影。最后，保姆停在了书房门口。奇怪，薛老并没有锁书房门的习惯。保姆找来书房的备用钥匙，开了门，却见薛千被一根麻绳掉在窗口的横梁上。薛老的身上有大大小小的伤口，衣衫不整的，脸上已经没有一点血色了。

罗禹静和唐果赶到薛宅的时候，薛宅的外围已经拉上了警戒线。罗禹静出示了律师证，才被放进来。进了薛宅，罗禹静看见了打过几次交道的林风林警官，就拉着问了些情况。

林警官说得简明扼要："薛家保姆是下午一点十五分报的案，不过经法医检测，薛千真正的死亡时间应该是早上九点左右。凶手的作案地点在二楼书房，但是书房门是反锁的，所以大致推测凶手是从窗户逃走的。"

"有什么凶手的线索吗？"罗禹静问。

"没有。"林风相当头疼，他当警察也有八九年了，还没遇见过这么棘手的案子。他说："薛千死亡前被暴打过，甚至还有鞭伤。但薛千身上一点指痕都没有，书房里也没有。凶手从窗口逃走，但是窗台上没有脚印。我看了楼下的院子，也没有任何痕迹，凶手像凭空消失了一样。"

"不会的，慢慢查，总会有结果。"罗禹静安慰道。

"慢慢查？怎么可能！薛千是京圈的商业大佬，上头催着紧！"林风看了看罗禹静，一下子想了起来，"对了，你不是薛千的律师嘛！薛千之前起诉的那个案子是什么？他有什么仇家没？"

"薛千起诉的是他女婿挪用公司资金的经济案，他女婿，也就是沈安，之前薛千的女儿要跟他离婚来着。"

"沈安……"林风念叨着沈安的名字，很快对上了号。

最大的嫌疑，确实落在了沈安身上。

走出薛宅的时候，唐果还有些精神恍惚。她说："师父，我明明昨天还见到薛老了啊，怎么今天，今天就……"

罗禹静开着车回事务所，她的心情也很不好。她给薛佳佳打了电话，刚开始还是无人接听，最后打的一个已经是关机了。

唐果也想到了薛佳佳，她说："师父，你说佳佳姐她没事儿吧？"

罗禹静摇摇头，她也不知道，但她肯定地说："没事儿，佳佳是个坚强的女人，一定没事儿。"

并不是下班时间，但北京的交通还是堵得跟饺子馅似的。罗禹静被堵得烦躁，唐果也挺烦的，直到她的手机铃响了。

"是Cara。"唐果小声说。

"接！"

唐果立马接起了电话，那头的Cara似乎心情不错，他说："唐助理，我代我们沈总跟你说声对不起，我们沈总临时开个会，把和罗律师的见面给耽误了。要不这样吧，我们再约个时间，怎么样？"

唐果开的是免提，她看了眼罗禹静，得到同意后，才对Cara说："好的啊，时间你们定吧，我们理解沈总的工作。"

"那就明天，还是一点，我们老地方见。"

唐果挂了电话，有点闹不明白了，"师父，沈安这是什么意思啊？他还敢见我们？"

"首先无论是警方还是我们，都没有拿到沈安就是凶手的证据，他故意躲着不见人，反而引人耳目。再者，我怎么觉得沈安根本就不怕这件事呢？这个人，从头到脚都怪怪的。"

依旧是那个咖啡厅，但时隔一天，唐果的心境已经全然变了个样，连跟前的咖啡都没心思喝了。

唐果扯了扯罗禹静的袖子，可怜巴巴地说："师父啊……你不就是打打离婚案子、经济纠纷啥的嘛，怎么一下子都扯上人命了呢？我很怕的好不好，我是连包青天那种电视剧都不敢看的胆小鬼啊……"

罗禹静没有理会唐果的抱怨，因为沈安到了。大概是刚开完一个会议，沈安还穿着西装。只不过沈安把外衣脱了，随意地挂在手臂上，穿着白衬衫，领带被拉松了挂在脖子上，看神态心情不错的样子。也是,薛千死了,最大的受益人就要数沈安了吧。

沈安施施然地走过来坐下,然后向服务生要了一杯比较甜的卡布奇诺。沈安说:"抱歉啊罗律师,昨天临时有个会走不开,这才又约了今天。"

罗禹静点点头表示理解,"您的助理已经在电话中解释了。但是……"罗禹静话锋一转,"我之前作为薛老先生的诉讼律师,有责任找您了解一些案件情况。想必您已经了解到,薛老先生被杀,在法律层面上,我现在已经处理不了这个案子了。"

沈安笑了笑,接过罗禹静的话头,说:"所以罗律师想问,我为什么还要来是吗?"

罗禹静没有否认,"沈先生是聪明人。"

沈安拿起手边的糖包,全部倒进卡布奇诺里。他低头尝了尝,摇头,还是不够甜,最后又管服务生要了一个奶包加进去才算满意。大概又喝了三四口,沈安才放下咖啡杯,抬头看着罗禹静的眼睛,问:"难道罗律师就不想从我这了解些什么吗?"

这下连一向严肃的罗禹静都笑了。她伸手推了推鼻梁上的眼镜,说:"那沈先生会告诉我?"

沈安点头,"我知无不言。"

"好,那请问沈先生,您昨天上午九点左右在哪里,做了什么?"

"昨天上午九点,我在公司的办公室处理一份文件。因为是另一个公司发来的合作毁约,我当时很恼火,所以记得很清楚。后来下午我召集公司高层开了一个紧急会议,这也是我昨天和您爽约的原因。"

"有证人吗？证明你的确在薛氏公司，而没有出现在薛家？"

"有啊，我的助手，Cara。至于下午，薛氏公司的高层都可以为我证明。"

"可是……"罗禹静身体向前，继续逼问，"也没有人可以证明，昨天上午九点左右，你没有出现在薛家。薛佳佳之前起诉离婚，这伤害了你的经济利益。如果顺利离婚，你很有可能被踢出薛氏集团的董事局。这时你紧张了，害怕了，就想着万一薛佳佳真的够狠心，你也得在她绝情之前捞上一笔。可你没想到自己在公司做的手脚被薛千发现了，你怎么会甘心人财两空、锒铛入狱呢？"

听了罗禹静的话，沈安无奈地把身体靠到沙发背上。他说："罗律师，我知道薛千一死，所有的嫌疑都到了我身上。但是我不知道的是，咱们的罗大律师办案子什么时候只凭猜测，不讲证据了呀？"

沈安的话让罗禹静的脸色很不好，但她迅速平复了自己的心绪，对沈安说了声"抱歉"。

"另外，"沈安说，"不管你信不信，我没有杀薛千。"

第八章　初见端倪

回程的路上，照例是罗禹静开车，唐果坐在副驾驶上整理和当事人见面后的材料。只是这次唐果整理得不是很静心，她一会儿看看窗外，一会儿瞄一眼罗禹静，最后倒是把原本心平气和的罗禹静搞得有点烦躁了。

罗禹静转头瞥了唐果一眼，说："有什么想问的赶紧问。"

"哎呀师父！"唐果立马凑上来，问，"你说你相信沈安说的话吗？"

"我只相信证据。"罗禹静酷酷地说。

"哎呀师父，你这么跟我搞专业就没有意思了啊，咱们就私下聊聊看法。"

"既然聊看法，那你也别光顾着问我。你是怎么个想法？"罗禹静反问。

"我啊……"唐果抱着文件夹，一时间有些惆怅，"我觉得我还是有点信沈安的。他这个人吧，虽然怎么看都有点怪，但你说亲手杀死自己的岳父，这么变态不能够吧？"

这点罗禹静倒是很不以为然，"变态是不会把'变态'两个字印到脑门上给你看的。"

之后的两天，罗禹静忙得脚打后脑勺，连每天在事务所打卡都是唐果帮忙完成的。反而闲成狗的唐果一边吹着热咖啡，一边和旁边的助理抱怨："王小布，你说我是不是天生克官司啊？好好的离婚官司，我给搞成了经济犯罪，现在经济犯罪又搞成了刑事杀人。我要是再继续跟进下去，是不是能搞出来个跨星球联合作战？"

王小布可不闲，他在下班之前整理不出来明天师父要的材料，他明天就可以去事务所的后勤部报到了！他师父说了，后勤部一个扫厕所的阿姨昨天正好辞职回家带孙子了！

王小布磨着牙对唐果说："我发誓，你闲不过今晚！"

事实证明，王小布的嘴是开过光的，晚上公司刚打下班铃，唐果就接到了罗禹静的电话。

罗禹静在电话那头火急火燎地说："唐果，你把之前我们对沈安做的所有调查和见面记录都带过来给我，打车，快！"

"啊！没问题！"唐果歪着头夹住手机，已经低头开始找资料了，"哎哎，师父，你别挂电话啊，你在哪儿啊……"

罗禹静停了一下，喘匀了气才开口道："我在市公安局，你进去就说找林警官。"

三分钟后，唐果火速整理好资料，往包包里一塞。飞奔出事务所之前，还不忘问候王小布："明天我们卫生间见，希望你打扫得干净一些！"

在赶去市公安局的路上，唐果还寻思着沈安又起了什么幺蛾子，连林警官都惊动了。等唐果找到罗禹静，才得知沈安这次起的绝对不是一只普通的幺蛾子。

罗禹静一边接手唐果带过来的材料，一边简单地和唐果交代道:"尸检中我们在薛干的指甲缝里找到了沈安的DNA,现在就算不能确定沈安就是凶手,也能抓捕回来审讯了。"

唐果的嘴巴当即张成了一个O形,哇,沈安还真就这么变态。

林风林警官拿到了逮捕证,带着另外两名警官前往沈安的住所。

唐果有些腿抖地拉住罗禹静,说:"师……师父……这种警察干的活儿,我们做律师的就不要掺和了吧?"

罗禹静听到唐果的小颤音才有些从刚刚的紧张中缓过神来,她难得的有些温柔地摸了摸唐果的后脑勺,问:"怎么,这就怕了?"

"怕?"唐果立马挺直了腰板,"我可是律师,我没怕的!"

"一个没律师证的律师?也不知道当初老板为什么招了你。"

"师父……"

有些话唐果说得还是对的,逮捕嫌疑人到之后的审讯等,都不是她一个律师的活儿。收拾了一下手头杂七杂八的材料,罗禹静就带着唐果回事务所了。

罗禹静自认是一个心态平和的人,从前无论遇到多大的案子,遇见多大的困难,她都能做到泰山压顶而面不改色。可不知怎么的,从市公安局回来,她总觉得浑身都在冒冷汗。中间唐果进来给她添茶水,罗禹静竟然脱手把茶杯摔碎了。唐果有些不明所以,"师父你这是怎么了?案子的进展不是还不错吗?"

罗禹静抽了张纸巾,擦擦手心的虚汗,说:"我也不知道怎么了,总觉得不踏实。"

罗禹静的话音刚落,办公桌上的电话响了起来。电话铃声大且刺耳,搞得罗禹静和唐果都抖了一抖。

罗禹静接起电话,是林风深沉的声音,林风说:"罗律师,你来一下长庆街566号吧。"

"好的。你们抓到沈安了?"罗禹静静了一下自己的身心,问。

被罗禹静这么一问,一向果敢的林风警官倒是停了一下,说:"算是吧。我们在沈安家发现了他的尸体。"

罗禹静和唐果一路带着不可名状的情绪赶往沈安家,到了地方,找到林警官,却看到了另外一幅触目惊心的画面。沈安的脸色已经发青,四肢有些僵硬,地上是一大摊的血泊,好像是把沈安身体里所有的血都放出来了一般。而此时的沈安正躺在薛佳佳的怀里……

听见更多的脚步声,薛佳佳懵懵懂懂地抬起头来,看向罗禹静和唐果。她晃了晃手里的刀,对罗禹静说:"学姐,你来了啊。你来帮我看看,我的沈安现在是不是不漂亮了啊?"

"啊……"罗禹静悲痛地吼了一句,好像忘记了平日里所有的宠辱不惊。她想冲到薛佳佳身边,抢走她手里危险的刀,却被林风拦下了。

林风抱住有些失控的罗禹静,低声说:"不能破坏现场……"

罗禹静站在原地不动了,声音却还是不稳的。她对薛佳佳喊道:"你就为了那么一个男人,值得吗?"

薛佳佳低头摸了摸沈安发凉的脸,像是在回答罗禹静的话,也像是在自言自语。她说:"我知道啊,沈安他欺骗了我的感情,毁掉了我的婚姻,现在不但抽空了我爸的公司,还杀死了我爸,他就是该死啊!"

"沈安该不该死,是律师说了算的!你现在这样,除了搭上自己,还能解决什么?"

薛佳佳的声音更低了,"大概只有我们都死了,我和沈安之间的债才算彻底结清了吧……"

薛佳佳被林风带回了警局,罗禹静想跟着去,但被林风拦下了。

林风说:"罗律师,你的心情我能理解,但是你现在跟着去警局也解决不了任何问题。薛佳佳现在涉嫌杀人,是要马上立案提审的。就算你做薛佳佳的辩护律师,也要等到提审后见面。"

"可是……"罗禹静到现在还有些不相信,"可是我不相信薛佳佳会杀人啊……她是那么好的一个人啊……"

"法律不会冤枉一个好人,但也不会偏袒任何一个坏人。"林风拍了下罗禹静的肩膀以示安慰,他说,"我也不想相信薛佳佳真的杀了人,但只有我们相信是不够的。"

唐果算是搀扶着罗禹静回到了事务所,她给师父倒了杯热水,语气轻轻地安慰道:"师父,这案子不是还没定呢嘛,一切都还不好说。"

"是啊,我一定会找出薛佳佳没有杀人的证据。"

唐果半蹲下来,仰着头看着罗禹静。她说:"师父啊,我能问你一个比较私人的问题吗?"

罗禹静点了点头,却把唐果要问的话说了出来,她说:"你是想问我为什么单单对薛佳佳这么上心吧?"

唐果吐了下舌头，有种被戳穿的小害羞。她说："是啊是啊，平时师父在工作中可都是铁面无私的。"

罗禹静接过水杯，却没有喝。她拿着水杯，望着杯里的水，倒是想起了不少自己青葱岁月里的事儿。

罗禹静说："我和薛佳佳是一个大学但不同专业的，勉强能算上学姐学妹的关系。薛佳佳是个富家千金，却是个极其低调的富家千金，我第一次看到她的名字，还是在助学出资人的名单上。那时我研一，薛佳佳大二。唐果，我也不怕你笑话，我是个农村出来的孩子，家里的钱不是给哥哥上学就是给哥哥娶老婆了。我靠自己勤工俭学，勉强读完了本科，却也实在无力支付读研的费用。但你也知道，学我们法律这种专业，没有研究生文凭，怎么在律师界安身立命，找到好的事务所的工作？而就是薛佳佳，资助了我三年的学费。"

唐果点头附和："我第一次见到佳佳姐，就感觉她是个非常好的女人。"

"是啊，薛佳佳非常善良。没有当初的她，就没有现在的罗律师，所以我一定要帮她翻身打赢官司。"

薛佳佳的提审很快结束，第二天，罗禹静托了林风要和薛佳佳见面。林风向下属交代下去，传回来的却是薛佳佳不想见任何人的消息。

林风说："罗律师，在昨天的提审中，薛佳佳承认了自己杀死沈安的事实。而在凶杀现场的取证中，所有的罪证也都指向薛佳佳。现场除了薛佳佳一个人的指纹、足迹，甚至血迹，没有第三个人的。薛佳佳不但承认了罪状，还放弃律师的辩护。现在看来，后面的开庭审理都成了过场，她这个罪定死了。"

罗禹静退后两步,摇头,还是摇头,"不管这个案子定得有多死,我就是不相信薛佳佳会杀人。这里面一定有隐情!"罗禹静好像忽然想到了什么,抓住林风的袖口说,"林警官,你能带我再去趟案发现场吗?"

林风犹豫了下,还是点点头。

罗禹静忙着去查薛佳佳的案子,唐果便有幸清闲了片刻。正好赶上周五晚上,第二天周末休息,唐果就一路杀到了超市,买了一大堆火锅食材和啤酒饮料。等到结账的时候,唐果才发现自己买多了,一个人肯定吃不完。她就拿出手机,摇来了曲向歌同学。

曲向歌同学火急火燎地赶到唐果的公寓,唐果煮的火锅锅底刚刚冒了第一个泡。

曲向歌一边气喘吁吁地坐在沙发上喝冰啤酒润嗓子,一边不忘和唐果抱怨:"唐果,你这个人就是这点不仗义,想不起来我的时候一年都不带请我吃一顿饭的;想起来我了吧,又恨不得我坐火箭飞过来。你说这么多年了,白文宇是怎么忍受得了你的啊?"

"他……他已经不需要忍我了啊。"

"我擦。"曲向歌自知失言,便又开了一瓶冰啤酒,说,"老子嘴上没个把门儿的,自罚一瓶啊,一瓶。"

唐果摇了摇头,也打开一瓶冰啤酒,说:"小事儿,谁还没一两个不靠谱的前任了。"

"我妹子就是爽快!不过你今儿个怎么想起请我吃火锅了?"

"哦，也没啥，就是吃的买多了，不舍得扔。而且我微信里单身狗好像就剩你一个了，就找你喽。"

曲向歌噎了一噎，指着唐果跟前儿的酒瓶子对唐果说："老妹儿，这瓶说啥都得你自罚了吧？"

说是吃火锅，最后火锅剩了不少，两个人倒是把啤酒都喝光了。要不是曲向歌拦着，唐果还想着到楼下的小超市抬一箱回来呢。喝到最后，两个人迷迷糊糊地都睡了，一个嘴里嘀咕着"那么好的一个人怎么就杀人了呢"，另一个嘀咕着"再扣老子全勤，老子杀你全家"。

第二天天才刚蒙蒙亮，客厅里就响起了《猪八戒背媳妇》的手机铃声。曲向歌睡得死，只嘟哝了句"屁，老子没媳妇儿"就继续睡了。倒是唐果觉轻，第二遍铃声刚响就接了。

"喂，谁啊？"到底是宿醉，唐果的声音沙哑又阴沉。

对方反应很敏锐，直接问："你喝酒了？"然后自报家门，"曹星光。"

唐果揉了揉眼睛，拿开手机看了下手机屏幕上通话人"大老板"，不禁在心里"卧槽"了一声。她清了清嗓子，对曹星光说："那个啥，大老板，您有什么吩咐吗？今天，好像，大概，可能，是周末啊……"

曹星光自知有点没事找事，却也做得很是大义凛然。他说："小珊说她想你了，想和你吃顿饭。"

唐果心里又骂了句"卧槽"，以小珊的性格，她会告诉曹星光她想谁了？不过谁叫人家是给她发工资的大老板呢，唐果屁颠屁颠地回了句"马上就到"，不管曲向歌，一窝蜂地就跑出去了。

唐果赶到曹家的时候，曹星光和曹小珊果然坐在饭桌前等着唐果开饭。唐果走过来摸摸曹小珊的头，说："小珊，不好意思啊，唐果姐姐来晚了，饿坏了吧？"

曹小珊没有躲开唐果的手，但除了摇头，也并没有多给唐果其他的回应。

曹星光拿着筷子敲了敲瓷盘，不满地说："来了就赶紧吃饭。"

唐果委委屈屈地坐到曹小珊对面的位子，嘀咕道："拿着筷子敲，真没礼貌。"

没意外的，这句话被曹星光听了去。曹星光说："是啊，迟到了这么久，你可真有礼貌。"

唐果撇撇嘴，无话可说。

曹家的早饭营养却很简单，不到半个小时三个人都吃完了。阿姨回来收拾桌子，小珊抱着熊娃娃回了房间，只剩下她和曹星光两个人大眼瞪小眼，唐果觉得有点头疼了。

曹星光盯了唐果一会儿后，终于放行，说："到客厅坐一会儿吧，那儿有水果。"

哦……怎么还不让走……

坐定后，曹星光开口问道："听说沈安死了，你说你这接的案子怎么总出事情？"

唐果放下手里的苹果，摊摊手，说："我也很绝望啊，但我能有什么办法？不过你的消息还挺灵通的嘛。"

曹星光冷笑了一声，说："薛氏接二连三出了这么多事，我不想知道也难。只是我没想到薛佳佳也被卷了进来，看来薛氏离被拍卖不远了。"

"我怎么觉得你这语气里有点幸灾乐祸啊？难不成你也觊

觎薛氏？"

"薛氏？"这回曹星光是真的笑了，"区区一个薛氏，还不足以进我的眼。"

"是是是，您老纵横商界天下无敌，可您把我叫过来干什么呀？就为了看我笑话？"

曹星光挪了下位置，靠得离唐果更近了，浓郁的男子气息和淡淡的古龙香水味道立马扑进了唐果的鼻子。唐果有些不适应，想往后退一退，却发现沙发上已经无处可退。

"你……你笑话就笑话我了，我不跟你计较，可你怎么还得寸进尺，人身攻击上了……"

曹星光伸手，拿掉唐果肩膀上掉落的头发。他说："我没有想笑话你，我叫你来，就是想问问你，你有没有姐姐或者阿姨。我认识的一个人，她和你长得很像。"

"啊？像我？"曹星光话题转得如此快，唐果有些反应不过来了，"可是我没有姐姐啊，阿姨倒是有一个，可她跟我长得一点都不像，她都四十多岁了。"

"哦，是吗。"曹星光的语气明显带着失望。他从一个文件袋里拿出一张照片，照片上的女孩子二十出头，扎着高高的马尾，在阳光下，手拿一只蒲公英，和唐果长得简直一模一样。

唐果接过照片，看着照片里的女孩子，目瞪口呆，还真是一模一样啊。要不是照片微微泛黄，唐果都觉得那个人就是自己了。

这是唐果第一次见到唐葭的样子。

第九章　李代桃僵

罗禹静和林风重新来到案发现场，现场除了沈安的尸体被抬走，其他的都没有动。罗禹静戴上手套，穿好鞋套，抬起警戒线，进去仔细观察。

观察了一会儿，罗禹静对林风说："林警官，你觉不觉得，这个现场实在太完美了。起因，实施，到最后的凶案结果，每一个细节都顺理成章，甚至无懈可击。可作为一名'同妻'，被丈夫欺骗感情，丈夫还有谋杀自己父亲的嫌疑，按理说这种情况不可能还保持安静，完成这一系列事情。"

林风点头，说："你说的这点我当然也考虑过，但是归根到底，还是没有能让薛佳佳逃脱罪状的证据。"

罗禹静拿起导致沈安致命的那把刀，说："不管被谁杀害，沈安一定是不愿意的，会反抗的。那么这把刀上一定会有凶手的指纹或者血迹。而现在这把刀，无论是指纹还是血迹，都太过平整了。杀一个人，又不是切猪肉，怎么可能手起刀落那么干脆？"

"你是怀疑，这把刀被真正的凶手处理过了？"

罗禹静点头。

"可是，这刀上确实没有别人的指纹和血迹，这是检测过了的。"

"那如果血迹少到连机器都测不出来呢？"

回到事务所，罗禹静一头扎进资料里，下班都没有回家。第二天一大早同事们陆陆续续来上班，罗禹静也没停下手里的工作。

王小布这个周末加了班，所以是知道罗禹静动态的，就碰了下唐果的手臂，小声说："哎唐果，你师父可都加班加点不眠不休干了两天了，你这个徒弟却这么清闲，这不地道吧？"

"啊？啊，师父是在帮嫌疑人找脱罪的证据呢。好吧，我也别闲着了，有钱出钱有力出力吧。"

唐果一心想帮师父，却遭到罗禹静的无视。她溜到桌边，看了看桌上成摞的文件，什么血迹啊、鉴定什么的，唐果也就明白个大概。

唐果说："师父啊，你是不是想鉴定出案发现场还有第三人的血迹？"

罗禹静点点头，说："林警官说现场没有第三人的血迹，但人类的科学还是存在局限的，也许以当前的技术鉴定不出来呢。"

这点唐果赞同，可既然科学技术都难以达到的事儿，人就更难办了啊。

唐果把这件事记在了心上，连晚上和曲向歌吃饭都想着。

曲向歌敲了敲唐果的碗，说："我说唐果，你这就过分了啊。我都不怪罪你把我喝多了让我上班迟到，你现在却摆张脸给我看。"

唐果还是有些心不在焉，说："唉，跟你没关系。"

"哟，这怎么还唉声叹气上了。说说看，看看哥能不能帮上你。"

"就你？"唐果难以置信。

曲向歌这就不乐意了，啪的一声拍了下桌子，说："你瞧不上人了是不？"

"不是不是，唉，跟你说了吧……"

唐果说得有点颠三倒四，但曲向歌听懂了。他说："我当是什么事儿呢，你们不是要鉴定血迹嘛，那找条狗不就结了嘛！"

"狗？师父倒也查过相关资料，但一条狗真有那么神奇？"

"这你就少见多怪了吧。要不说还真挺巧，我前两天刚好看了一个什么节目，里面有一条警犬，能在被稀释了两千万亿倍的水里找出人的血迹！当时都把我惊呆了好吗！"

"能找出被稀释的血迹……"唐果反应过来后，短暂的一声谢就跑开了。曲向歌看着一阵风似的飘出去的唐果，觉得这姑娘卸磨杀驴杀得有点快啊。

唐果把这个想法说给罗禹静听后，罗禹静觉得可以试一试。她给林风打了一个电话，说了事情的原委，看看他能不能帮个忙。林风答应得很爽快，说不出三天，一定帮她找到一条嗅觉极灵敏的狗来。

唐果看着罗禹静挂断电话，心里想着师父啥时候跟这个林警官这么熟啦。

事实证明，林风林警官绝对是个办事靠谱又得力的人。第二天下午，就有消息了。这回原样有了，狗有了，就差样本了。林风逐一在和沈安有关系的人身上取样，最后结果表明，那把刀上还有Cara的血迹。

Cara，沈安的男助理，这个在沈安身边时时陪着他的人，最后却亲手杀了他，并栽赃给他的妻子。唐果想想，不禁唏嘘。

Cara是在半个月后才落网的，那个时候他已经坐上了逃亡境外的黑船。Cara对他所犯的罪状供认不讳，至此薛佳佳才算真正逃脱了嫌疑。

去警局接薛佳佳，是唐果陪着罗禹静去的。从看守所出来的薛佳佳没有了精致的妆容，头发散乱，这和唐果最初看到的薛佳佳大相径庭。

薛佳佳看到罗禹静，勉强挤出个笑容来。她朝罗禹静鞠了一躬，说："学姐，当时我虽然有求死的心，但现在依然感谢你救了我。"

罗禹静走过去抱住薛佳佳明显瘦弱了的肩膀，"这没什么。"

罗禹静陪着薛佳佳去了她的公寓，薛家老宅有父亲的印记，和沈安的家更是有她不能回忆的痛，所以她只能去一个和谁都不相干的地方。

罗禹静本以为薛佳佳什么都不会说，想着陪陪她，看着她没什么事就够了。结果出乎意料，薛佳佳把事情的经过都说了出来。

那天，是薛佳佳把沈安约回家的。她就是想问问他，她父亲的死是不是跟他有关。

沈安按时回来，脸色却是难看的。他像抓小鸡似的一把抓起了薛佳佳，然后猛地一用力，将她甩到了地上！客厅的地铺的是瓷砖，薛佳佳感觉自己浑身的骨头都散了。更要命的是，在摔落的过程中，薛佳佳的头撞到了茶几角上，额头当时就出现一块血印。

薛佳佳把眼泪揉碎了往肚子里咽，她不可思议地瞪着沈安，说："怎么？现在是要连我也一起杀人灭口了吗？"

"杀你？"沈安转了转手腕，坐在沙发上，跷起二郎腿，居高临下地对薛佳佳说，"薛千那老东西蠢，想不到连你也这么蠢！"

薛佳佳只觉得此刻的沈安无比可怕，她后退着想逃离他，说："沈安，你到底想怎么样？"

"我想怎么样？"沈安点了一支烟，竟笑出了声音，说，"当初我让你不要跟我离婚，是你非要跟我打官司！活该你到现在都是我法律上的老婆！当初我让薛千把一个分公司转到我名下，是他贪图钱财不肯给我，也活该他不得好死！"

"不得好死的人是你！沈安，我们薛家从来就没有对不起你！"

"没有对不起我？不，不，薛佳佳，你知道我的痛苦吗？那么年轻就要娶一个自己不爱，还大自己那么多的女人。而我，根本就不可能喜欢女人！你知道和你做爱的那几次，我有多恶心吗？！"

"恶心……"薛佳佳再也忍不住，哭了出来，"沈安，你还是一个青年的时候我就那么喜欢你。这些年，我给你钱、股票、别墅、豪车，我给你我有的一切！到最后，我就换来了一句恶心？"

沈安从沙发上站起身，走到薛佳佳面前，蹲下身，抬起她的下巴。他掐着她的嘴巴，把手里的烟灰弹到里面。沈安说：

"对啊,就是恶心,你满意吗?"说完,便抡起拳头一拳一拳砸到了薛佳佳的身上。

在薛佳佳的记忆里,有那么一刻短暂的空白,她也不知道是因为身上的疼,还是因为心里的疼。她只知道,等她醒来,沈安已经满身是血地躺在她怀里了。

薛佳佳抱着冰凉的沈安坐了好久好久。她想起了她与沈安的初遇,那明媚少年的惊鸿一瞥,惊艳了薛佳佳近三十年的人生岁月。她想起了他们生活在一起的点点滴滴,曾经那么恨的一个人,如今抱在怀里,竟都成了旖旎缱绻。

薛佳佳想,那不如我就这么陪你去吧。不管你怎么讨厌我,不管我怎么记恨你,我们终归是做了一场夫妻的。

罗禹静把后面的事情告诉给了薛佳佳,听到沈安是被Cara杀死的,她还是略略有些惆怅的。薛佳佳说:"我一直都知道沈安对Cara是有真感情的,却不知道Cara为什么会亲手杀死他。"

"为情为利,大概是逃不出这二者吧。"

"那我父亲呢?"薛佳佳问,"真的是沈安杀的吗?"

罗禹静点头,又摇头,说:"也算参与了吧,他和Cara一起。"

薛佳佳向后仰倒在沙发上,用手背盖住眼睛,久久没有反应。

薛佳佳这天最后说的话罗禹静记得很深,她说:"我一直都觉得,婚姻就是一座围城。却不想,我是以这种方式走出这座城的。"

从薛佳佳的离婚案,到沈安的经济犯罪案,从薛千的被杀案,再到沈安的被杀案,在Cara被审判的那一刻,终于都告一段落了。

案子结束后,罗禹静在事务所请了年假。她上午刚请完假,下午就拉着行李箱消失不见了。

两天后,唐果在朋友圈看到罗禹静晒的海边度假照,倒也是放下了心。

唐果因为跟着师父完成的案子不错,便顺利地在盛夏律师事务所转正。正式入职入档案那天,唐果还特意换上了黑色西装套裙,正式得不得了。

王小布上上下下瞧了唐果一番,不禁取笑道:"哟,唐果,你这是要走上职业巅峰啊!"

唐果得意地转了个圈,说:"那可不,我还想着今年好好学习学习法规啥的,明年考个律师证呢。"

"What?唐果,你真是不知者无畏啊,我一个法学专业的,到现在都没把那破证考下来!"

"你笨不代表人人都笨嘛。"

"唐果你!"

罗禹静出门旅游了,唐果很是羡慕,就去问人事部她能不能有几天假。人事主管有些为难,说:"你才刚转正,还没有年假呢。"

唐果有些失望,和人事主管掏心掏肺地聊:"主任,你看啊,我从盛夏的实习生做到现在,可是一天都没有休假的。现在转正了,心里也终于踏实了。我工作了这么久,想回趟家看看嘛。"

人事主管思考又思考,最后还是决定通融一下,给了唐果三天假。拿到假期的唐果没有马上收拾行李,也没有外出旅游的打算,而是打了辆出租车,到了自己的大学校园。

唐果站在校园门口,并没有进去。她拿出手机,在通讯录里找到白文宇的名字,抬手,拨了过去。

白文宇接电话的速度不慢,只响了三声。他的气息很稳,说:"唐果,找我有什么事吗?"

唐果没跟白文宇绕弯子,直接说:"白文宇,你能在学校请两天假吗?"

到底是心有灵犀,白文宇问:"是和你一起回老家吗?"

"嗯。白文宇,我们回老家把离婚手续办了吧。"

白文宇停了大概两秒钟,然后同意了。

在回家乡的绿皮火车上,唐果坐在窗边的位子。她看着窗外越来越发黄、荒凉的景色,想着这就跟她和白文宇的关系一样。

白文宇打开一瓶矿泉水,递给唐果。他问:"怎么突然想起回老家了?"

唐果接过水,喝了一口,答道:"这些天我在事务所接到一个离婚案子,当事人深爱着她的老公,却不得已要和他离婚。他们的离婚最后也没有离成,因为她老公死了。当事人说她一直要逃出婚姻的围城,不承想是以这种方式逃出的。所以我就想,白文宇,如果我们真的不爱了,要逃出这座围城,那么也以我们自己喜欢的方式吧。"

因为是周一,民政局不忙,稀稀拉拉只有三两对新人和唐果、白文宇这一对。时代不同了,离婚证也变成了红本本。若不是看他们的神情,还真是分辨不出来他们是在结婚还是离婚。

拿到本本的一刻，唐果说不出地释然，就连白文字都舒了一口气。他们在民政局门口分了手，说了再见。

或许，真的就再也不见了。

唐果看着白文字渐渐远去的背影，泪水终于蒙上了眼睛。那曾经是她的少年，现在已然不再有任何关系。两个人的婚姻开始得荒谬，结束得却如此正经，也许这才是人生的一种圆满吧。

有一件事是所有人都不知道的，那就是Cara在被审判前，与曹星光见了一面。

曹星光第一次得到消息的时候，想都没想就回绝了，"沈安的助理？我为什么要见他？"

第二次Cara托人给曹星光带消息，附加了一个人的名字：颜夏。

曹星光赶走了传消息的人，然后把自己锁在书房里，整整一天都没有出来。烟灰缸里的烟蒂已经满了，烟盒里也不再有烟了。他觉得眼眶有点疼，往窗外看的时候，发现天已经渐渐黑了。

等到曹星光回过神，他迅速起身，从车库里取出车，一脚油门飙到一百二十迈，朝看守所的方向赶去。

曹星光坐在Cara对面，两个人中间隔着玻璃。Cara是金发碧眼的样子，朝曹星光眯眯地笑着。

所有的激动和惊骇好像都在刚才的飙车中用尽了，此时看着Cara的曹星光无比平静，至少表面上是这样的。

他们就这样对视了一分钟、两分钟、五分钟、十分钟……谁也没开口说话。

最后到底是Cara没忍住，率先开了口。Cara说："曹先生，想不到您听到颜夏的名字，竟还能这么沉得住气。您就没有什么想问我的吗？"

曹星光只是摇摇头，还是没有说话。

曹星光的态度似乎激怒了Cara，他从椅子上站起来，冲到玻璃板前。向来温文尔雅的Cara此时却换上了一副兽性的样子，他龇着牙，张着手，眼睛里能瞪出血来。

Cara喊道："曹星光，你知道吗？这还只是一个开始！白东，就要回来了！"

白东，就要回来了。

掷地有声。

曹星光看着被狱警强行拉走的Cara，好像也拉扯住了他的两个心房，一整个心脏。

第二卷　法津的温度

第一章　灰发青年

唐果第一次见到蒋小晨，是在她从老家回来上班的第二天。

这天天气不错，唐果埋头苦干了一天，打算一会儿下班了约上曲向歌撸串。结果在下班铃响的前十五分钟，唐果接到了一个大活儿。

罗禹静把唐果叫到自己的办公室，伸手推了推鼻梁上的眼睛，还特意咳了一声，对唐果说："唐果啊，你说咱俩的师徒交情还算不错吧？"

唐果有些摸不清罗禹静的套路，差点都结巴了，说："哪能不错啊，那是相当好了。师父你就说吧，有啥刀山火海的，我替您冲锋陷阵！"

"那倒不必了。"听见唐果这么说，罗禹静立马有底气了，说，"没那么复杂，你就是帮我去见一个当事人。"

"啊？就这事儿？"以罗禹静雷厉风行的性子，这种小事分分钟打个电话就吩咐下去了，还用跟她攀上交情？

罗禹静点头，面部表情相当坦然，"啊，就这事儿？"

唐果都快跪了，立马狗腿地给罗禹静沏了杯热茶，又殷勤地端到罗禹静跟前，说："师父啊，您就跟我透个底儿，这个当事人是何方神圣,让您都不敢露面啊?"

罗禹静又咳了声,说:"其实也没啥,就是一会儿你去见面的时候,不管这个当事人怎么说,你都一口咬定不接这个案子就是了!"

放着案子不接,有钱不赚,师父啊,您是不是出门旅个游,忘记把脑子带回来了……

但师命不可违,唐果还是如约去见"神圣"了。见面地点是在一家非常出名的茶餐厅,餐厅说是出名,倒不见得他家的茶水有多好,而是他家除了茶水不卖,其他什么都有!唐果觉得这家老板八成是个〇〇后,非主流玩得就是比九〇后溜啊。

唐果走到约定好的餐桌,坐下,看见对面已经坐着的一位青年人。青年人在低头吃着一份海鲜拌饭,只给唐果留一个厚重的刘海,连眉头都看不见。青年人瘦极了,但穿的衣服很大,松松垮垮的,从侧面看,好像全凭一根脊椎骨在撑着。

青年人一直埋头在吃,似乎饿极了。唐果不忍心打扰,就在对面等着。约莫过了三分钟,青年吃完了。他点了支烟,依旧低着头。等一根烟快抽到了烟屁股,青年才将将把头抬起来。

青年长着一双大眼睛,但不知是没睡好还是怎么着,此时红肿得厉害。一双眉毛细长,衬得人有些斯文。青年掐灭烟,终于正眼看唐果了,他说:"哦,罗律师果然没有来。"

唐果看到了蒋小晨的正脸,也就是到了此时,唐果才反应过来为什么从一开始看蒋小晨就有一种说不出来的别扭。按照罗禹静的说法,蒋小晨今年才刚满二十岁。一个才二十岁的小伙子,却生着一头灰蒙蒙的头发。少白头?

"你就是蒋小晨吧?是这样的……"唐果只觉得头皮有点

麻麻的，说谎骗人她真的不在行啊，"罗律师上一个案子还在收尾阶段，客户就是上帝嘛，没有同时服务两个上帝的道理。所以罗律师就让她的助理，也就是我，来先跟您沟通沟通。"

蒋小晨似乎早就知道原委，对于唐果的说辞只是淡然一笑，并没有在这件事上继续为难唐果。

唐果见蒋小晨的情绪慢慢恢复正常，便开始进入了工作状态。她看着手中的资料，问道："蒋先生，据我所知，您现在正在为一件抢劫案烦恼。警方指控您于2月23日晚上十一点到十二点之间，抢劫了一位女士的挎包，里面有五万元现金，一条金手链，还有一部苹果手机。警方现在虽然没有确凿的证据，但已经向您发出了传唤。"

面对唐果的叙述，蒋小晨倒表现得很坦然。他说："嗯，是有这么一件事儿。"

见到蒋小晨还算配合，唐果乘胜追击："您既然选择了我们盛夏律师事务所，选择了罗律师为您辩护，我们就有权利从您这里知道真相。那天晚上，超市门口的监控里，那个男子的背影是不是您？如果不是，我们为您做无罪辩护，如果是，我们尽力为您减刑。"

其实蒋小晨压根儿就没听进去唐果的话，唐果说完后他又愣了好一会儿神才有所反应。他说："这位小姐姐，虽然你是罗律师的助理，但是有些话我只会对罗律师说的。顺便麻烦小姐姐一个事儿，帮我给罗律师带个话，就说她九年前曾帮我辩护过，这马上都第十年了，总得凑个整数，善始善终吧？"

唐果抱着材料回事务所的路上，心里有些复杂。她翻看了蒋小晨近十年的案卷，原来他小小年纪，师父已经帮他打过两次官司了。这分明就是个不知悔改的不良少年嘛！难怪这次师父不肯再帮他打官司了。

夜幕降临后的北京城依旧拥堵，唐果长时间地挤在公交车里，呼吸都有些不畅了，于是提前下了车。唐果在原地环顾了一周，竟发现薛氏集团就在马路对面。

关于薛佳佳的后续，唐果听师父说过。被释放后的薛佳佳没有意志消沉，而是休息了两天后，重回薛氏上班。面对财务上的赤字，薛佳佳果断申请了公司破产，她把破产清算的钱用于还清公司的债务和员工的工资。薛佳佳说："只要我薛佳佳在，薛氏集团的招牌还在，我就有信心重新把它买回来！"

唐果走到薛氏集团大楼跟前，现在它已经不叫薛氏集团了，但薛佳佳继续留在这里工作。正在唐果犹豫着要不要进去见见薛佳佳时，就被身后的车喇叭声惊了一哆嗦。唐果回头一看，是多日不见的大老板，曹星光。

曹星光摇下车窗，微微探出头，对唐果说："怎么？你这是有跳槽的打算？"

唐果一笑，想着自己这位大老板心肠还算善良，可嘴巴怎么就这么毒呢？真是让人喜欢不起来呀！

"老板，您说得哪儿的话，薛佳佳不是我之前的当事人嘛。现在案子虽然结了，但是路过这里，总想再看看她。"

"上来，我请你喝杯咖啡。"说着，曹星光开了车锁。

唐果在路上奔波的时间长了，哪还有胃口喝咖啡，就说："还是下次我请老板您喝咖啡吧。您看我现在都站在薛氏门口了，不进去看看佳佳姐，说不过去吧？"

"你要见薛佳佳？她不在公司，你还是跟我过来喝咖啡吧。"

唐果就这样云里雾里地跟着曹星光来到薛氏旁边的一家咖啡店，等吃上甜点的时候，曹星光才悠悠地开口，告诉唐果他为什么会知道薛佳佳的行程。

"薛氏申请破产后，我买了薛氏百分之六十的股权。"

要说不吃惊那是不可能的，唐果问："也就是说，你是薛氏的新老板？你确定这不是在趁火打劫？"

"趁火打劫？"曹星光觉得好笑死了，说，"薛氏之前被沈安和Cara搬得几乎成了空架子，我这明明是雪中送炭！"

唐果服了，"好好好，您是老板，您说得都对。"

唐果本以为曹星光碰上自己是偶遇，喝咖啡是闲聊，却没想到曹星光最后交代了一件正经事。

曹星光结了账，走出咖啡店，还发善心地开车送唐果回家。到了唐果出租房的楼门口，唐果刚想伸手开车门，只听嘀的一声，车门落了锁。

"老板……你你你，你这是……"唐果有一瞬的恐慌，毕竟，夜黑风高，孤男寡女，大老板与职场小菜鸟，怎能不让人有一番遐想。

曹星光见唐果的反应，脸直接都气黑了。他说："你可以质疑我的人品，但你不能质疑我的品位吧？"

唉，我这小暴脾气……

唐果低着头，不想看曹星光的眼睛，气呼呼地说："老板，您有什么吩咐就直接说，不要以打击我为乐趣……毕竟，退一万步讲，我是可以换老板的。"

"好了，不逗你了。"曹星光还算知道适可而止，说，"你也知道小珊的情况，她需要人多陪伴。但你也知道我工作实在太忙，所以请你有空的时候，多去我家陪陪小珊。这是钥匙。"说着，曹星光拿起唐果的手，把一把钥匙放在了她的手掌心。

唐果只觉得从掌心开始，全身竟像过了电一般。她也知道曹星光决定的事儿，她推辞不掉，就立马收了钥匙，说："好说好说，我和小珊也很有缘分，我喜欢她。"说完，唐果在车门解锁后，就立马下车跑回家了。

曹星光坐在车里，看着唐果的背影，看着唐果卧室里的灯亮起。她的窗帘是粉色的，透着粉幽幽的光亮。曹星光点燃一根烟，吸了一口，陷入了沉思。

唐葭，她不是你。

那她，又是谁呢？

第二天一上班，唐果就和罗禹静交代了昨天和蒋小晨见面的经过。唐果有些义愤填膺地说："师父，你不接这案子是对的，那个蒋小晨简直就是无可救药！从十二岁就开始偷别人东西，到了二十岁已经知道当街抢劫了。师父，你这次要是帮了他，等他再出狱，还不得杀人啊？"

相比于唐果的气愤，罗禹静表现得就平静多了。但她的脸色不太好，声音沉沉地说："虽然我不想接这个案子，但是唐果，你要是有空的话，就帮我照看着他点吧。"

"啊……啊，好。"对于罗禹静的嘱咐，唐果有些摸不着头脑。师父见都不想见的人，怎么暗地里却对他照顾有加？

按照罗禹静的嘱咐，唐果偶尔在下班的时候会到蒋小晨的住处看看。说是住处，其实就是蒋小晨租的一间地下室。地下室不足五平方米，只有一张单人床，剩下的所有衣物都在地上堆着。但大多时候，蒋小晨工作的时间比唐果长很多，所以唐果就到蒋小晨工作的地方看看他。蒋小晨白天在汽修厂做小工。因为是做小工的,蒋小晨做的都是最脏最累的活儿。整个人每天都黑乎乎、油腻腻的,要不是一头明显的灰发,唐果都认不出他来。

蒋小晨对于唐果的到来并没有什么反应,甚至唐果刚来的前几天,蒋小晨都像是不认识她一样。等到唐果第四次来,蒋小晨的同事调侃他:"哟,这是你新泡到的妞儿吧?别说,是比之前总追着跑的那女的好看!"

蒋小晨一边赶走自己的同事,一边把唐果拽到一个角落里。看样子蒋小晨休息得很不好,脸色苍白,眼下一边青黑。他瞪了唐果一眼,语气不算和善地说:"这位小姐姐,如果罗律师接了我的案子,我会亲自去找她。但如果她不接,你天天来我这儿算是个什么事儿啊?"

此刻蒋小晨站在自己跟前儿了,唐果才发现他居然是个蛮高个子的少年。唐果低头,看到蒋小晨指甲里全是黑乎乎的泥和油,胳膊上也有几处擦伤,一时间,唐果竟不知道是厌恶还是同情。

唐果不打算继续隐瞒蒋小晨,直接说道:"来看你是罗律师的意思,而且我也有点好奇,你到底是个什么样的人。"

蒋小晨点了一根烟,语气相当嘲讽,说:"什么样的人?屡教不改的少年犯呗!哦,不对,我已经二十岁了,早就可以判刑坐牢房了。"

"可是……我总觉得,以罗律师的人品,她不可能一而再、再而三地帮助一个无可救药的人。蒋小晨,犯错误不可怕,咱们把它改了不就好了吗?你为什么要一次一次伤罗律师的心呢?"唐果说得诚恳,她觉得,蒋小晨至少不是骨子里坏透了的人。

"唐助理。"蒋小晨此时彻底没了耐心,也没了好脾气,"你,罗禹静,你们这些人都是高高在上的法律工作者。你们帮罪犯打官司、辩护,你们自以为很了解罪犯,可你们当过罪犯吗?你们只知道站在法律和道德的制高点上指责我们,可你们从来不懂感同身受!"

唐果一直都以为蒋小晨是个性格温和的男孩,此时的爆发着实吓了唐果一跳。看着蒋小晨越走越远的背影,唐果想,或许师父错了吧,这个少年就没想改好过。

走出汽修厂,是一条林荫小路。此时天完全黑了下来,风也比白天大了。风吹着树叶沙沙作响,唐果裹紧了外衣,想着自己从下了班就一直没吃东西,一会儿吃一碗热乎乎的面,犒劳自己一下吧。

刚走出小路,弯还没拐过来呢,唐果只见一个白色人影直愣愣地冲到她跟前。唐果被吓得差点把手里的包包丢到"白影"的天门盖儿上。

"白影"连忙后退了两步,连连道歉,说:"对不起对不起,我不是坏人。我是,我是蒋小晨的一个朋友,我叫罗蓝蓝,我可以和你说一说小晨的事情吗?"

"哦……我还以为你索我命来着呢。"唐果放下举起来的包包,这才打量起眼前这个叫罗蓝蓝的小女孩。看着穿着和相貌,应该是和蒋小晨差不多大小。但蒋小晨的朋友找她来说什么?

"对不起对不起,是我太鲁莽了,但是我真的真的很着急。我特地从外地赶回来的,我很担心小晨,可小晨什么都不跟我讲,我现在也不了解情况,我……"

唐果看着背着书包，一身疲惫，快哭出声又语无伦次的小女孩，只好打断她，说："罗蓝蓝是吧？这样，我们一起去前面的一家面馆吃碗面，我们一边吃，一边谈。"

面馆不大，但挺干净。唐果帮罗蓝蓝点了一碗牛肉面，看她嘴唇干裂，就又加了一瓶冰汽水。在等面的过程中，唐果讲了一些蒋小晨的事。但唐果毕竟对蒋小晨不了解，罗禹静又没打算接这个案子，所以唐果知道的也只是一些皮毛。

唐果说："我知道的就是这些了，你要是想知道更具体的，只能问蒋小晨本人了。"

"不！"逐渐趋于平静的罗蓝蓝在听完唐果的叙述后变得异常激动，她说，"小晨不会再犯罪了！当初他是答应了罗律师也答应了我的！"

唐果有些头疼了，说："我也希望蒋小晨没有犯罪，但一切都得看证据。蒋小晨距离被起诉没剩多少天了，可他现在连律师都不配合，没人救得了他。"

"我求求你救救小晨吧！"罗蓝蓝抱住唐果的手臂，真的急哭了，"小晨真的不是坏人，他不该是这样的人生！"

第二章　他答应的

罗蓝蓝今年大二，她是得到消息偷偷从学校里跑出来的，都没来得及和辅导员打声招呼。背着的书包里面只装着手机和钱包，连一整套换洗衣服都没有。

吃完一大碗面，喝了杯柠檬水，罗蓝蓝的情绪慢慢平复了一些。唐果拿钱包付了钱，走出面馆的前一步，停下来转头问罗蓝蓝："姑娘，你晚上住哪儿？"

罗蓝蓝转了转大眼睛，特别坦诚地说："不知道啊。"

唐果有些头疼了，这姑娘和蒋小晨一样不让人省心啊。

已经是大半夜了，唐果也不晓得能把罗蓝蓝安排到哪儿。可看着这姑娘风尘仆仆的可怜样，唐果一时心软，就准备带她到自己的出租屋里将就一晚。滴滴约了一辆车，深夜，路上是难得的清净。不过这种清净很快被一通电话打破了，是曹星光。那个最近不知怎么的，莫名其妙清闲的大老板。

"你在哪儿？"曹老板开门见山问道。

"在外面啊，怎么了？"

"小珊前两天生病了，今天晚上刚清醒点，就说想你了，想你来陪陪她。我开车去你家接你，但你家没人。"

曹星光把话说得漂亮且理直气壮，搞得唐果差点觉得是自己做错事了。唐果转头看了看坐在自己旁边一直低着头的罗蓝蓝，对电话那头的曹星光说："那我明天一早去看小珊吧，然后给她做顿早餐。我现在有事儿，走不开。"

"什么事儿？这么晚了，你有什么事儿？"

What，大晚上的，什么事儿？和您有半毛钱关系吗？做我老板不过瘾，还当上我妈了不成？

可是……唐果怂啊，她吸了一口气，简单地说了一下罗蓝蓝的事儿。末了还加上一句自我感觉良好的制胜法宝，"关于蒋小晨的事儿，都是罗律师交代给我的。老板，我这也算是加班加点给您工作了是吧？"

对于唐果的邀功，曹星光只赏给了唐果一句脏话，"是个屁！"

唐果懵了，不表扬就不表扬呗，怎么还骂上人了。

接着，曹大老板就开始交代了，"你现在在哪儿，我去接你，我帮你安排罗红红的住处。"

人家叫罗蓝蓝！

曹老板的大悍马就是比滴滴师傅的捷达快，不到五分钟，唐果和罗蓝蓝就被曹星光成功拦截了。有罗蓝蓝在场，曹星光倒也是知道收敛，话不多，直接把她们拉到了一家连锁酒店。

前台小姐有些古怪地看着曹星光等一行三人，旁边坐着的保安大叔倒是朝着曹星光吹了一个响亮的口哨，就差把那句"行啊哥们儿，体力真好"说出口了。

曹星光皱着眉头让罗蓝蓝拿出身份证交给前台小姐，但前台小姐并不买账啊。她清了清嗓子，对曹星光说："先生，所有入住人员都需要出示身份证的。"

曹星光的脸色更难看了，几乎是从牙缝里挤出来几个字：

"就她一个人住！"说完，曹星光就拉住唐果把她拖走了。

唐果挣扎着回身，想和罗蓝蓝交代几句，但架不住曹星光力气大，她都快被扯成一只破抱抱熊了。

"曹星光，我敬你是我老板，但你也不能限制我人身自由吧？咱们都是搞法律的，谁也不用怕谁！"坐到车里，唐果拒绝曹星光为她系安全带，并难得的硬气了一回。

"搞法律的？你也知道你是搞法律的啊！破了个案子就觉得自己特别牛了，是不是？"

"我没觉得自己厉害，但我也不是白痴。"

"不是白痴？那你说的那个蒋小晨，你自己也说了他是个少年惯犯，罗禹静都不愿意接案子的罪犯嫌疑人！你跟他走那么近干吗？还有罗蓝蓝，你才认识她几分钟啊，就敢往家领？说你白痴都是抬举你！"

唐果刚刚冒起来的可以称之为勇敢的小泡泡，被曹星光噼里啪啦的几句话，戳得"biu biu biu"地全破了。好在唐果是个勇于承认错误的好孩子，她的语气软了一些，说："好吧，这件事确实是我考虑不周。但您要是有一个白痴的属下，也不见得是什么好事吧？"

曹星光第一次被唐果怼得哑口无言。

曹星光的沉默一直持续到唐果家楼下，他把车落了锁，不让唐果下车，也不跟她说话。

比不上曹星光的精力旺盛，奔波了一天的唐果此时已经困得快成大熊猫了。她解开安全带，转过头对曹星光说："老板，刚才是我误会您了。现在我已经知道了，是我做事太鲁莽，我会吸取教训的。当然，还要谢谢老板，事事为我考虑。"

唐果的话让曹星光重新愉悦了起来，他从鼻子里哼了哼，说道："怎么，感动了？"

看吧，这种人就是不能夸的！

唐果把头又往曹星光跟前凑了凑，说："那倒不是，我就是觉得吧，老板你最近怎么就这么闲呢？"

吧嗒一声，车门的锁开了。曹星光再次换上一张黑脸，对唐果命令道，"下车！"

下车就下车，她巴不得立马滚回自己的被窝睡觉觉呢。

唐果下车，但很快转过身来。她弯了下腰，伸手去敲曹星光的车窗，示意他把车窗摇下来。唐果就着慢慢下降的车窗，把上半身探到车子里，说："老板，你说你这个人吧，白瞎长了一副好心肠，全毁在你这张嘴巴上了！"然后没等曹星光反应过来，唐果夹着尾巴就跑了！

看着唐果逃跑的背影，其实曹星光是有冲动把她叫住，然后问她"既然你觉得我心肠不错，那要不要考虑做我女朋友"的。但再想想，就觉得自己的这个想法实在是太可笑了。唐果也就是一个小丫头片子，有什么值得他喜欢的？或许是因为她长得真的太像唐葭了。年纪大了之后，人总是会恋旧的，总喜欢接触和以前有关的人和事，好像只有和他们待在一起，心里才是踏实的。

可是，愧疚终究不是爱情啊。

更何况，这份愧疚应该是给予另一个女人的。

第二天，唐果又迎来了忙碌的一天。她定了早上五点的闹钟，闹钟一响，她就像诈尸了一般，眯着眼睛，披头散发地冲进卫生间。洗脸、刷牙、涂个爽肤水，再扎个头发，等唐果穿好衣服拿上包包冲出家门的时候，她特意低头看了眼手机上的时间：五点三十分，她就是个天才！

赶到小区的前一个街角，唐果坐上了第一班发往曹星光家方向的公交。虽然是第一班，但公交里还是被上班族挤得水泄不通。唐果过五关斩六将后，终于死死地抱住了一根柱子，自此她才有了一丝可以喘息的机会。

曹星光家的大别墅很豪华，但豪华也有豪华的弊端，就是离市中心太远了，远到唐果最后在公交上都有座位了。她从包包里拿出手机，无聊地刷了会儿朋友圈，然后曲向歌的电话就进来了。

一向精力充沛的曲向歌难得有气无力，他虚弱地说："唐果，你倒是开门啊，我就站在你门外呢……"

唐果吓了一跳，不仅是因为曲向歌鬼一样的声音，还有此时此刻站在她家门外的曲向歌！她那间小破出租房，什么时候这么门庭若市了？

"我不在家啊，我出门有一阵了，你这个点跑我那儿去干吗啊？"

"卧槽，你不在家啊，这么早就出门你奔丧去啊！"曲向歌在那儿暴躁地踹了一脚唐果的家门。

"大哥，你口中积德。而且我有必要提醒你一句，你上上个月让我帮你充两百块的手机费，到现在都没还给我呢。"

"哎呀哎呀，你这楼道里信号实在不好，我先到你小区外的快捷酒店睡觉去了。"

唐果挂断电话，心里暗暗发誓：再借给曲向歌钱，她就，她就……哎呀就什么都不重要了！

不过，大早上的，曲向歌怎么会到处找地方睡觉呢？

算了，也不重要……

唐果去敲曹星光家大门的时候，还想着曹老板反正不用按时刷卡上班，会不会睡懒觉呢，或者直接是来保姆开门。可事实上曹星光不但过来开门了，而且已经穿戴整齐，精神焕发。

唐果一边跟在曹星光屁股后面进来，一边三分打趣七分奉承地说："我还以为是老板家的保姆阿姨过来开门呢，结果是老板您亲自来的，我好荣幸啊。"

"你不用荣幸，我家没保姆，你总不能让小珊来给你开门吧？"曹星光头都没回，相当鄙视唐果的智商。

当她没说……

"老板，您这家大业大的，怎么会连个保姆都不请呀？"

这回，曹星光终于回头看了唐果一眼。他说："人心叵测，我还想活久一点。"

是是是，您是千年的王八万年的龟，百年的兔子没人追！

不过，临进门前，曹星光还是和唐果解释了一句，"小珊见不得生人。"

唐果看着曹星光高大的背影，看着他后脑勺削得锋利的短发，她也觉得，她这个狂妄自大的老板，这个嘴巴恶毒的男人，其实也是有让人温暖的一面的。

进了门，小珊已经端端正正地坐在正厅的餐桌前，拿着勺子一勺一勺非常优雅地喝着南瓜粥。看见唐果进来，小珊的眼睛一亮，但很快沉了下去。她伸手拍了拍身边的座位，又朝唐果招招手，让唐果过来吃早饭。

唐果很不好意思，明明之前她是答应曹星光，早晨过来给小珊做早餐的。可结果，她成了吃现成的。

唐果有些局促地坐到小珊身边，伸手接过小珊递过来的草莓勺子。小珊抬头，朝唐果摇了摇头，示意她没关系的，然后唐果就更不好意思了。

这时，曹星光冷冷的声音从唐果对面传来，他说："知道不好意思就赶紧吃，吃完了我得马上送小珊上学去。"

"小珊还要上学吗？"唐果下意识地问，问完了才知道自己有多该死，顿时就涨红了脸。

曹星光拿着筷子敲了下跟前的盘子，说："小珊只是不喜欢跟别人说话，不代表她是弱智。"

事实上，小珊要比一般孩子聪明得多。

小珊，你怎么会有这么个不着调的爸爸……唐果心想。

早餐曹星光做得简单，吃得很快。大概十分钟后，曹星光、唐果、曹小珊一行人就出发去学校了。路上，小珊有些羞涩地拿出作文本给唐果看，唐果拿过来看得很认真。小珊的作文篇篇优秀，写得好极了。唐果连连夸奖："小珊，你真的是太棒了！姐姐小学的时候可写不出来这么好的作文！"

曹星光哼了哼，说："你现在也写不出来吧？"

唐果不服气，"我可是名牌大学中文系毕业的啊！"

"中文系？教认字的？"

算了，不与傻瓜论短长。

曹星光家住得偏，但这附近倒是有一所市里知名的重点小学。市郊车少人少，一路送小珊到学校，唐果看了下时间，一会儿她坐公交回市里上班时间刚刚好。

"上车，我送你回去。"曹星光这样说。

"啊，不用麻烦了，老板。我刚才留意了下，站桩离这儿很近，我坐公交很方便的。"

"工作中我怎么见不着你这么细心呢？"说不多说，曹星光直接动手把唐果扯进了车里。

唐果好生气,心想,你知道我工作有多努力吗?你知道吗?

回到事务所,唐果放下包包,不得不立马进入到战斗状态。因为忙,非常忙,太忙了,整个律师事务所的工作人员都像脚底生了风一样,取资料,整理资料,打印资料,再送到各个办公位,简直像一个巨大的陀螺。

眼下唐果正帮罗禹静整理一个离婚财产纠纷的案子,而罗禹静上一个著作权侵权案还没有结案。唐果叹了口气,别说罗禹静不想接蒋小晨的案子了,就是她想接,也没时间啊!

不过,罗禹静还是抽空问了一下蒋小晨最近的情况,唐果没什么可隐瞒的,照实说了。

"什么?"罗禹静突然一声吼,吼得整个办公室抖三抖啊,"罗蓝蓝跑来了?她跑来添什么乱啊!真是空有一副热心肠,就是没脑子啊!"

"师父,您这么说罗蓝蓝……不太好吧?人家姑娘也是担心蒋小晨啊。"唐果冒死进谏,忠言逆耳啊,忠言逆耳。

罗禹静懒得跟唐果计较,但说的话不留情面,"你懂个屁!"

唐果委委屈屈地走出罗禹静的办公室,回到自己的工位上坐下。她叹气,叹气,再叹气,怎么上个班就这么难呢?好难啊!

王小布也是一脸菜色地敲着键盘,听到唐果的叹气声,大概也明白了八成。他探过半个身子,对唐果说:"你现在就不能少惹罗律师吗?你也知道,她现在打的那个著作权侵权案不太顺。"

提起这个，唐果就一脑门的疑问，"著作权侵权的案子在国内本来就不好打，基本上是得不偿失。而且最关键的是罗律师从来不接类似的案子，这也不是她擅长的类型，那干吗还费力不讨好啊？"

"看看看，你还是工作经验少吧？"王小布又朝唐果凑过来些，神秘兮兮地说，"因为罗律师是那个作家的铁粉儿啊！"

"这也行？"唐果觉得不可思议。

"这就行啊！"

…………

十分钟后，唐果再次被罗禹静召唤。

罗禹静推了推跟前的文件，摘掉眼镜，揉了揉鼻梁。她说："我还是不放心罗蓝蓝。这样，你放下手上的活儿，直接去罗蓝蓝住的酒店。如果酒店没有人，你就去蒋小晨那儿找。"

唐果领了懿旨，就飞速冲到酒店找人。罗禹静没有料错，罗蓝蓝果然没有老老实实地待在酒店里，唐果马不停蹄地赶往蒋小晨工作的汽修厂。

"蒋小晨不在。对了，他以后也不在这儿工作了，不要再来找了。早就知道他是个有前科的人，我们老板人好，才收留他。谁知道他这个人干活儿不怎么样，事儿惹得倒是不少，谁还敢要？"一个穿工服的小哥这样说道。

"那您知道蒋小晨去哪儿了吗？"

"上午来了个女的，和他纠缠了好一会儿，估计开房去了吧。姑娘，我是看你年轻，就奉劝你一句。蒋小晨这人长得是好看，但人品太坏，沾上没好事，你还是离他远点吧。"

唐果站在原地，一时有些为难。她不知道是该谢谢这位小哥，还是谢谢他大爷。

蒋小晨跑得了和尚跑不了庙，唐果最终在蒋小晨的出租屋里找到了扭打在一起的蒋小晨和罗蓝蓝。

还真是……不让人省心的两个小朋友啊！

出租屋的门是开着的，事实上，当唐果走到楼下的时候，就听到两个人的吵架声了。唐果进屋后关上了门，咬咬牙，冲到了蒋小晨和罗蓝蓝中间。唐果一手推开蒋小晨，一手把罗蓝蓝拦到身后。此时唐果觉得自己就是金刚芭比，牛气得不得了。

金刚芭比·果朝着蒋小晨大喊："有什么事不能坐下来好好说吗？动手打一个女生算什么本……"

"事"字还没出口呢，蒋小晨手上的啤酒瓶子迎面就敲在了唐果的额头上，啪的一声，好清脆呀。

这下好了，屋子里彻底安静了下来。

蒋小晨拿着手里还剩下的半截啤酒瓶子，有点傻眼了。其实他也没有真动手打罗蓝蓝，只是这姑娘太胡搅蛮缠，他不知道该怎么办。而这个时候的罗蓝蓝呢，一反常态地冷静。她从蒋小晨的柜子里翻出棉签、消毒水，还有几枚创可贴。她拉着唐果坐在沙发上，用棉签蘸着消毒水，一点一点清理唐果额头上的伤口。

罗蓝蓝哭得惨极了，豆粒大的泪珠子一颗一颗往下砸。唐果哭笑不得地仰着头，对罗蓝蓝说："行了啊姑娘，该哭的人是我，你也没伤着哪儿啊。"

第三章　心上的他

　　由于唐果的负伤，蒋小晨和罗蓝蓝的战火顺利得到平息。因为伤口面积不算小，唐果决定去医院打一针破伤风。罗蓝蓝作为肇事者之一，自然是陪同一起去的。

　　去医院的路上，唐果大致了解了一下事情的经过。无非就是罗蓝蓝不相信蒋小晨会犯罪，蒋小晨承认自己犯了罪，罗蓝蓝质问蒋小晨："你怎么能这样，你不是答应我不再做错事了吗？"然后蒋小晨怒火攻心，"老子的事儿跟你有个屁关系……"

　　唐果本来头就疼，听着罗蓝蓝叽叽喳喳地叙述，头就更疼了。

　　"那个，你是蒋小晨的女朋友吧？"不然，还真是关她屁事啊。

　　"不是……"说到这儿，罗蓝蓝一腔的热情好像突然被泼了盆冰水。她低下头，声音也变小变轻了，她说，"我和小晨，就是好朋友吧……"

　　我的天，姑娘，你管得挺宽的啊。

　　"可是，可是，"罗蓝蓝急于解释，"我和小晨从小就认识的啊！我们在一个小学，一个初中，后来高中虽然没在一起，但联系都没有断的。"

罗蓝蓝越说越激动，都快从出租车座位上站起来了。唐果生怕罗蓝蓝把车盖子顶个窟窿，司机师傅管她要赔偿，就拼命把罗蓝蓝往回按。天，唐果觉得自己的头更疼了。

"姑娘你淡定一点。"唐果叹气，"不要说你和蒋小晨只是朋友的关系，就蒋小晨这个事儿，你是他爹妈都没有用啊！"

听了唐果的话，罗蓝蓝确实平静了许多，但转瞬就哭了出来，哭得那叫一个撕心裂肺、地动山摇……就这样，从出租车到医院，罗蓝蓝哭了一路，唐果就遭了一路的白眼，都以为唐果对罗蓝蓝做了什么坏事呢。要不是唐果和罗蓝蓝一样，是个弱不禁风的小姑娘，估计都有路人报警了。

打完破伤风，包扎好额头上的伤口，罗蓝蓝终于哭得断了气，没精神再哭了。唐果看着好不容易消停了的罗蓝蓝，决定亲自把她送回酒店，生怕她再出个什么乱子。

回到酒店，唐果看着罗蓝蓝失魂落魄的样子，心想这姑娘八成昨晚吃了一碗面后，就再没吃过东西。秉承着送佛送到西的原则，唐果又给罗蓝蓝订了一份外卖。

安顿好一切后，唐果对罗蓝蓝说："罗蓝蓝，你听我一句劝，你赶紧回学校上学去吧，你在这儿也帮不上蒋小晨的忙。"

罗蓝蓝坐椅子上，双手抱着膝盖。她抬起头问："那你能帮帮蒋小晨吗？"

唐果觉得她对罗蓝蓝的感情挺矛盾的，有时候觉得这姑娘真是自找罪受，纯属活该，但有的时候又觉得她也挺可怜的。

最后唐果只给罗蓝蓝留下一句话，"我说过，谁也帮不了蒋小晨，他只能自己帮自己。"

顶着医用纱布块的唐果回到事务所，受到了一众同事的同情，但这些同情里可不包括王小布和罗禹静。

王小布上蹿下跳地盯着唐果的伤口，说："唐果你可以啊，在外面接私活儿了？帮小学生打架？"

唐果抬手就往王小布的头上敲了一拳，打你妹妹的架！

而罗禹静呢，她瞧着唐果的伤没大事，就开始奚落她："我是让你去帮我看看那两个熊孩子，可是我没让你现身啊。我先跟你说好啊，这可不算工伤的。"

唐果回到自己的办公位，开电脑，敲键盘，埋头工作。我爱工作，工作才能使我快乐。

快乐的工作一直持续到月上枝头，万家灯火。唐果趴在办公桌上，难得地想主动加次班，筛选出罗禹静可能会接的案子，却突然想到，被她遗弃在家门口宾馆里的曲向歌……

也不知道这个二货又在搞什么鬼！

下了公交，走到小区前的路口，唐果给曲向歌打电话确认他的宾馆房间。听着声音，曲向歌迷迷糊糊还没睡清醒。我的天，从早睡到晚，这是睡神吗？

唐果好不容易把曲向歌从宾馆弄回了家，给他叫外卖，赶他去洗澡。等曲向歌吃饱喝足，梳洗完毕，又换上了唐果的皮卡丘睡衣后，整个人才算彻底恢复了神志。

曲向歌坐在沙发下的地垫上，唐果则高高地坐在沙发上。她手里抱着抱枕，抬脚踢了曲向歌一脚，问："我说，你这是被女鬼吸了阳气吗？"

"这年头，比女鬼可怕的是女上司好不好？！"一提到这事儿，曲向歌就有一肚子的气，说不完的话，他说，"我们公司不是刚接了一个大案子嘛，你说案子来了大家一起做一起分钱，这是好事吧？可我们领导脑子抽了，非要我们分成两个组，每组做不一样的方案，最后用最好的那个。你说这不仅劳财费力，还伤情分！好好的一场水浒情谊，搞成了三国阴谋！"

"有竞争才有压力，有压力才有成效嘛。"唐果倒是觉得他这个领导挺精明、挺有手段的。

"屁成效！"听到唐果这么说，曲向歌就更生气了，"都是一群什么都不懂的外行来乱指挥！我们一个做手游的，那就是有的人擅长做动画效果，有的人擅长画人物和背景。现在一分组，我们组分到的美工就是一实习生！让他画张飞，他就会画张飞手里的一把刀！"

"然后你就加班加点睡眠不足了？"这么讲，唐果倒是有些同情曲向歌了。

"什么叫睡眠不足啊？老子这压根儿就没有睡眠！熬了四个通宵，老子实在顶不住了。想着你家离我公司近，就过来补个觉，结果你还放老子鸽子。就你们小区前那破宾馆，整整一天，老子就听隔壁的床响了！"

哟哟哟，小可怜哟……

"不过……"曲向歌突然回头，问道，"你最近怎么老是和你老板搞在一起啊？"

一语惊醒梦中人。

"他……他可能最近比较闲吧。"提到曹星光，唐果虽然自认为所做的事都很坦荡，但不知怎么的，总有一种莫名其妙的不光彩。

"你可拉倒吧！你老板，曹星光，上市公司的大老板哎，听说最近还刚刚收购了薛氏集团吧，他闲？"

"我也不知道……"关于怎么处理和曹星光的关系，唐果确实也没什么主意。而此时的曲向歌便成了不错的倾诉对象。唐果和曲向歌讲了一些自己和曹星光的事，讲了她对曹星光的看法，她说："其实我觉得我之前对他可能有误解，他人也没有那么坏。但是，你要说我喜欢他，那也不太可能，他完全不是我喜欢的类型啊。"

"那倒也是，你就喜欢白文宇那种白白净净、高高瘦瘦的男生是吧？"话一出口，曲向歌就后悔了，让你嘴贱，人家不爱听什么你偏说！

不过曲向歌倒是多虑了，从老家回来后，唐果好像一下子可以坦然地面对白文宇，也可以淡然地谈论他了。唐果说："我和白文宇离婚了。上个月吧，回老家办的手续。"

曲向歌扭着脖子，嘴巴张成一个大写的O形。

曲向歌低着声音说："其实，我总觉得你和白文宇是可以和好的。"

唐果摇摇头说："我和白文宇终归不是一路人，彼此拖着都是牵绊。"

"可是……你们当初那么好……"

是啊，当初那么好。

唐果和白文宇最初的缘分，来自于从家乡小镇开往北京的火车。他们是一起去北京知名高校报到的新大学生，并且是挨着的邻座。作为小镇上当年仅有的两名考上北京985大学的学生，两个人高中虽然不在一个班级，却也是知晓彼此的。

"我叫白文宇，你是唐果吧？"

唐果没想到这个看起来文文静静的男生，倒是先搭讪的。

"对，我是唐果，我也认识你。"

这是他们的第一次对话。说话的时候，车窗外的夕阳刚刚落下枝头。斑驳的日影透过窗子，筛洒到两个少年的脸上，温润，却也澈亮。

以上都是一些比较平淡或者说乏味的记忆。而接下来发生的事儿，倒是能让唐果记上一辈子。

当时在火车上的座位，唐果在最外边，白文宇在中间，靠窗的是一位去北京看望女儿的阿姨。天色暗下来之后，唐果的肚子就开始咕咕咕地响了起来。她从背包里拿出一盒泡面，接了热水，泡好后就回到座位上吃。火车上空间本就狭窄，然后泡面的味道……那个香啊！白文宇摸摸肚子，也饿了。

白文宇站起身，仗着腿长，就直接绕过正在专心致志吃泡面的唐果，伸手去拿行李架上的背包，他记得里面有一袋面包。谁料到白文宇的手刚拉开背包上的拉锁，火车就进入了一条隧道。在短暂但是漆黑的隧道里，白文宇手一抖，只听砰的一声，他觉得他坏事了。

火车开出隧道，白文宇有点不敢低头看……只见他的背包已经摔到了地上，而唐果的一张小圆脸，已经陷在泡面盒里，差不多没过三分之二了……应该是大背包砸中了唐果的头，然后让她的脸直接和泡面来了场亲密接触。

要知道，那个时候的唐果因为离开了高中的束缚，已经染了一头黄毛，又烫了小卷。现在唐果一脸泡面汤，头发上又挂着泡面，这画面实在太美，白文宇一边心怀愧疚，一边又不太想看。

唐果跑到厕所欲哭无泪啊，她觉得她不要出去见人了，她就没这么出糗过！

唐果和白文宇的缘分就是这样开始的，可以说是鸡飞狗跳，有点欢喜冤家的意思。

对，欢喜冤家，曲向歌就是这么形容唐果和白文宇的。

后来，作为同乡的两个人一起去学校报到，一起找到文学院，一起到中文系，最后还分到了一个班。白文宇偶尔还会红着脸大着胆子调侃："唐果，咱们就差分到一个宿舍了吧？"

唐果那个时候还是一个挺大大咧咧的姑娘，轻轻松松地把白文宇的话怼回去，"你要是不怕失身，我完全不介意啊！"

这之后，白文宇还真"失身"了。

开学不久后，应班级同学的强烈要求，僧多肉少的文学院主动和僧少肉多的物理学院搞了一次联谊活动。作为班级的班长和团委书记，白文宇和唐果自然就承担起了组织者的角色。

联谊活动以唱歌、跳舞、玩游戏为主。初入大学，没有了老师和家长的管制，几乎每个同学都开始对异性蠢蠢欲动。可是呢，大部分的人又属于有贼心没贼胆的，男生、女生都束手束脚的，让这场联谊会从刚开始就透着尴尬气氛。

因此，作为联谊活动的发起者和组织者，白文宇和唐果承担起活跃气氛的责任。

唐果性格一直很外向，搞气氛这事儿对她来说全无压力。但到了内向的白文宇身上就很难了，充其量就是被动地配合唐果。

第一场游戏是砸水球，这个儿时超级流行的游戏当初被白文宇非常不留情面地说成了幼稚。但唐果才不接受白文宇的想法呢，砸水球多好玩啊！而且天气这么热，还是消暑降温的神器呢！

游戏开始，兵贵神速，唐果拿着四五个水球率先出击。因为不怎么好意思先砸物理学院的同学，唐果便把目光锁定在班级同学身上，特别是白文宇。而白文宇呢，他是不屑于跟女生动手的，只是象征性地躲一躲。但偏偏白文宇千算万算，没算到自己今天不能穿白衣服。白T恤配着白休闲裤，帅则帅矣，可非常透啊！唐果歪打正着，一个水球砸中白文宇的裆部……可爱滑稽的愤怒的小鸟立马从薄薄的白休闲裤透出来……唐果笑得差点趴在地上，"哈哈哈哈，白文宇，你选内裤的眼光很独特嘛！哈哈哈哈哈！"

伴随着唐果爽朗的笑声，其他同学看着白文宇也纷纷笑起来。尴尬的气氛彻底打破，两个学院的同学都加入到水球大战中。

联谊结束后，白文宇向唐果邀功，"我这也算是为活动'献身'了吧？"

唐果摇头，"那你要把你的小鸟内裤拿出来当礼物才算啊！"

然后，白文宇在校园里追了唐果两条街。

…………

白文宇是唐果在青春年少时深爱过的男孩，后来，也痛彻心扉地恨过。现在时过境迁，她觉得她和白文宇都像经过了一场修行，可以轮回了。

可是，按照曲向歌的说法，就算是重新开始人生，白文宇这样的男孩才应该是唐果喜欢的。而曹星光呢，且不说年龄的差距，就凭曹星光狂妄自大的性格，唐果就是喜欢不起来。

可是，又有什么事情是一成不变的呢？

曲向歌说她和白文宇合适，她自己也觉得和白文宇简直是天造地设的一对。可结果呢？还不是以离婚草草收场。

作为一个年纪尚轻的失婚少女，唐果当然没有想过就这么一个人过完一辈子。她也想过谈恋爱，甚至对爱情还有一丝期待。

那这个人，可以是曹星光吗？

唉，唐果觉得自己很是头疼啊。真是印证了那句话，一生多情损梵行啊。

第四章　苍穹之爱

　　因为晚上想起了白文宇，唐果又有点失眠了。等到好不容易熟睡了，又做了好多梦。她梦见好多大学同学，白文宇、曲向歌、苏苏……他们问她，你怎么不要白文宇了呀，他现在自己一个人，好可怜的。唐果觉得自己好冤枉啊，到底是谁不要谁了呀？解释着解释着天都亮了。

　　唐果猛地起身，抓起手机一看，我的妈，八点了！迟到了！全勤奖没了！

　　等到唐果风驰电掣地赶到公司，还是迟到了十分钟。唉，她现在只求罗禹静不要发飙。

　　而事实上，罗禹静根本没工夫发飙。她把唐果叫到办公室，把一个文件夹交给唐果。罗禹静说："你先从头到尾仔细阅读下文件，接下来我们就做这个案子。"

　　"哦哦哦。"唐果毕恭毕敬地双手接过文件夹，谄媚着说，"师父呀，是不是著作权那个案子有眉目了，您都开始接新的案子了。"

　　提到这事儿，罗禹静倒是难得的不太痛快。她摇摇头说："著作权那个案子不大，但是很棘手，前面的事儿就没怎么让你跟进。现在案子快开庭了，过两天你得跑跑当事人那儿。"

唐果点头，"好说好说。"

"还有就是……"罗禹静的目光盯了盯唐果，又盯了盯她手里的文件夹，话语间顿了顿。

唐果是一个多玲珑剔透的姑娘啊，立马领会了罗禹静的意思，翻开文件夹，一目十行地了解案情，然后……

"师父，您要接蒋小晨的案子了？"

这可真是晴天之大霹雳。要知道，这之前，罗禹静对蒋小晨的事儿，那可是避之不及的。

罗禹静放下手头上的工作，静了静神才说："其实律师这个行业挺让人误解的，我们有时会帮坏人打官司，帮他们争取权益，帮他们减刑。社会舆论就会说我们为了钱，什么缺德事都愿意做。甚至说，我们是穷凶极恶之人的帮凶，我们也不是什么好东西。但其实，从我们读法律的那天起，我们就知道最根本的道理——法律面前，人人平等。坏人，也有他们的权利啊。那我就想，既然我都可以替大恶之人打官司，又为什么不肯帮蒋小晨呢？"

唐果不是学法律出身的，但她将心比心，就好比医者仁心，医生不会因为病人是好人就多给一些照顾，也不会因为病人是坏蛋，就放弃对他的治疗。

唐果合上文件夹，对罗禹静说："师父，我明白了，我会好好跟进蒋小晨的案子的。"

"哦，那倒不着急。"罗禹静把视线重新落在电脑上，瞬间恢复了一副精明强干的样子，"这两天你先帮我跑跑梓洛那儿，案子快开庭了，但她情绪不太好。"

"梓洛？"唐果一时半会儿思维还有点转不过来。

"就是那个著作权侵权案子的作家！"

罗禹静抬头，甩给唐果一记眼刀，唐果赶紧屁滚尿流地吓跑了。

去梓洛家前，唐果特意从事务所查了一下梓洛的档案，还在网上查了一些她的资料。

梓洛是地地道道的北京人，父母都是高级知识分子，良好的家庭环境熏陶出了梓洛满满的文艺细胞。梓洛十岁的时候就获得了全国中小学作文竞赛一等奖，十二岁出版了自己的第一本个人文集，之后维持在一两年就会出一本书的频率。大学毕业后，梓洛的图书风格偏向旅游和情爱。她走遍了祖国的山山水水、人文古迹。她说："走在路上才能知道自己活着。"

梓洛就是在路上遇见的张生。她说，他们之间的感情，用爱情来概括太狭隘了。就像鱼遇见水，海遇见风，一切都是大自然最好的安排。

不过与梓洛的文艺不同，张生是玩极限运动的。他从阿尔卑斯山上做自由落体的滑翔跳，骑摩托车高空飞跃黄河，在黑海潜水到水下一百米处……他说："我曾无数次地面对死亡，在生与死之间就是我生命的意义。"

而张生，最后死在一场盛大的极限运动中。

那是梓洛和张生认识的第十个年头，张生准备向梓洛求婚了。他们相约一起爬珠穆朗玛峰，爬不到顶没关系，他们就是想体验下，什么叫走着走着就双双白了头。

在海拔三千米处，有一片空旷的小平地。张生组装好事先准备的热气球，打算在高空给梓洛来一场奇迹般的婚礼。

但最终，奇迹没有来到求婚现场。热气球突然在高空自燃，梓洛眼睁睁地看着热气球烧成一团火，最后砸向珠峰的深渊……

梓洛后来回忆说，她永远都忘不了消失在眼前的最后的那一团火，就好像是一场梦魇，深深地嵌入灵魂深处，删不掉，抹不走。

梓洛说，她也不是不能接受张生的离开。但她总觉得，火可以烧掉一个人的肉体，但是烧不掉一个人的灵魂。灵魂若是还在，那他便不算离开。

大概又过了两年，梓洛从张生去世的阴霾中走了出来。她开始重新拿起笔，打开电脑，敲下键盘，写她新看见的风景和新遇到的人。

偶尔梓洛也会在字里行间写到张生，写到他们的爱情。她把这些文字发到微博上，给同样崇尚爱情的人看。

出版公司的编辑看到了梓洛的文字，便发出私信向她约稿。编辑说："梓洛，你把这个故事写成一本书吧，一定畅销，一定大卖！我们按照版税给你，卖到几十万册，钱很可观的！"

梓洛想都没想就拒绝了，她觉得，她和张生的感情，若是用钱来衡量，那多脏啊。

谁知，两个月后，梓洛竟在书店里看到一本名为《生与死之间的珠峰》的畅销书。她买回家去阅读，书上的内容分明就是她和张生的爱情！而书的署名是一个叫"淡淡粉"的陌生作者，出版公司正是两个月前私信她的那家！

梓洛马上在微博上私信那个编辑，也发了长篇微博，控诉出版公司侵权的事情。一石激起千层浪，微博里讨论声鼎沸。但与此相对的，是出版公司的消极抵抗和冷漠。面对指责，出版公司没有做出任何回应，书依旧畅销，他们甚至还向影视公司卖出了影视版权。

接下来的事,提起法律诉讼便成了梓洛仅剩的选择。

梓洛的住处在北京的郊区,一路坐公交过去,唐果越来越觉得眼熟。等到了地方,唐果一拍脑门才反应过来,这不是曹星光住的小区嘛!

和曹星光的别墅隔了六栋,唐果来到梓洛的家门口。是梓洛亲自过来开的门,她穿了一条旗袍风格的长裙,青绿色碎花,配着一头到耳的短发,有一种矛盾的美。

"你就是唐果吧?罗律师和我提过你,快进来。"

别墅的小院里有一个瓜棚。垂下来的丝瓜配上小黄花,清凉又静雅。瓜棚前有一个小桌,桌上有整套的茶具,梓洛就是在这里招待唐果的。

梓洛给唐果倒上一杯刚泡好的茶,对她说:"知道你们小姑娘都不喜欢喝浓茶,我就泡了一壶玫瑰蜜茶。喝喝看,喜欢不。"

梓洛真是太客气了,唐果端着茶喝,有点受宠若惊。蜜茶入口,清甜但不甜腻,唐果真怀疑自己以前喝的茶都是个什么东西……

唐果一个劲儿地夸梓洛泡得好喝,一直夸到梓洛想送她一包玫瑰茶,她才不敢继续夸了。唐果说:"您和我想象的一点都不一样。"

"不一样?那你觉得我应该是什么样子的?"

唐果挠挠头,"我不知道,但总觉得,文艺女青年,应该,应该……"

"应该是戴一副黑眼镜框,说话文绉绉的样?"梓洛接过唐果的话说道。

"啊,哈哈,也不是。关键是您已经不能算是文艺青年了,您是知名作家。"

"我只是喜欢旅旅游,写写文字,恰巧这是作家的范畴而已。"

…………

和梓洛的聊天比唐果想象中顺利得多,从中她才知道,原来作家在生活中也可以是一个挺平凡、挺亲切的大姐姐。而关于爱人的离开,关于令人头疼的官司,梓洛似乎并没有那么介怀。

梓洛说:"过了这么多年,我已经接受张生离开我的事实。是人都会死,我也会死,死亡并不可怕,也没什么大不了。"

梓洛还说:"其实我知道官司赢的概率不大,我甚至有过撤诉的打算。但是罗律师让我坚持了下来。她说坏人就应该受到惩罚,好人就不应该有遗憾。"

罗禹静之前嘱咐过唐果,说马上就要开庭了,梓洛的状态不是很好。但是接触下来,唐果觉得梓洛是一个把生与死都看得很开的人,情绪上也没有什么不对劲儿。倒是罗蓝蓝,在电话里哭得撕心裂肺,搞得唐果在梓洛对面坐得十分尴尬。

梓洛是个察言观色的好手,她在唐果挂掉电话的同时,提议:"唐助理有事就去忙吧,我这里没问题。你也替我向罗律师说声谢谢,并且两天后我会按时出庭的。"

"是我另一个案子的小朋友……那,感谢您的体谅。"

唐果十分抱歉地出了门。更抱歉的是,临走前,梓洛还把一盒包装精美的玫瑰花茶送给了唐果。看样子是在唐果来之前就准备好的礼物。

拿着玫瑰花茶，走在林荫小路上，唐果再一次点赞了罗禹静说的一句话，她说："好人就不应该有遗憾。"

感慨着感慨着，唐果突然意识到自己的膝盖有点疼。然后她才抬起头，发现自己把一辆车给撞了……

是的，不是车撞人，而是人家的车好好地停在那儿，她把人家车给撞了。

其实坐在车里的曹星光老远就看到唐果低着头走过来了，看着她"撞车"，又看着她眯着眼睛站在原地愣着不动。最后，曹星光终于看不下去了。他开了车门，走下车，走到唐果旁边。曹星光清了清嗓子，说："怎么，在这儿罚站呢？"

"啊……"听到曹星光的声音，唐果才反应过来，原来是自己老板的车啊！这一刻，唐果才意识到和老板"关系匪浅"是一件顶不错的事情。刚刚她还苦恼郁闷这么贵的车，自己怎么赔得起呢！

"老板，老板是您呀！哎呀哎呀，太巧啦太巧啦！老板，您是过来跑业务的吗？"

看着前一刻还晕晕乎乎，这一刻又笑逐颜开的唐果，曹星光还真是不理解现在的年轻小姑娘。曹星光不可思议地说："我家就住在这儿，你忘了？而且，刚才你不知道这是我的车？"

唐果点点头，又摇摇头，说："不知道啊。"好车长得都差不多啊，有区别吗？

算了，不能跟小孩一般计较，曹星光告诫自己。

"你去哪儿，我送你。"

唐果确实着急去找罗蓝蓝，所以这次就没再和曹星光客气。她上了车,直接把地址告诉给曹星光。曹星光扭头看着唐果换上一副公事公办的样子,又打电话汇报工作什么的,他真觉得唐果有一句话说对了,"你最近很闲是不是?"他真是闲得慌才跑来当司机。

唐果是在给罗禹静汇报工作,她说了下梓洛的状态,又讲了罗蓝蓝的情况。

听到罗蓝蓝的名字,罗禹静比唐果头疼多了。她义愤填膺地说:"你这次和罗蓝蓝见了面,也不用和她废话,直接给她买张火车票,让她回学校!"

唐果赞同罗禹静的提议,罗蓝蓝在这里不但帮不上蒋小晨的忙,反而会一直给她们添乱。只是,罗禹静为什么从一开始就对罗蓝蓝有那么大的敌意呢?

还是在蒋小晨的出租屋里,还是争吵和打架。只不过,这次蒋小晨真动手了。他打了罗蓝蓝一巴掌,打得左脸颊红肿得很厉害。

唐果扶起倒在地上的罗蓝蓝,转头对蒋小晨说:"蒋小晨,你这就过分了啊!我不管你和罗蓝蓝是什么关系,有过什么过节,但你动手打女生就是不对!"

蒋小晨坐在对面的床边,眼睛埋在灰白色的刘海里。他点了支烟,一口一口地吐着气。他没有搭理唐果,当然也没理罗蓝蓝,倒是看了站在门口的曹星光一眼,到了嘴角的嘲笑慢慢地收了回去。

罗蓝蓝拉住唐果,摇着头说:"唐果姐,你不要说蒋小晨了,是我不对,都是我不对,是我说了不该说的话。"

"不管说了什么,都不该打人啊!"

罗蓝蓝还是摇头,她想把唐果拉走。

唐果确实一刻都不想在这间脏乱的小屋子里待，她带着罗蓝蓝上了曹星光的车，让曹星光直接开去火车站。

唐果抽了一张车上的纸巾，递给坐在后排的罗蓝蓝，说："蓝蓝，我先送你回学校啊。你也看到了，蒋小晨现在很排斥你。你就先回去，是回去继续上课，还是跟老师请好假，你都弄明白了想清楚了再说。"

这一次，罗蓝蓝没有拒绝。

她忘不了刚刚蒋小晨盯着她的仇恨的眼神，也后悔死了刚刚自己对蒋小晨说的狠话。

她说："这些年，你不是偷就是抢，你让多少人失望？你对得起谁？"

她说："蒋小晨，活该这次罗律师都不想帮你了！"

她说："蒋小晨，你现在还牛气个什么？你就是个不知悔改的惯犯！"

…………

北京到上海的火车班次多，票不算难买，但也是无座了。唐果在火车站里的超市给罗蓝蓝买了面包和饮料，拿给她路上吃。

时代变了，交通越来越快，越来越便捷，已没有了早先的送站。她们在检票口处就道了别。

唐果说："罗律师已经接了蒋小晨的案子，你就放心吧，我们还会帮他。"

听了唐果的话，罗蓝蓝瞬间哽咽。但这次她没有哭出来，她点了点头，对唐果说："小晨开庭的时候，我会回来的。"

然后，罗蓝蓝转身消失在拥挤的人群中。

一路走出火车站,唐果看了下时间,已经到了午饭时间,摸摸肚子,也确实饿了。她想着在火车站附近随便找一家面馆,吃完饭正好坐地铁回事务所上班。

唐果没想到曹星光一直在外面等着她。

曹星光直接把唐果拉到一家日料店,把菜单递给她。这是一家人均消费五百元的日料店,唐果不由得感慨大老板果然就是大手笔。怎奈何,唐果是吃不惯生的食物,就点了一些熟的。唐果点完后,曹星光又加了一个刺身,还说唐果没品位。唐果撇撇嘴,吃人家的嘴短,她不跟老板计较。

"其实你并不适合做律师这行,你太感性了。"曹星光对唐果这样评价道。

唐果摊摊手说:"我本来就不是学法律的啊,当时事务所要我,我也挺莫名其妙的。"

"得了便宜还卖乖?当初的简历别人给你投的啊?"

"简历应该是我自己投的吧……不过那会儿毕业不好找工作嘛,广撒网才能钓到鱼啊。"想了想,唐果反问曹星光,"不过老板,你为什么会开一个律师事务所啊?你的主业好像并不是这个。"

"还能为什么,自己公司出了问题,另一个公司负责擦屁股。"

算了算了,从曹星光的嘴巴里能听到什么实话呢?

第五章　前世今生

回到事务所,唐果先去找了罗禹静,因为她从日料店打包回来一份刺身,带回来孝敬师父的。不过唐果看了眼茶几上的餐盒,唐果觉得自己马屁没拍好……

带都带了,唐果硬着头皮把刺身放到罗禹静的办公桌上,谄媚着说:"师父师父,这可是刚从北海道运回来的新鲜刺身,您尝尝!"

罗禹静瞥了唐果一眼,又看了看茶几上的餐盒,说:"你留着自己吃吧,我吃过了。"

唐果并不放弃,又把刺身往罗禹静跟前推了推。唐果说:"师父呀,你看你天天吃快餐,吃麻辣烫的,不卫生又没营养,这怎么行呢?再说了,您和林警官的革命还尚未成功呢,您就更得对自己好了,不然哪来的力气去奋斗呢?"

罗禹静抬手差点把刺身甩进唐果嘴里,好堵住她的嘴巴,最后忍了又忍才把手放下,敲了敲桌子。她说:"你是什么时候闲到编排我和林警官了?"

"编排这词用得多难听呀,我看得出来,人家林警官对师父你是有意思的。"

"行了啊,这件事到此为止,不许再乱说了,人家林警官是有女儿的。"

"有女儿没关系啊，没老婆就行了呗……"唐果冒死又加了一句。

提起这个事儿，罗禹静不再抱有玩笑的心。她说："林警官的老婆和他是同事，在一场任务中牺牲了。这事儿你以后也不要和别人说。"

"对……对不起啊……"唐果觉得自己捅了篓子。

罗禹静倒是没和唐果计较，好像自从过了三十岁，好多事都看淡了，不强求，也不勉强。她换了个话题，问道："把罗蓝蓝送走了？"

唐果点头，"嗯嗯嗯，我是看着她进检票口的。只说了一句蒋小晨开庭的时候她会回来，别的就没有了。"

"嗯，走了就好，看来她终于认清自己是个麻烦了。"

唐果越来越不理解了，就问罗禹静："师父呀，我真是搞不懂，你为什么这么讨厌罗蓝蓝。她可能是笨了点，但品行不坏吧？"

"好人并不是一张免死金牌，好人蠢起来，比坏人都可恶。"罗禹静顿了顿，终于说出了原因，"唐果，你知道吗，蒋小晨最初犯罪，就是因为这个罗蓝蓝。"

听了罗禹静的叙述，唐果突然觉得，有些事情的因果会让人不可思议。但什么样的因，就会结出什么样的果，这是定律。

小时候的罗蓝蓝和蒋小晨算是邻居，两家住在平房区里，中间只隔了一家食杂店。但罗蓝蓝和蒋小晨并不熟，连点头之交都不算。因为这个时候的罗蓝蓝是个乖乖女，学习成绩好，是整个平房区里的"别人家的孩子"。而蒋小晨呢？他是跟着妈妈改嫁进来的，成天不学无术，敢跟大孩子打架斗殴。

罗蓝蓝真正和蒋小晨熟悉起来，是在小升初后的中学分班时。他们分到了一个班级，班主任还让他们成了前后桌。

进入初中以后，蒋小晨就更不爱学习了，成天和兄弟们混在一起，逃课、去游戏厅、去网吧，后来还认识了不少"大哥"。班主任对蒋小晨从最开始苦口婆心地教导，到严厉地批评教育，到后来找来了家长，可谓是用心良苦。但蒋小晨妈妈的态度让班主任很寒心，他妈妈说："我把孩子送到学校就是让你们老师管的，你们老师管不好，找我干什么？"从这以后，班主任对蒋小晨就放任不管了。

蒋小晨不怕班主任，却很怕他们班的数学老师。数学老师是个快退休的倔老头儿，有资历、有经验、有水平，连学校的校长都敬他三分。于是在蒋小晨这儿，数学课是他唯一不睡觉的课，数学作业也是他唯一交的。

不过交归交，蒋小晨肯定是不愿意写作业，也不怎么会写的。这时，坐在他前面的罗蓝蓝便成了他的救星。从最开始蒋小晨每天向罗蓝蓝借作业本，到罗蓝蓝每天早上自习课前主动把作业本放到蒋小晨桌子上，罗蓝蓝是蒋小晨在班级里唯一有点交情的女生。

是的，蒋小晨在班级里的女生缘一点都不好。

蒋小晨是学校里出了名的坏学生，女生基本都躲他躲得远远的，有点怕他。但其实蒋小晨长得很好看，高、瘦、白，只是女生们苦于不敢追求，最多在心里暗恋。而偏偏这个时候，罗蓝蓝和蒋小晨走得很近，关系很好。

罗蓝蓝会把作业借给蒋小晨抄，偶尔还会模仿蒋小晨的笔迹帮他写作业。课堂小考的时候，蒋小晨用笔戳罗蓝蓝的后背，罗蓝蓝也会在老师的眼皮子底下给蒋小晨传答案。

蒋小晨家庭条件不好，他妈妈又天天出去打麻将，经常会忘记给他午饭钱。蒋小晨脾气坏归坏，爱打架归爱打架，但十三四岁的孩子，是最好面子的。于是蒋小晨在没有钱的时候，就抱着篮球自己一个人在篮球场上打球。下午饿得难受，蒋小晨就趴在桌子上睡觉，一睡就睡到放学。

大家都不敢惹蒋小晨，但罗蓝蓝知道蒋小晨的真实情况。这天，中午放学铃响了，蒋小晨照旧抱着篮球走出教室。在教室门口，罗蓝蓝叫住了他。

"嗨，蒋小晨，我这个月食堂的饭票还剩很多，吃不完就浪费了，你能帮我用一用吗？"

那一刻，蒋小晨回头，看见罗蓝蓝就那样怯生生地站在自己身后。正午的阳光有些刺眼，但落到罗蓝蓝身上是那样柔和。

那是一道被温润过的光，可以照亮蒋小晨前方的路。

一路被罗蓝蓝带到食堂，看着罗蓝蓝拿着餐盘排队去窗口打饭，看着罗蓝蓝打回来的糖醋小排、油焖茄子和蒜苗鸡蛋，虽然饿得蒋小晨食指大动，但他终归还是别扭的。

连高年纪的老大都敢打，现在却要靠一个小姑娘来接济？

罗蓝蓝自小聪明，自然也是察言观色的好手。她从书包里拿出一个小袋子，把小袋子打开，递到蒋小晨跟前，说："你看，这是我这个月剩下的饭票，三十几张呢。现在都二十七号了，到下个月饭票就作废了。"

蒋小晨不屑地哼了哼，但心里已经舒服一些了。他把小袋子丢给罗蓝蓝，问她："既然吃不完，买那么多饭票干吗？"

"哎呀，你不知道！"提起这个，罗蓝蓝简直有一箩筐的话要说，"我这不是住校生嘛，咱们学校有规定，住校生一定要在学校的食堂吃饭，饭费是每个学期前就交好了的。"

"既然学校统一管理，那饭量都是人家食堂考虑好的，怎么就你剩这么多？"蒋小晨不客气地指出罗蓝蓝话里的漏洞。

罗蓝蓝朝蒋小晨吐吐舌头，又往前凑了凑，小声说道："天天都在食堂吃，腻死啦！咱们学校旁边有一家新开的麻辣烫，超级好吃！明天我请你尝尝呀？"

对于罗蓝蓝的提议，蒋小晨十分不屑，他才不喜欢吃女孩子喜欢吃的那些东西呢。更何况，蒋小晨正是长个子的年龄，只有米饭馒头才能满足他。

吃了一顿饱饭，蒋小晨精神多了。他放下筷子，摸了摸自己的肚皮，相当满足。他说："那么喜欢麻辣烫，你就吃你的去，你浪费的饭票都给我吧。"

"噢耶！"罗蓝蓝开心地一把把装着饭票的小袋子丢给蒋小晨，说，"本来我就是和袖袖约好的，我正愁着饭票怎么办呢！"

"袖袖？你是说陈袖？"听到这个名字，不禁让蒋小晨皱了皱眉。

"对呀，就是陈袖，我们可是一个幼儿园、一个小学过来的，现在又在同一个初中，就觉得蛮有缘分的。怎么了？"

"没什么，就是劝你一句，离这个陈袖远一点。当然了，你要是不听我的，你就当我什么都没说。"说完，蒋小晨站起身，把饭票袋子装进衣服口袋里，黑着一张脸就走了。

罗蓝蓝筷子还没放下呢，愣着坐在餐椅上，这人莫名其妙啊！

陈袖是走读生，是不需要在学校食堂吃的。于是用陈袖的话讲，"跟着我走，保证你吃尽人间美味！"事实上，人间美味虽然算不上，但对于长期在食堂吃饭的罗蓝蓝，每天中午吃着麻辣烫、酸辣粉、米线砂锅啥的，已经非常非常满足了。

两个人手挽着手回学校的时候，陈袖总是喜欢绕远去篮球场那边看一看。罗蓝蓝觉得反正时间还早，又能消化消化食儿，也就没怎么在意。她们偶然会在篮球场上看见蒋小晨，陈袖就抓着罗蓝蓝的袖子，小声地说："哎哎哎，怎么就这么帅呢？"

罗蓝蓝顺着陈袖的目光看过去，问她："你说的是蒋小晨？"

"是呀！"陈袖又往罗蓝蓝跟前凑了凑，咬耳朵道，"你不知道，其实咱们学校啊，好多女生都喜欢蒋小晨呢！"

"哦，应该是吧。"

"听说你和蒋小晨的关系很好啊。"陈袖放开罗蓝蓝的袖子，突然问道。

"没有啊。"这一刻，罗蓝蓝真没意识到自己能和蒋小晨有什么关系，想了想说，"不过蒋小晨算是我邻居吧，我知道他早一些。"

"邻居？"这真是一记重磅炸弹，"那我周末可以去你家找你玩吗？"

"可以呀，我妈周末会给我做好多好吃的呢。"

"哼哼哼，你以前怎么都没说过蒋小晨是你的邻居呀，真不够朋友！"

罗蓝蓝觉得这个锅自己背得有点冤，"这个没什么好说的呀……"

周末，罗蓝蓝正式邀请陈袖到家里做客。

其实罗蓝蓝在周五午休的时候，还特意给妈妈打了个电话，说陈袖来家里的事儿。罗妈妈很开心一向内向的女儿终于交到了好朋友，就说自己现在就去市场买肉买菜，一定好好招待女儿的同学。

挂电话之前，罗妈妈无意间问到陈袖的成绩，罗蓝蓝如实回答："陈袖的成绩不怎么好，在班级里大概是后五名吧。不过她人很好啦，我们最近经常一起玩！"

罗妈妈叹了叹气，既然女儿这么开心，就把嘴边的那句"还是不要跟成绩不好的同学玩了"咽了回去。

罗蓝蓝家离学校有些远，她们坐了一个多小时的公交车才到。到了家，饭桌上已经摆满了饭菜，而罗妈妈还在厨房里忙活。

罗蓝蓝跑到妈妈跟前，说："妈，菜多得已经吃不完啦！你还在做什么呢？"

罗妈妈抬手擦了擦额头上的汗，说："我在做你最喜欢吃的糖醋小排。好了好了啊，最后一个菜啦，你快先招待你的朋友去，你们先吃，先吃。"

陈袖站在厨房门口，看着这一幕，一时间竟有些难过。她从小是和爷爷奶奶生活的，爸爸妈妈分别组了家庭，有了他们各自的孩子。她从很小的时候开始，就没和家人这样相聚过。

罗蓝蓝看着陈袖站在门口，就叫她进来，和妈妈打招呼。罗蓝蓝说："妈，这就是陈袖，我很好的朋友！"

罗妈妈转过身来，对陈袖说了声"你好，你好"，又转过头来责备罗蓝蓝，"你快带你朋友去客厅，在厨房熏着干吗？"

罗蓝蓝朝妈妈吐了个舌头，拉着陈袖走了。

坐到餐桌前，看着满桌子的菜，两个姑娘都有些傻眼了。罗蓝蓝说："怎么办，我早上吃早餐了，现在可吃不下这么多呀！"陈袖说："虽然我很馋，但是我刚下定决心要减肥来着！"

正苦恼着，陈袖突然拉了下罗蓝蓝，转了转眼睛，提议道："你不是说蒋小晨是你邻居吗？我们把他叫来不就行了，男生嘛，能吃得很！"

"蒋小晨啊……"罗蓝蓝还真没想到这茬儿。

"对啊，就是蒋小晨。他不是你的朋友吗，那我作为你的朋友能来你家吃饭，他也可以啊。"

"可我不算他的朋友吧……"

抗议无效，罗蓝蓝已经被陈袖拉出去了。

罗蓝蓝家和蒋小晨家虽然在一条街上，但房子的差别还是很大的。罗蓝蓝家是独门独院，蒋小晨家只能算是临时搭建的非法建筑。进了大门，里面有两间屋子，大一点的里面摆了一张麻将桌，由蒋妈妈带头，带着其他三个街坊邻居打麻将，正打得火热。屋子里烟味、酸臭味、吵骂声，什么都有。罗蓝蓝和陈袖一路进去，大人们一个都没注意到她们。往里走，是一间小屋子，有多小呢，大概就是进屋就是床吧。而蒋小晨此时正坐在床头，低着头，拿着一个破烂的游戏机打游戏。

"嗨，蒋小晨。"陈袖这样叫了蒋小晨三声，蒋小晨都没有听见，依旧低着头。没办法，罗蓝蓝走上前去，拉了拉蒋小晨的衣角，蒋小晨才注意到屋子里多了人。

房子的隔音几乎为零，罗蓝蓝只能放大声音说："蒋小晨，我妈妈做了一大桌子的菜，我们实在吃不完。你也尝尝我妈妈的手艺，可以吗？"

当然可以，蒋小晨早上的饭都没有吃，现在已经饿得前胸贴后背了。蒋小晨随手丢掉游戏机，踩上一字拖就打算跟罗蓝蓝走。不过在罗蓝蓝转身的工夫，蒋小晨看见了站在罗蓝蓝身后的陈袖。

蒋小晨退了回去，重新坐在床上，说："不去了，不去了，老子刚刚吃完饭，你妈就算做的山珍海味、满汉全席，老子都不去了！"

罗蓝蓝回身，瞪了蒋小晨一眼，"你这人怎么出尔反尔啊？而且我刚才路过你家厨房，碗都落灰了，你吃的是什么饭啊？"

"老子出去下馆子的不行啊？要你多嘴！"

真是不识好人心，罗蓝蓝好气啊。

这时陈袖从罗蓝蓝身后走了出来，她双手叉着腰，对蒋小晨说："哟，蒋小晨，你打架不是挺厉害的嘛，今天才知道你胆子居然这么小，竟是个怂蛋啊。"

蒋小晨不知好歹归不知好歹，但陈袖这么说他……有点过分了吧？

罗蓝蓝拉住陈袖，想说"算了，他不想吃就不吃，我们吃"，蒋小晨却猛地站了起来，大吼道："走啊，吃就吃，老子怕过谁！"

看着蒋小晨气呼呼的背影，陈袖不禁邪邪地一笑。

回到饭桌上，基本上全程都是陈袖在和蒋小晨没话找话，蒋小晨则是有一句没一句地答着。罗妈妈和罗蓝蓝坐在旁边，多少有些尴尬。

吃完饭后，蒋小晨倒是对罗妈妈说了声"谢谢"。罗妈妈是看着蒋小晨从小顽劣，现在他这样客气，罗妈妈倒是不知道怎么回应了。

陈袖见蒋小晨要走，就立马跟罗蓝蓝和罗妈妈道别，随便编了一个有事儿的借口，跟着蒋小晨走掉了。

看着陈袖急匆匆地跟着蒋小晨出去的样子，罗蓝蓝再单纯再傻也反应过来了。陈袖跟着她回家，其实就是冲着蒋小晨来的。

罗蓝蓝低着头帮妈妈收拾碗筷，一副闷闷不乐的样子。

罗妈妈接过罗蓝蓝递过来的碗，放到水池里清洗。她说："蓝蓝，虽然妈妈不反对你和成绩不好的同学交朋友，但是妈妈觉得，和成绩优秀的同学玩，更能提高自己，你觉得呢？"

罗蓝蓝想了想，又想了想，最终点了点头，她是一个听话的好孩子。

第六章　人性本恶

蒋小晨不让罗蓝蓝和陈袖多接触是有原因的。

上个月，蒋小晨和高年级的学生约架，他是看见过陈袖的。她就站在那个高中生"老大"的身边，关系很亲密的样子。还有一次，班级上自习，教室里太热了，蒋小晨待不住，就逃课跑出去闲逛。那是一处高墙，对面就是垃圾场，除了学校里的清洁阿姨，是不会有学生来这里的。偏偏，这天蒋小晨就闲逛到了这儿，还偏偏撞上了陈袖。

陈袖的身后还有两个小太妹，而陈袖正用手掐着一个小女生的脖子，把那个女生顶到了墙角。

陈袖恶狠狠地对女生说："让你天天装可怜，老娘今天就让你尝尝什么叫真正的可怜，以后你都省得装了！"说着，陈袖就和其中一个小太妹扒女生的衣服，而另一个小太妹已经拿出了照相机。

蒋小晨站在那儿，站也不是，走也不是。最后只能咳了几声，证明这儿还有一个人在，你们不要太目中无人了。

陈袖见是蒋小晨，倒是松了一口气。她把女生丢给小太妹，走过来对蒋小晨说："小晨哥，我们女生之间的事儿，你是不会插手的吧？"

"啊,那对。"蒋小晨挠挠头,他确实不是一个多事儿的人。蒋小晨准备要走,但还是嘱咐:"不过你们也稍微注意一点,这里毕竟是学校。"

陈袖笑着对蒋小晨摆出一个"请"的手势。

蒋小晨转身走了,但过去好多好多天,他都忘不了那个女生最后看着他时的那个眼神。从最初的希望,到最后的绝望,好像是捧出来的一颗心,最后深深砸入谷底。

后来的后来,蒋小晨想,如果他当初能善良一点,那个女生的结局是不是就不一样。

走出罗蓝蓝家,蒋小晨直接回了家。他没想到陈袖居然一直跟着他。

蒋小晨回身,把陈袖堵在门口。他说:"你不要再跟着我,我没邀请你到我家。还有,以后也不要到罗蓝蓝家。"

"哟,罗蓝蓝是你的谁呀?你管得这么宽!"

蒋小晨懒得和陈袖废话,就近乎威胁地说:"陈袖,罗蓝蓝跟你不一样,你不要和她走得太近。"

"那你呢?"陈袖笑了笑,她才不怕蒋小晨呢,她说,"你和罗蓝蓝也不一样,你还不是和她走得很近?做人不能双标准吧?"

"总之,你不要让我发现你对罗蓝蓝做了什么不好的事,否则,我连女生都打!"

罗蓝蓝算是什么东西,也配被蒋小晨护着?陈袖很是不屑。

而罗蓝蓝呢,因为听了妈妈的话,在学校里就不怎么找陈袖玩了。午餐和晚餐也都乖乖去食堂,不再在学校外面的餐馆吃。蒋小晨偶尔还会蹭罗蓝蓝的饭票，但两个人话不多，看起来一切都相安无事。

事情发生在三天后，罗蓝蓝开始频繁地丢东西。笔、本子、课本，不是破损就是直接消失不见了。那天数学老师来上课，发现罗蓝蓝没有课本，直接发飙了。

"上课连书都没有，还上什么课！你给我出去，在教室门口站着！"

罗蓝蓝从来没有被老师这样批评过，直愣愣地站在书桌前，眼泪直接就砸下来了。

"傻站在那儿干吗？赶紧出去，不要耽误其他同学时间！"

罗蓝蓝被吓得一抖，但也不敢反驳老师，准备走出教室。

一双厚重的手搭在了罗蓝蓝的肩膀上，是蒋小晨。蒋小晨一手把罗蓝蓝按回到座位上，一手把自己的数学书甩到罗蓝蓝的桌子上。他说："老师，是我抢了罗蓝蓝的数学书，我没带。"

于是，被罚站的人换成蒋小晨，他要在教室后门的垃圾桶边站一个星期。

下课后，罗蓝蓝跑过去找蒋小晨。罗蓝蓝带着哭腔说："蒋小晨，你跟我走，我们去找数学老师。是我的错，我不能连累你。"

"是你的错？是你自己把书搞丢的？"

"我没有……"罗蓝蓝更难过了，"但这是我的事儿。"

"行了啊，别在我面前哭哭啼啼的，我最烦这个了。"蒋小晨把罗蓝蓝往教室里推，说，"赶紧回教室吧。我不像你这种好学生，我在教室里待着更无聊。"

回到教室，罗蓝蓝趴在书桌上就哭了出来，她这是得罪谁了啊？

再之后，发生在罗蓝蓝身上的恶作剧不但没有减少，反而变本加厉了。她的凳子会被人泼上红墨水，罗蓝蓝毫无防备地坐上去，坐了一屁股的"血"。她藏在书包最深处的卫生巾会被翻出来，拆了包装，把"小翅膀"贴在罗蓝蓝的书桌上……

十三四岁的小姑娘呀，正当青春期，这些青春期的生理变化，是她们心里最深最深的秘密，也是最难以启齿的话题。而此时罗蓝蓝的遭遇，简直就像被人扒光了衣服，羞耻难当。

蒋小晨为此找过陈袖，让她放过罗蓝蓝。可陈袖显然没有达到目的，当然不会见好就收。

陈袖说："小晨哥，我喜欢你。你要是答应跟我在一起，我就放过罗蓝蓝。"

蒋小晨像吃了苍蝇一样的表情，他说："你神经病吗？"

陈袖不爱学习，成绩不好，打架、抽烟、喝酒，是老师和家长眼里的坏孩子。但是抛去这些，她也是一个青春懵懂，会崇拜长得好看、打球厉害的男孩子。她也是一个要脸皮，不希望被喜欢的男生嫌弃的女生。所以那天，蒋小晨最后的目光真是像一把锋利的刀，直直插入她的心脏。

你喜欢罗蓝蓝这样的女孩子是吧？她单纯、乖巧、成绩好，那我就毁了她，看你还喜欢她什么！

有时候，小孩子的嫉妒心是十分可怕的。

那是下午最后一节课前的课间，罗蓝蓝去上厕所。厕所里人很多，等排到罗蓝蓝的时候，已经打上课铃了。罗蓝蓝按着不舒服的肚子，咬咬牙，先上了厕所再说！

厕所里人空了，一时间恢复了寂静。罗蓝蓝提上裤子，冲水，准备出去，却发现门被堵住了。

怎么回事？

罗蓝蓝使劲儿推了推，还是推不开。而这时，厕所外面传来了声音。

"罗蓝蓝，这些天你过得怎么样啊？"

陈袖，居然是陈袖！罗蓝蓝在门里听得一惊，难道这些天的恶作剧，都是陈袖做的？

"陈袖，你快开门！有什么话是不能好好说的？"天气正是酷暑，厕所里热极了，味道又很难闻，罗蓝蓝受不了。

"嗯，你说得对，咱俩是得好好聊聊了。"陈袖挥挥手，让她的两个小手下退下。

门开了，陈袖却并没有放罗蓝蓝出来。她走上前去，堵住门口，一手抓住罗蓝蓝的领子，质问道："罗蓝蓝，你难道就不知道我喜欢蒋小晨吗？"

罗蓝蓝作为一名好学生，乖乖女，哪里见过这样的阵仗，她双腿发软，声音也抖着，要不是陈袖扯着她，八成她都倒下了。罗蓝蓝说："你喜欢蒋小晨？哦，是这样啊……"

"少跟我装傻！"说着，陈袖松开罗蓝蓝的衣领，反手就甩给她一耳光！

啪的一声，响极了，罗蓝蓝直接摔倒在地上，险些摔到便池里。

地上好脏，脸颊好疼，罗蓝蓝终于抑制不住地哭了出来。她说："陈袖，我们不是好朋友吗？你为什么要这么对我呀？"

"好朋友？"陈袖叉着腰，居高临下地站在罗蓝蓝面前，她觉得好笑极了，"要不是你和蒋小晨走得近，你以为我会搭理你？"

"可是，我和蒋小晨并没有什么的呀……"罗蓝蓝想要站起来，却被陈袖一脚踩回了原地。

"没有什么？没有什么你天天和他一起吃饭、一起玩的，谁会相信？"说着，陈袖蹲下身，一把抓住罗蓝蓝的脑袋……

罗蓝蓝是一个单纯的小女孩，她所有的生活，就是在家里做爸爸妈妈喜欢的女儿，在学校做老师眼中的好学生。她遇到的最讨厌的人，无非就是小学时的男同桌，他会占用她的桌子，往她的书桌堂里扔点垃圾。但现在看来，那都是小孩子时期的不懂事，而不是真正的坏。

可是，一个人究竟能坏到什么程度呢？

陈袖放开罗蓝蓝，拍拍手，回到自己小姐妹身边，还接过一个小姐妹递来的湿纸巾，擦了擦手。陈袖说："罗蓝蓝，你听好了，我不管你对蒋小晨有什么样的看法，以后都给我离他远远的。不然，我以后一定会让你比今天更难受！而且，你也不要想着告诉老师告诉家长，没用的，你就算是报了警，进了警察局，也不能把我怎么样，谁让我才只有十四岁呢，哈哈！"

陈袖的笑声，在空旷的厕所里回荡，像是一根根针扎在罗蓝蓝的身体里。

这之后，罗蓝蓝生了一场重病。从发热到高烧，再到烧成肺炎，住院治疗了两周，都收效甚微。医生说，很奇怪，按理说炎症应该下去了，可就是不见好。

爸爸妈妈轮流守着罗蓝蓝，罗妈妈都哭成了泪人。罗蓝蓝清醒的时候，罗妈妈会和她聊聊天，问问她情况。可罗蓝蓝只是摇摇头，什么都不愿意说。后来，罗蓝蓝怕妈妈担心，就编上打篮球,打到满头大汗,打到没力气去想那些乱七八糟的事儿。

就这样,蒋小晨坚持到第三天,终于绷不住了。他不顾罗蓝蓝的脸色,跟在她屁股后面去食堂。罗蓝蓝不给他打饭,他就像瘟神一样坐在罗蓝蓝对面,看着她吃。罗蓝蓝吃不完,蒋小晨就把餐盘抢过来,就着罗蓝蓝的筷子,把盘子里的菜和饭都吃光。第一天是这样,第二天、第三天都是这样,罗蓝蓝看着蒋小晨的样子,在食堂里崩溃到大哭。

"蒋小晨,你天天吃我吃剩下的东西,你就不能有点自尊吗?"

自尊心,这是一个男孩子最在意的东西了。

蒋小晨摔了筷子,把餐盘扣到地上,菜汤、米粒都溅到了罗蓝蓝的身上、脸上。蒋小晨看着罗蓝蓝,眼睛瞪得通红。但他最后什么都没有说,扬长而去。

经过这件事,蒋小晨对罗蓝蓝终于疏远了,罗蓝蓝也难得过上了平静的日子。

因为前段时间生病住院,罗蓝蓝落下很多功课,课业上的压力还是很大的。各科老师很愿意帮助罗蓝蓝,罗蓝蓝要是去教师办公室问问题,老师还会把教案借给她看。罗蓝蓝的班主任语重心长地对她说:"罗蓝蓝,你是好学生,你和那些坏孩子不一样,你平时要少和蒋小晨、陈袖那样的学生接触。"罗蓝蓝点头再点头,她现在巴不得跟他们划清楚河汉界。

这天是周末,罗蓝蓝从学校出发,往公交车站走,准备坐车回家过周末,却被陈袖和她的小姐妹堵在了半路。

罗蓝蓝警惕地退了好几步,她说:"陈袖,我听了你的话,我没有再和蒋小晨接触了,你就放过我吧。"

陈袖走上前去，安慰似的拍了拍罗蓝蓝的肩膀。陈袖说："我知道，你最近做得不错。我今天就是想跟你说一声，你最近做得不错。"

见陈袖没有阻拦，罗蓝蓝以百米冲刺的速度跑开了。

而这一幕，被不远处的蒋小晨看了个清楚。他就奇怪，好好的罗蓝蓝怎么说变就变了呢，原来都是这个陈袖在捣鬼！

蒋小晨没先找上陈袖，倒是陈袖先来求和了。

这天天气很热，室外气温直逼四十度。小网吧里没有空调，只有几台扇叶都不全的风扇呼呼呼地没力气地吹着。蒋小晨正在电脑前打团战，腿边的主机箱像个烤炉一样，热得蒋小晨浑身都湿透了。

一瓶冰汽水递到了蒋小晨跟前，一局正好结束，蒋小晨抬了抬眼，是陈袖。

陈袖今天特意打扮了下，及肩的头发烫了离子，又顺又滑。踩着五厘米的小高跟凉鞋，搭配上一条嫩黄色的波点吊带裙，完全不是一个学生妹的样子。

陈袖说："小晨哥，我已经听了你的话，不和罗蓝蓝接触了，你还要继续生我的气吗？"

蒋小晨看了看陈袖，又看了看她递过来的水，没有接。他觉得挺可笑的，就问："那昨天呢，在学校公交车站前，你拉着蓝蓝说了什么？"

陈袖有一瞬间的愤怒，但她今天不是找蒋小晨吵架的，她要控制住自己。陈袖说："小晨哥，你记错了吧，昨天一整天我都在和姐妹们做头发、买衣服呀。小晨哥，你看，我这条裙子好看不？我可是下了血本的！"说着，陈袖还在蒋小晨面前捏着裙子转了一圈。

蒋小晨被陈袖转得头疼,他把视线重新放在电脑屏幕上,准备进入下一场战斗。

陈袖当然不让,她最受不了别人对自己的无视,更何况这个人是蒋小晨。陈袖硬挤到电脑屏幕前,挡住蒋小晨的视线。她说:"是不是罗蓝蓝?一定是这个小贱人找你哭诉了,她最会装可怜了!小晨哥,你得相信我啊,我昨天真的没对罗蓝蓝做什么!"

"相信你?"蒋小晨抬手,放在了陈袖的大腿外侧。陈袖被蒋小晨掌心的温度激得浑身一颤。但蒋小晨接下来的话,让陈袖的心凉了个彻底,他说:"行,我都信你,也信你喜欢我。那你现在就把衣服脱了啊,我欣赏欣赏,再拍拍照片什么的,说是可以卖钱呢。对了,这个还得请教你呢,你比我有经验太多了。"

坐在蒋小晨旁边的兄弟早就无心打游戏了,目光全被吸引了过来。听到蒋小晨的话,大家都开始起哄:"快点啊,动手啊!""用不用小哥哥帮你啊,小哥哥的技术可比你小晨哥好了不知多少倍。"……

陈袖的脸立马就红了,羞愧难当地跑了出去。

陈袖觉得自己要疯了,一定是疯了,她一定要让罗蓝蓝比自己难堪一万倍!

第七章　偏离轨迹

在气温升到更高之前,学生们终于等来了暑假。期末成绩单已经发到了学生手里,罗蓝蓝拿着成绩单,叹了叹气。

坐在罗蓝蓝身后的蒋小晨探着身子,看了眼罗蓝蓝手里的成绩单,说:"班级第十一名,年级一百二十二名,这成绩你还叹气啊?老子要是有这成绩,做梦都笑醒喽!"

罗蓝蓝马上收起成绩单,随意塞到书包里,没理蒋小晨半句。要说这个成绩,马马虎虎,当然不算差,但照罗蓝蓝以往的成绩来说,还是退步太多。上次期中考试,她可是班级前三,年级进了前二十呢。

成绩下来后,班主任也找过罗蓝蓝谈话,问她是不是前段时间生病耽误了学业。罗蓝蓝只能点头,说自己假期不会懈怠的,要把落下的补回来。班主任看着罗蓝蓝乖巧上进的样子真的很喜欢,她语重心长地说:"虽然学习很重要,但学习好的前提是身体要好。回家多锻炼锻炼身体吧,吃点有营养的,你看你瘦的。"

放假了,学生集中回家,人很多,公交车上人满为患。罗蓝蓝拖着行李箱,站在公交车站台上,已经等来了三辆公交车,却还是挤不上去。罗蓝蓝抬手擦擦额头上的汗,觉得自己的脚底板都快被柏油路烫化了。

这时，一辆黑色私家车停到了罗蓝蓝跟前。司机大哥摇下车窗，对罗蓝蓝说："还差一位，往向阳小区方向去，同学，就差一位啦，这么热的天，拼个车呗？"

罗蓝蓝拉着箱子退后了一步，警惕地说："不，不用了，我等公交。"

"哎哟，小妹妹，你也看到了，公交根本上不去。你怕我是坏人是吧，那你看看，我车上的三位，是不是你们学校的同学？她们就坐着我的车。"

罗蓝蓝实在太热了，她朝车里看，车里坐了三个女生，虽然罗蓝蓝不认识她们，但有些面熟。于是半推半就，罗蓝蓝也就上了车。

"师傅，这回人够了吧，快开吧，快开吧，热死了，我可得早点到家。"其中一个女生这样说，罗蓝蓝听着，放心多了。

车上开着空调，很舒服，罗蓝蓝就有些犯困。等她清醒的时候，车还在开着，但这并不是向阳小区的方向，罗蓝蓝慌了。

"师傅师傅，这是哪儿啊？我们不是去向阳小区吗，你走错了吧？"

"没错啊。"司机师傅转过头对罗蓝蓝说，"那位同学家在人民广场，拼车嘛，绕绕路很正常，但是我不会多要你钱的啊，放心好啦。"

放心？罗蓝蓝很不放心，因为车开得越来越偏了。

罗蓝蓝要下车，却被旁边的两个女生按住了。司机师傅也懒得继续骗罗蓝蓝，一脚油门，把车子开进一个废旧的工厂里。

罗蓝蓝被拽下车,抬头的时候,看见了从不远处走过来的陈袖。

又是她。

罗蓝蓝怕得牙齿都打战了,她说:"陈袖,我已经跟蒋小晨划清界限了,你不要再难为我了。求求你,陈袖,我求求你,你放我回去吧……"

"是啊,你是和小晨哥划清界限了,可是小晨哥不愿意啊,他还是喜欢和你在一起,所以这都是你的错!"说完,陈袖朝自己小姐妹挥挥手,小姐妹心领神会,两个人负责按住罗蓝蓝,两个人开始撕扯罗蓝蓝的衣服,而另一个女生已经打开了事先准备好的相机。

罗蓝蓝被按在地上,她哭着挣扎、求饶。她喊得嗓子都快哑了,但是没有用,空旷的废旧工厂里,只有罗蓝蓝自己的回声,没有人来救她。

罗蓝蓝绝望地躺在泥土地上,她想,她这辈子是不是完了?

罗蓝蓝迟了整整一天才回家,她去洗澡堂洗了热水澡,又换了行李箱里的衣服。罗妈妈对罗蓝蓝晚回家一天很纳闷,罗蓝蓝倒是事先想好了理由,"我这学期不是当了学习委员嘛,我们班主任让我们班级干部站好最后一班岗,等同学们都安全回家了,我们才走的。"罗蓝蓝从来都不撒谎的,罗妈妈也就信了。

放假了,没有了课业上的压力,罗蓝蓝在家待得很轻松。她窝在房间里看看电视剧,看看课外书,偶尔写写暑假作业,每一天都过得飞快。

罗爸爸和罗妈妈工作都很忙,一家人基本在晚饭的时候才能聚齐。罗妈妈看女儿这么宅,就提议她白天可以约上同学去公园、图书馆、商场什么的玩玩。罗蓝蓝对此没什么兴趣,倒是提到了学校的问题。

"妈,你看我开学就初二了,能不能转到离家近的四中上学,这样我就不用住校了。"

罗妈妈停了下筷子,完全不赞同女儿的看法。"四中虽然离家近,但是教学质量太差了,不然咱们当初也不会舍近求远去实验中学上学。"

罗爸爸也附和:"而且我和你妈妈工作都很忙,你要是每天都回家,我们也照顾不好你。"

"是在学校住得不开心吗?和室友们相处得不愉快?"罗妈妈问。

罗蓝蓝摇摇头,只是说:"没有,都挺好的,我就是随便一说。"

罗蓝蓝"随便"一说,罗爸、罗妈也就真的随便一听了。罗爸是晚上九点的火车出差,匆忙地吃完晚饭,罗妈就帮着罗爸收拾行李去了。而罗蓝蓝呢,她回到自己的小房间,关上门,拿出MP3,安静地躺在床上听音乐。

抬头,盯着天花板,罗蓝蓝觉得自己的眼睛酸酸的。她清晰地记得那天陈袖对她说的话:"罗蓝蓝,如果你敢把这件事告诉蒋小晨,告诉学校的老师或者父母,我就把你的照片都发到网上!到时候我倒是要看看,是你难堪还是我难堪!"陈袖还说:"我还是那句话,就算你真把我告了,我也不怕你。没人能判我刑,教育完我,回头我只会更狠地对你!"

为什么会是这样的呢？事情没有办法解决，一切都是无解的。

这天，罗妈妈中午在单位有事儿回不来，罗蓝蓝就拿上罗妈妈事先准备好的零钱到街口的小店吃馄饨。小店里人多，馄饨上得慢，罗蓝蓝等得无聊，就转头向店外张望着。

蒋小晨最近也是闲得没边，此时正叼着冰棒在街上转悠。无意中看见罗蓝蓝正坐在馄饨铺里，蒋小晨开心得一蹦三跳地来到了罗蓝蓝身边。

"我正想着这几天怎么都见不到你，转眼就碰上了，真巧啊！"说着，蒋小晨叫来了服务员，说这桌再加一碗馄饨。

罗蓝蓝立马站起身，对服务员说："不用加了，我那碗给他，我付过钱的。"说完，罗蓝蓝直接跑了出去。

看着罗蓝蓝走远的背影，蒋小晨有点懵，她这又是怎么了？

服务员也懵啊，缓了好几秒才试探着问："馄饨马上就好了，那我是给你端来？"

吃馄饨？吃你妹的吃啊！在服务员更诧异的眼神中，蒋小晨一溜烟儿地跑出去了。

四十摄氏度的高温，蒋小晨追了罗蓝蓝整整三条街才追上。他把手搭在罗蓝蓝的肩膀上，甩甩额头上的汗，说："你跑什么啊跑，我是能吃了你还是怎么的？"

罗蓝蓝推蒋小晨的手，却发现蒋小晨的力气实在是太大了，她根本推不动。又急又怒的，罗蓝蓝就直接哭了出来。她说："蒋小晨你放手啊，我要回家，你放我回家……"

街上人来人往的，这一幕在行人眼里怎么看都像他一个大男人欺负小姑娘。再过一会儿，已经有人上来围观了，蒋小晨面子上挂不住，只能用更粗暴的方式把罗蓝蓝拖走了。

蒋小晨把罗蓝蓝拖回了自己家。

今天他妈妈难得没在家里摆麻将桌，而是被邻居邀请去别家打麻将了。蒋小晨打来一盆水，湿了毛巾，给罗蓝蓝擦脸。罗蓝蓝往后躲，要自己来，却被蒋小晨拒绝了。

其实这是蒋小晨第一次为女孩子做事，虽然已经很小心了，但难免笨手笨脚的。罗蓝蓝的脖子、衣服，都被蒋小晨弄湿了。

蒋小晨说："蓝蓝，我知道你的想法，你是好学生，你要好好学习，以后考好大学。早恋这种事儿，在你们好学生眼里简直是可以浸猪笼的。所以我虽然喜欢你，但我从来没想过你能跟我在一块儿。蓝蓝，我很单纯地喜欢你，我就是想多陪陪你，然后保护你，别的我什么都不会想。所以蓝蓝，你不要总想着推开我，好吗？"

罗蓝蓝摇头，再摇头，不是这样的，根本就不是这样的……

见罗蓝蓝哭得更伤心了，蒋小晨也没了办法。突然想到了什么，蒋小晨握住罗蓝蓝的手，问她："是不是陈袖？她对你做过什么？"

在蒋小晨问这句话的时候，罗蓝蓝这些天的情绪终于崩溃到了极点。她一下子扑到蒋小晨的怀里，断断续续地说："我什么都不能说……陈袖，陈袖她威胁我……照片……她拍了我的照片……"

照片！！！

蒋小晨立马就懂了，他记得陈袖的手段，也记得当初那个女孩绝望的眼神。只是，他万万没想到，这样的事情会发生到了一个理由，说小升初后，课程一下子变得很多，压力大。罗妈妈就说她是个傻孩子，他们又不指望女儿考上清华北大，健康快乐就好了。罗蓝蓝就笑，笑得有些苦涩。

　　一个月后，罗蓝蓝重新回到学校。原本就比较内向的罗蓝蓝，此时变得更加沉默寡言了。同学们也开始有意或无意地疏远她，把她当成一个透明人。

　　而蒋小晨呢，他才不管别人，该怎么和罗蓝蓝相处就怎么和她相处。只是，罗蓝蓝似乎和以前不大一样了。

　　罗蓝蓝不再借蒋小晨抄作业了，被拒绝好多次后，蒋小晨很生气地直接到罗蓝蓝那里抢作业本，结果发现罗蓝蓝也没有写。课堂考试的时候，蒋小晨用笔戳罗蓝蓝背后，让她给自己传小抄，可罗蓝蓝一动都不动。最让蒋小晨不能接受的是，罗蓝蓝不再给他饭票了。

　　罗蓝蓝说："我刚生完病，我妈妈告诉我，不能吃外面的东西，所以我不会像以前那样剩很多饭票了。"

　　蒋小晨不服气，说："就算你不出去吃，就你那饭量，你也吃不完啊。"

　　"吃不完我扔掉也不给你！"罗蓝蓝气呼呼地说，说完转过身的瞬间，眼眶就红了。

　　其实，她对蒋小晨也是有好感的吧。他和她之前接触过的男孩子都不太一样，他虽然成绩不好，但活得那样洒脱自在。他就好像是她身体里深埋的那颗种子，她不能成为他，所以她是那么地羡慕他。

　　可是，她永远也忘不了陈袖那阴森恐怖的笑声和威胁。她不能为着一点点的喜欢，放弃自己平静的生活，她做不到。

　　蒋小晨有些生罗蓝蓝的气，他赌气，中午不吃饭，去操场罗蓝蓝身上。他那么珍视的女孩啊,他恨不得去杀了陈袖!

蒋小晨一下一下地拍着罗蓝蓝的背,等她的情绪终于稳定下来,他把罗蓝蓝送回了家。然后,他去找了陈袖,带着鱼死网破的决心。

蒋小晨是在一家小酒吧里找到的陈袖。

陈袖见到是蒋小晨来了,眼睛亮得发光。她放下手里的啤酒瓶,走到蒋小晨跟前,伸手搭在了他的脖子上。陈袖说:"小晨哥,你来找我了啦。我就知道,你心里其实是有我的。"

蒋小晨一把甩开陈袖搭上来的手,力气大得让陈袖往后退了好几步,差点摔倒在地。

陈袖瞪了蒋小晨一眼,怒气一点一点地上来。她说:"小晨哥,你这是什么意思?"

"什么意思?什么意思你自己心里最清楚!"蒋小晨真是半分钟都不想跟这个女生待在一起,开门见山地说,"你就直说吧,怎样才能把照片换给我?"

"照片,什么照片呀?"陈袖还企图装无辜。

"你拍的罗蓝蓝的照片啊,怎么,就这么几天的工夫,你就忘光了?没关系,你要是忘了,老子就打得你记起来!"说完,蒋小晨抓住陈袖的衣领,啪的一声,毫不留情地甩在了陈袖的右脸上。这下,陈袖终于倒在了地上。

陈袖捂住自己疼得火辣辣的脸颊,仰头看着蒋小晨。她说:"蒋小晨,为了那个罗蓝蓝,你就这样对我?"

"为了蓝蓝,我还可以对你更狠。"

"你是说什么都不会跟我在一起的,是吗?"

"是啊,老子就算跟猪在一起,也看不上你一根手指头!"

"呵,呵呵……"陈袖笑得牙齿都打战了。她被身边的小姐妹扶起来,转头对蒋小晨说,"想拿到照片,那你就花钱赎吧。反正这些我也是要卖钱的,只要我拿到钱,给谁都是一样的。"

"多少钱?"蒋小晨握紧了拳头,恨到牙痒。

"五千块,三天的时间,时间一过我就把照片发到网上。你不用跟我讨价还价,既然你不跟我讲情分,那咱们就一码归一码。"

"好!"

五千块啊,那个时候,就算是大人,也是好几个月的工资,蒋小晨又能有什么办法呢?

整整两天,蒋小晨都把自己关在家里。他想过好多好多办法,去打工,去赚钱,甚至去借钱。可是三天,只有三天,这些办法都来不及。

第三天,蒋小晨出门了,他把一把刀藏在了身上。

后来,蒋小晨曾一遍又一遍回忆当初的那个清晨。他说,好像从他出门的那一刻起,他的人生就彻底偏离了轨迹。

蒋小晨在公交车上割开了一位女士的背包,偷走了装在包里的一个小钱包。他把钱包裹进怀里,匆匆忙忙地下车,觉得心脏都要跳出来了。

蒋小晨走到一个僻静的地方,蹲在地上,检查钱包里有多少钱。第一票,蒋小晨下手的是一个穿着很朴素,看起来很老实的女人,所以他也没想着能偷多少钱。可是,厚厚的一打钱,蒋小晨拿在手里,越数越是心惊。

两万块！整整两万块，蒋小晨吓得脸都白了。

要还回去吗？不行，那照片怎么办？更何况他也不知道到哪儿找那个女人。蒋小晨定了定神，安慰自己：每天在公交车上被偷的人那么多，自己只偷了这一次，难不成就数他倒霉。

蒋小晨数出五千块，然后把剩下的钱收好，转身走出了小巷。

蒋小晨把钱悉数拿给陈袖的时候，陈袖惊得不得了。她是了解蒋小晨家里的情况，所以才会用这种办法逼他不要再为罗蓝蓝出头了。可陈袖算错了蒋小晨，他比她想象中更在意罗蓝蓝，而这个认知把陈袖气得浑身发抖。

陈袖颠了颠手里的钱，说："蒋小晨，你这钱偷来的吧？"

"不管怎么来的，现在钱我给你了，照片呢？"

"照片？哦对，你是来要照片的。可是不好意思啊小晨哥，昨天晚上我实在等得没耐心了，就把照片随手发到了QQ群里。你去群里找照片就行了，咱们学校学生群，还有市区娱乐群里都有的，不用管我要。"

"你出尔反尔！"蒋小晨握紧了拳头，恨不得现在就冲上去暴打陈袖的头。

"出尔反尔？小晨哥，我是答应你什么了吗？"

蒋小晨不想再跟陈袖多说一句废话，转身直奔最近的网吧。他登上QQ看群里的信息，而群里早炸开了锅。

照片有些模糊，里面的女孩子披头散发地躺在地上，浑身几乎赤裸。群里都在议论这个女孩到底是谁，再往后看一些信息，已经有人提到罗蓝蓝的名字了。

蒋小晨一拳砸到电脑桌面上，手都磕破了。

再之后的事儿，蒋小晨是不太想回忆的。而一些事情的细节，他也真的忘记了。他只记得初一那年暑假的尾巴，好多人和事一下子都变了。

陈袖被学校记大过，但保留了学籍，留校察看。派出所只对陈袖做出了十五天的拘留和教育处罚，整体感觉无伤大雅。

罗蓝蓝在开学前就被父母转了学，她离开了实验中学，但也没去离家近的四中，而是去了很远的县城的一所寄宿学校。再后来，实验中学的同学们也就渐渐忘了罗蓝蓝以及在她身上发生的不可描述的事情。

而蒋小晨呢，东窗事发，他被抓进少管所劳教了半年。

半年，对于一个少年来讲，足以改变他的容貌、心性。而蒋小晨的人生轨迹，在撞到障碍物后，彻底改变了方向。

第八章　没有退路

　　半年后，蒋小晨重新回到学校。可蒋小晨在学校里的日子并不好过，坏事传千里，老师和学生都知道蒋小晨的事迹，所有人都对他退避三舍。就连老师都会私下和自己的学生说："离那个蒋小晨远一点。以前打打架就算了，现在他可是进了少管所的人，那可是罪犯啊！"

　　蒋小晨不去理会这些，因为在和罗蓝蓝的联系中，两个人是约定好了一起考同一所高中，以后去同一所大学的。蒋小晨从来没有这么认真地学习过，每一节课，每一分钟都认真听讲。然后他发现，其实认真学习起来，上课的时间是那样的充实，一点都不无聊。他发现，其实学习也不是那么难的一件事，解开一道数学题，背下一篇文言文，都有成就感。

　　第一次月考，蒋小晨考进了学年前五百，第二次月考，蒋小晨已经进步到了学年前二百。然而，面对这样的进步，蒋小晨并没有得到老师的表扬、同学的认可。他去办公室找老师，却在办公室门口听到老师们对他这样的议论。

　　"你们班的那个蒋小晨，成绩提高得很快啊，有问题吧？"

　　"没问题就怪了！一个少管所出来的孩子，什么事做不出来？"

"下次让监考老师管严一点啊，这样对别的学生多不公平！"

"唉唉唉，谁敢管他啊，不要命的呀！"

……

又过了几天，班级里发生了一件大事儿，住宿生周宁丢了五百块的补课费。对于学生来讲，这可是天大的一笔钱了，学校的领导和老师对此也相当重视。

班主任在班级里询问，说是谁偷了这笔钱，现在拿出来，还可以从轻处理。同学们一时议论纷纷，但慢慢地，大家把目光都投向了坐在教室最后排的蒋小晨。

周宁激动地站起来，转身指着蒋小晨说："蒋小晨，一定是你偷了我的钱！同学们都知道我是贫困生，这些钱是我爸卖了家里的牛才凑到的！除了你，谁会这么没良心？"

蒋小晨冷笑了一声，坐在座位上，没吭声。他烦躁地转着手里的笔，告诫自己不能冲动。清者自清，他没有偷就是没有偷，谁也不能冤枉他。

面对蒋小晨死不认错的态度，班主任非常生气。她大声地说："蒋小晨，你这是什么态度？你给我站起来！我看也是你偷的钱，不然咱们班，甚至咱们学校，哪个学生会干出这种事来？"

有班主任发声撑腰，班级里的学生胆子就愈发大了。

"就是就是，一定是你偷的钱！大家都知道你是什么样的人，还在这儿装什么？"

"听说你家里也挺穷的啊，当初还蹭人家小姑娘的饭票呢，真不要脸！"

"估计你也是要交学费了,家里拿不出钱了吧?啧啧,长得好看,会打架有什么用啊,出身还不是这么差?"

"上次你一出手可就是偷两万啊,这次五百块钱估计连塞牙缝都不够吧?我看啊,你八成是随手一拿,转身就忘了!"

面对班主任和同学们的质疑,蒋小晨气愤又无助。他当然知道自己当初做错了事。他承认,他也确实为此付出了代价。在少管所的半年里,蒋小晨每天按时看新闻,每天读报纸,也会在图书馆里找一些教材看。他认真做劳动,整理内务,有人打架他从来不参与。就算欺负到自己头上来,蒋小晨也是忍着,从来没有还手。蒋小晨觉得,错了就是错了,错了应该受到惩罚。

可是在一番彻悟,改过自新后,为什么没有人愿意重新接纳他呢?不必对他特殊照顾,不必对他嘘寒问暖,就把他当一个普普通通的学生,一个普普通通的同学,很难吗?

在众人的指责声中,蒋小晨最终拍案而起,"老子说了没偷就是没偷!不信你们去报警啊!"

学校真的报了警,警察到蒋小晨家后翻箱倒柜地搜。蒋妈妈则站在一边冷冷地看着警察,看着蒋小晨。她说:"警官,你知道我儿子,他是有案底的。这样,不管他这次偷没偷钱,你们都把他抓走得了。我丢不起这个人,也没有这么个儿子。"

而蒋小晨呢,他就站在不远处。他看着警官的行动,听着妈妈的咒骂,听着越来越多围观上来的邻居的指责,一个十五岁的少年,第一次意识到,人生是如此迷茫。

一个邻居大叔上前对警官说:"警官啊,前两天我家里丢了一千块钱,也是这个蒋小晨偷的吧?大家可都知道,他是个惯犯！"

警官笑笑，客气地说："大叔，你先打电话报个案，我们才好出警啊。"

夕阳沉了下来，落在小院子里的香樟树上，斑斑驳驳，没有生机的样子。

警官们走了，一无所获。邻居们也走了，纷纷告诫自己的孩子不能和蒋小晨来往。蒋妈妈走了，她去别家打麻将。小小的院子里，一下子寂静得要命，只剩下一个无助的少年和落在他身上斑驳的光点。

大门敞开，外面是纷扰的人间烟火。而蒋小晨呢？他终于意识到他失去了那个女孩。他是人人唾弃的少年犯，没有哪个女孩会愿意陪在他身边。

就这样，蒋小晨好不容易重拾起的信心，被一点一点消磨没了。

一年后，蒋小晨和罗蓝蓝一起中考。但蒋小晨一年来基本放弃了学习，最后只考上了一个中专。蒋小晨把录取通知书拿给妈妈的时候，蒋妈妈很不屑地说："这种学校你还要上吗？我要花那么多钱，你念出来还不是没工作？"然后蒋小晨直接当着妈妈的面，把通知书撕掉了。不念就不念，他又没多想上学。

而罗蓝蓝，她在县城专心学习，心无旁骛，最终不负众望，考上了市里最好的高中。接到录取通知书的时候，罗蓝蓝兴奋地给蒋小晨打电话，想问他考上哪儿了，可电话一直打不通。

罗蓝蓝从县城回来，到蒋小晨家去找他，可蒋小晨早就不在家了。蒋妈妈依旧在打麻将,听到罗蓝蓝打听蒋小晨的事儿,很不耐烦地说:"蒋小晨早就不在家里住了。"

不问出个所以然来,罗蓝蓝是不会放弃的。她带着笑,客气地问蒋妈妈:"那您知道小晨他现在住在哪儿吗?"

蒋妈妈连眼皮都没抬一下,说:"他整天跟他认识的那群狐朋狗友混在一块,你别问我了,我什么都不知道。"

通讯越来越发达,可在一个城市里找到一个人,还是那么难。

再一年,蒋小晨涉嫌一起重大诈骗案,被警察逮捕。因为蒋小晨已经年逾十六岁,且诈骗金额巨大,随时会面临牢狱之灾。

这是罗禹静第二次帮蒋小晨打官司,距离蒋小晨上一次的偷窃案,仅仅过去了三年。

罗禹静说:"蒋小晨,你要老老实实地交代你的问题。你现在虽然年满十六周岁,但还未满十八周岁,并且你在诈骗上是初犯,还不是主谋,我会尽量让你的刑罚减到最低的。当然了,缓期执行是最好的结果。"

面对罗禹静的劝解,蒋小晨不但不领情,还一副无所畏惧的样子。他点了根烟,跷起二郎腿,说:"减不减刑这都无所谓,反正在哪儿都是待着,我在监狱里反而能交到一些朋友。"

"你在监狱里交朋友?"罗禹静觉得不可思议。

"是啊,外面的'好孩子'是不会和我这种人做朋友的。只有监狱里的人才不会瞧不起我。"

那天从警局走后,罗禹静的心情一直非常低落。其实罗禹静前后两次帮蒋小晨打官司都是义务的,是林风林警官拜托给她的。林警官说:"我看着这个孩子挺可怜的,家里只有妈妈,可从来不管他。犯了事儿要判刑,我们让他找律师,他都说随便判。"按理说,免费的官司,罗禹静本不必如此尽心。可就像林警官说的那样,这个孩子挺可怜的。他不是不想学好,也不是不想改过,可谁都不肯给他这个机会。几乎一步错了,就得步步错,不允许他回头。

案子判下来了,蒋小晨入狱两年,缓期一年执行。

和蒋小晨告别的时候,罗禹静把手搭在他的肩膀上,语重心长地说:"小晨,这一年里,你就安安心心地好好生活。如果这一年什么事都没发生,你的刑罚会减轻,甚至不用去坐牢的。"

"真……真的吗?"蒋小晨有点不敢相信。

"真的啊,你要相信我。"罗禹静温柔地拍拍蒋小晨的头,就像是关照自己的弟弟,"小晨,其实我知道,你的本性一点都不坏,可能是这个社会对你太不宽容了。可是抱怨是没有用的,社会给予你恶,你要报以善良,这样才不会恶性循环。"

蒋小晨郑重地点点头,此时在他的眼睛里,终于有了些许的星光。

罗禹静想,蒋小晨经过这件事,应该会吸取教训了吧。而事实上,蒋小晨在这三年里,也确实安安静静地度过了。只是谁曾想,三年后,林警官突然来电,说蒋小晨当街抢劫,情节十分严重。

罗禹静又气又怨,是不是她当初就看错了这个孩子,他本身就是无可救药的!

在蒋小晨年满二十岁的时候，罗禹静第三次接了蒋小晨的案子。罗禹静对唐果说："其实我早就不指望蒋小晨能改好了，这次能接下这个案子，就是图个心安吧。该帮的我都帮了，剩下的只能靠蒋小晨自己了。"

看着罗禹静坐在办公桌前，手指一下一下扣着桌面，唐果突然觉得自己这个女强人师父，这时是无助的。唐果给罗禹静端来一杯热水，递到她手里，唐果说："师父，我觉得你是不会看错人的。蒋小晨不坏，他还是当初的那个少年。"

罗禹静抬起头，看着唐果这张青春洋溢的脸笑了笑。

罗禹静说："唐果，明天你帮我约一下蒋小晨。案子马上就要开庭了，很多事情等着我们处理。"

安排好第二天的工作，唐果准备下班。不过在打卡之后，唐果接到了快递小哥的电话。唐果粗略回想了一下，应该是她前些天在网上订的司法考试的教材到了吧。

快递小哥可怜兮兮地说："这位女士，您的快递实在有些沉啊……您看，您可以自己下来取吗？不行的话，咱们一起抬上去可以吗……"

唐果本来就是要下班的，当然不会麻烦快递小哥往楼上跑。只不过等唐果看到快递箱子的时候，才发现快递小哥一点都没夸张，沉不沉不知道，但箱子可真够大啊……

唐果签收后，看着地上的庞然大物，再看看下班高峰期的人群，一时间迷茫了……她当时真是脑子秀逗了，才会一下子买这么多书！现在好了，出租车打不到，赶到地铁站又搬不动。唐果绕着箱子转了又转，最后索性脱了高跟鞋，坐在箱子上。师父还没下班呢，等她下班了，蹭她的车好了！

"嘀嘀——"两声不轻不重的鸣笛,一辆熟悉的宝马车。唐果看着坐在车里的曹星光,简直像看到了亲人!她真想冲过去给自己老板一个爱的抱抱!

"嘀嘀——"曹星光又按了两声喇叭,可唐果还是一动不动地坐在箱子上。箱子里装着宝藏吗?半步都离不开!

曹星光没办法,只好主动下车。他走到唐果跟前,问她:"我怎么不知道我的事务所雇了你这么一个保安,当门神吗?"

见曹星光主动下车,唐果兴奋得一下子从箱子上蹦下来,跑到曹星光身边,还讨好似的拉了拉他的袖子。唐果说:"老板老板,这些是我从网上买的书,可是太沉了呀,我搬不动,又打不到车。老板您就行行好,送我回家呗?"

"送可以,但你把手松开,我袖扣贵着呢!"曹星光有些傲娇。

"好好好。"唐果立马松开,比兔子还机灵。

曹星光转身就走,却再次被唐果拉住了。唐果说:"老板老板,您好人做到底呀,帮我把箱子搬到后备厢呗!"

曹星光被气得直翻白眼,他真是脑袋抽了才会跑来管唐果的闲事!

上了车,曹星光扫了眼后备厢的方向,不屑地说:"箱子这么重,你不会藏尸了吧?你可别拖我下水啊。"

唐果有求于人,她只能在心里怼曹星光两刀。她转过头,笑着对曹星光说:"老板,这些可都是我买来的教材,我要考司考的。老板您看,您的员工刻苦不?"

"司法考试?"曹星光更不屑了,"你大学是学中文的吧,你还能把司法考试过了,真是把你厉害的!"

不要这么瞧不起人好不好……

唐果咳了咳,清清嗓子,语气变得郑重起来。她说:"老板,我是这么想的,我以后也会一直从事法律工作了嘛,那我把司法考下来最好,以后升职加薪都是筹码,甚至还可以转做律师。如果考不下来呢,那我权当多学点法律知识了,对我现在的助理工作也是有帮助的。"

唐果都这么表决心了,曹星光还真就不忍心继续打击她了。

唐果的出租屋在五楼,且没有电梯。下车的时候,唐果还琢磨着怎么求曹星光帮她把箱子搬上去。可让唐果没想到的是,曹星光二话没说,一口气把箱子扛到了五楼。楼道里有两层楼的声控灯是坏的,很黑,楼梯过道又很窄,唐果走得胆战心惊,但前面的曹星光走得步伐稳健。

把一个人放在心上到底是什么感觉呢?好像是他出现在你生活中的每一个细节里,都是理所当然的。你对他的依赖,也在潜移默化中深入了骨髓。

喜欢上就喜欢上了吧,没什么不好承认的。

看着曹星光的背影,唐果在不经意间羞红了脸。

唐果的出租屋很小,但五脏俱全。进了门,曹星光没有马上走,而是像进了自己家一样,特别自然地走到沙发前坐好,还跷起了二郎腿。他抬头看了眼愣在门口的唐果,吩咐道:"去,给我泡杯热茶。"

"老……老板,我家没有茶。"唐果回身关了门,走到曹星光跟前,好像从头到脚都不自然了起来。

"那咖啡呢?"曹星光耐着性子继续问。

唐果摇头说:"没有。"

"苏打水?"

唐果继续摇头,怎么办,还是没有。

"那你这儿有什么?"

"我这儿……我去给你烧壶热水,你要吗?"

不知怎么的,曹星光看着唐果可怜兮兮的样子,一下子笑了出来。他朝唐果摆摆手,说:"去烧吧。"

"嗯!"唐果答应得很痛快,转身前,还不忘调戏一下自己老板,"老板,其实你笑起来还是有那么点小帅的,你要多笑笑!"说完,唐果嗖的一声跑走了。

曹星光笑笑,无奈地摇摇头。

唐果端着热水回来的时候,发现曹星光已经把纸箱子打开,坐在地上一本一本拿着书看。唐果有些奇怪,曹星光也对法律有兴趣吗?他开律师事务所不是闹着玩的吗?

"老板,你在干吗呢?对这些书感兴趣?"

曹星光拉了下唐果,让她和自己一起坐在地上。曹星光说:"你买了这么多书,哪里看得过来。我先给你选一些基础的,你先看着。而且有些书不适合你,考试的话帮助也不大,我给你挑出来,你没必要浪费时间看。"

唐果就更惊讶了,"老板,你怎么会懂这个?"

闻言,曹星光放下手里的书,停顿了下才说:"因为我以前陪过一个女孩考司法,那个时候她和你差不多大吧。"

"是,颜夏吗?"唐果小心翼翼地问,声音很轻很轻。

"是。"曹星光回答得很坦然,"她是我的初恋,但都过去了,她从未打算回头。"

"哦。"

已经过去了,可此时的曹星光竟还是如此落寞。

唐果心里酸酸的,她往前挪了挪,想给曹星光一个安慰的抱抱。而曹星光正好转过身,两个人鼻头碰着鼻头,嘴唇贴着嘴唇,一时间屋子里的温度都陡然升高了。

曹星光那么刚毅强硬的一个人啊,可他的嘴唇居然柔软得不像话。

唐果往后躲,曹星光却突然伸手搂住了唐果的腰,把她往自己的怀里带。

吻再一次落下来,可和上一次的浅尝辄止不同,这一次炙热得要命。

曹星光贴着唐果的唇说:"所有人都在向前奔跑,我也不能一辈子困在过去。"

曹星光说:"唐果,我希望你是给我未来的那个人。"

第九章　你救救我

蒋小晨开庭的前一天，罗蓝蓝从上海赶了回来，是唐果接的站。从站台上走下来，罗蓝蓝没有了第一次来时的风尘仆仆。她穿了一条白色吊带长裙，长发用一条淡紫色的发带箍着，整个人看起来清淡而优雅。

对于唐果来接，罗蓝蓝很不好意思。她说："唐果姐，总这么麻烦你，我都不知道说什么感谢的话好了。"

出了火车站，唐果招手打了一辆出租车。唐果说："你不用有什么心理负担，帮蒋小晨、帮你，都是我工作上的分内事。而且我这次过来，还要跟你交代一些事情。"

"什么事？"

"其实是罗律师让我转告你的，她说蒋小晨这次的案子不容乐观。警方已经掌握了十足的证据，判刑入狱是免不了的，你要有这个心理准备。"

罗蓝蓝低着头，双手握成拳头，点头再点头。她说："我知道了，我有这个准备。那唐果姐，小晨会判多少年啊？"

"三到五年，但罗律师会尽量把年限降到最低。"

"嗯嗯，你和罗律师都是好人。那我能在开庭前见一面小晨吗？上次我过来，我俩闹来闹去的，都没好好说上话。"

唐果很想再帮帮这个姑娘，但是不行。她只能说："我们之前问过蒋小晨，但他拒绝和你见面。而且蒋小晨说，你不要再等他了。"

这一刻，罗蓝蓝再也抑制不住自己，捂着嘴巴，呜呜地哭了起来。她说："没有人比我更清楚，小晨是一个多么好的人。这些年小晨一直犯错，所有人都说他是坏人，说他无可救药，可我不信，我就是不信。曾经给了我那么多温暖的男生，他怎么可能是坏人？以前那么坏的陈袖，她都没有受到惩罚，凭什么小晨就要承受这么多？唐果姐，你知道吗，如果我再不站在小晨这边，小晨真的太无助了……"

唐果拍了拍罗蓝蓝的肩膀，安慰道："我知道，我能理解你的。蓝蓝，我觉得蒋小晨经过这些事情会变好的。不只你有这个信心，我们都有这个信心。"

"真……真的吗？"对于唐果的话，罗蓝蓝有些不可置信。

"当然。"唐果坚定地说。

唐果从事法律工作也有一段时间了，接的案子也不少。她慢慢地发现，法律不仅要像宝剑一样斩断罪恶，维护公理，也要有温暖的胸怀。人人都会犯错，但既然已经为自己的错付出代价，并真心改过了，我们就不能戴着有色眼镜去看他，而应该重新接纳他。如果一直歧视这个人，那只能再次把他逼上违法的道路，伤害自己，更伤害他人。

开庭前，蒋小晨拒绝见罗蓝蓝，是因为他选择见罗禹静一面。

穿着监狱服，坐在罗禹静对面，此刻少年的头发已经基本全白了。六年的时间,罗禹静看着蒋小晨长大,看着他犯错,看着他知错又再犯错,一时之间,心中感慨万千。

两个人静静地坐着,罗禹静看着蒋小晨,蒋小晨却低着头,不敢看罗禹静的眼睛。

几分钟过去了,是蒋小晨打破的沉默。

蒋小晨缓缓抬起头,因为有一阵没见强光了,此时他用手遮了一下眼睛。蒋小晨问:"罗律师,我会判多久?"

"三到五年,但我会尽力减到三年内。"罗禹静实话实说。

蒋小晨有些惆怅,又有点欣慰,他说:"那还好,不久,不久。"

"是不久。"罗禹静的语气却并不轻松,"那下次呢,准备多久?"

"下次?"面对罗禹静的犀利问话,蒋小晨反而笑了一下,"罗律师,这些年真的麻烦你了。感谢的话我估计你不太想听,那我就说说我现在的一些想法吧。"

蒋小晨以放松的姿势靠在椅子上,他仰着头,看着黑漆漆的棚顶。蒋小晨想,透过这棚顶,一定是澈蓝的天空与自由。

蒋小晨说:"罗律师,这些天我好好回想了一下,这些年我好像过得都很自怨自艾。我埋怨别人不接受我,怨恨别人给我贴标签,但抛去这些,我自己好像也没想过要怎么改好。自己不争取,没有人有义务说我是个好人。"

听了蒋小晨的话,罗禹静眼睛一亮。她说:"小晨,你确实长大了。"

"每个人都会长大,只不过我比常人多付出了一些代价。"

"那你以后的打算呢？"

"等出狱后，我会离开北京吧。这里有我太多的往事，太多了解我过去的熟人。我想去一个谁都不知道我的地方，重新开始。"

"嗯，我很支持你的决定。那，想要去哪里？"

"还不知道呢。"说起这个问题，少年老成的蒋小晨也有一点腼腆，"随便哪里吧，最糟糕的已经是这样了，我觉得我以后只能更好。"

罗禹静点头，很坚定地点头。这个她一直担心的问题少年，在经历一番蹉跎之后，狠下心来剪掉自己的羽翼，又重新长出了翅膀。她不在乎他能飞多高，只要一直飞着就好。飞着，才是自由地活。

开庭前的最后一晚，唐果是在曹星光家度过的。

曹星光来接唐果，并且表明意图的时候，唐果眼睛瞪得滚圆。唐果捂着嘴巴说："老……老板，我们好像刚刚确定关系吧？这就同居啦？老板，我有点跟不上你的节奏啊！"

曹星光又好气又好笑，他按着唐果的腰把她推进车里，然后自己也上了车，落锁。曹星光说："你大可放心，小珊还在家呢，我不能乱来。"

唐果把头歪向另一面，不屑地撇撇嘴。乱来……就乱来呗，谁怕谁！

到了曹星光家，已经是深夜了。小珊此刻睡得正熟，唐果只看了一眼，没有打扰她。

曹星光牵着唐果的手，让她坐在沙发上。他问："饿不饿？我可以给你做点夜宵。"

"这……不太好吧？你是我的老板，我总有一种以下犯上的感觉！"

曹星光笑着摸摸唐果的脸颊，说："那你要尽快适应了，出了公司，我就不是你的老板。"说完，曹星光转身去了厨房。

曹星光家的厨房是开放式的，和客厅相连，所以唐果坐在沙发上探着头，是可以看见曹星光在厨房忙活的。唐果是不相信曹星光这种老板有多高的厨艺，但是没几分钟，香气就从厨房里飘了过来。馋得唐果一下子窜进了厨房。

"你在做什么呀？本来我都不饿的，但现在我能吃下整个世界！"

"把你厉害的！"曹星光转过身，递给唐果一盘灌汤水饺，"不是什么山珍海味，但这么晚了，吃太油腻也不好。"

唐果端着饺子走到餐桌前，坐下，曹星光已经把碗筷和醋碟都递了过来。唐果咬了一口，别说，饺子看着样子不怎么样，味道还是不错的。

"老板，你这个饺子是什么牌子的啊？回头我买两袋放家里存着。"

"不是什么牌子，我自己包的。"说着，曹星光朝唐果挑了挑眉，很得意的样子。

唐果又吃了一个，再品品味道，对于曹星光的说辞完全不相信。

"不信你去冰箱看，还有三盒，喜欢可以拿回家吃。"

唐果不信了那个邪，抬屁股就去翻冰箱。还……真是！三大盒不同颜色的速冻饺子整整齐齐地码在里面，可爱又小巧，完全不像一个大男人的手笔。

"我的天，老板，你是新东方烹饪学校毕业的吧！"

唐果还没转过身呢，就被曹星光一把搂在了怀里。他低着头，嘴唇触碰到唐果的额头，呼着热气说："我毕业于巴黎大学，主修企业管理，硕士学位。这个学历够吗？"

唐果觉得额头有些痒，就往后躲了躲。可曹星光不让，双手覆在她的腰上，力气大得很。

唐果秒怂，她说："够够够。以您现在的身家，就真是新东方毕业的，也没人敢说什么呀！"

对于唐果的回答，曹星光表示基本满意。

吃完夜宵，唐果抱着曹星光给她找来的新的浴巾和睡衣去浴室洗澡。洗澡，真是一个让人想入非非的活儿啊！

曹星光的浴室很豪华，淋浴的花洒是装在棚顶的，有一个圆盘那么大。水流出来，哗哗哗地砸在身上，有点痛，但爽呆了。在氤氲的水雾中，唐果看到了对面镜子里的自己，身体红红的，脸颊也红红的，像一只煮熟的龙虾。

从浴室里出来，曹星光已经洗完澡，换上了一套藏青色的睡衣。屋子里暗暗的，只有床头的一盏灯亮着，发出昏黄的光。曹星光靠在床头，手里拿着一本杂志，随意地翻着。

这一切进展得太快了，快到唐果在此情此景里，都不敢相信前两天还争吵斗嘴，有着不是你死就是我亡架势的两个人，现在都能和谐地同床共枕了。

见唐果过来，曹星光把杂志丢在一边，抖开被子，拍了拍床边。他说："过来，困了。"

过来？困了？这么简单？

真就这么简单。

唐果小心翼翼地躺在曹星光身边，盖了不到三分之一的被子。而曹星光也真的是困了，不出两分钟，已经有轻微的鼾声了。

看吧，这就是找老男人的坏处，精力一点都不旺盛。唐果暗自心想。

相对于曹星光的困意，唐果精神得都想起来玩一局网游！翻过来……翻过去……翻到第五次的时候，曹星光一把按住了她。

"唐果，你要是再翻一次身，我就真把你办了！"

经过这么长时间的接触，唐果已经发现了曹星光逗能基本靠一张嘴。所以面对曹星光的威胁，唐果全然不怕。

唐果又翻了一个身，正面面对曹星光，她说："明天蒋小晨的案子就开庭了，说实话，我挺紧张的。"

曹星光收回手，平躺在床上。他呼出一口浊气，思维慢慢回归。他说："担心那个蒋小晨？"

"是啊。而且我还有点担心罗蓝蓝，这两个小孩一步一步走到今天，真的挺不容易的。"

"说得像是谁容易似的。"曹星光彻底不想管唐果的伤春悲秋了，转了个身，说，"如果你的每个客户你都要这么担心，你会累死的。"说完，曹星光就彻底睡觉了。

哎，代沟这个东西，是一种不能言语的痛啊。

唐果看着窗外的点点星光，她觉得，明天应该是个好天气。

第二天早上，八点整，蒋小晨的案子正式开庭。

蒋小晨站在被告席上，罗禹静作为蒋小晨的辩护律师着正装出席，唐果陪着罗蓝蓝坐在庭下。罗蓝蓝的手指抓着裙摆，脸上强忍着紧张，看似波澜不惊。

案子简单明了，被告人犯罪证据充足，所以整个庭审只用了一个小时的时间，很快。但这短短的一个小时，对蒋小晨，对罗蓝蓝，甚至是对唐果，都是一种煎熬。

法官最终落锤，蒋小晨抢劫罪成立，被判入狱三年，即刻执行。

蒋小晨被狱警带下去之后，他转身，目光落在庭下的罗蓝蓝身上。他对她笑，用了好多力量。

其实之前，唐果问过蒋小晨："你最初的犯罪是因为罗蓝蓝。所以你是不是一直记恨着她，一直不跟她在一起？"

当时的蒋小晨并没有回避唐果的问题，也没有隐藏自己的内心。他说："最开始或者有一些这样的情绪吧。但后来想想，如果一切都重新来过，我还是会去帮蓝蓝，会愿意和陈袖交易。只是再后来，我经历了一些事儿，和蓝蓝的差距就越来越大了。她是名校的高才生，我是一个不知悔改没有未来的罪犯，我不能拖累她。"

罗蓝蓝看见蒋小晨朝自己笑，她便也笑了。

时间好像一下子穿越到了六年前，他还是那个阳光少年，她还是那个乖乖女。没有时间的阴霾，没有世事的变迁，一切都是最初的美好。

只是这个时候的罗蓝蓝，并不知道这是她最后一次见到蒋小晨。

下午四点二十五分，高架桥上发生一起严重的车祸。肇事司机逃逸，而被撞的车辆是监狱护送犯人的警车。车上一名司机、三名警察、一名犯罪人员，无一生还。

罗禹静和唐果都在现场，她们要去监狱见一个犯人，便几乎和蒋小晨的押送车同行。蒋小晨被医护人员拖出车的时候，浑身已经被撞得血肉模糊。他喘着微弱的气，看向罗禹静和唐果的方向。他朝她们招手。

罗禹静和唐果疯了一样地跑过来，罗禹静一把抓住蒋小晨的手，俯下身对他说："小晨，你坚持一下，再坚持一下！我们马上送你到医院，到医院就没事了！"

蒋小晨很努力地往上扬嘴巴，此时他已经说不出话来了。他用气声，对罗禹静说："罗律师，你救救我……"

三分钟后，医生当场宣布蒋小晨的死亡，都没有往医院送。

唐果看着瘫坐在地上满手鲜血的罗禹静，再也抑制不住自己内心失控的情绪，抱着罗禹静，哇哇地哭了出来。

唐果说："师父啊，怎么会这样呢？这么会这样！"

她说："蒋小晨说过，他要改好了，他会改好的，为什么不给他这个机会？！"

唐果摇晃着罗禹静，但罗禹静看着被医生盖上白布的蒋小晨，已经完全没有了知觉。

唐果放开罗禹静，飞奔到肇事车辆那儿。她不顾在场警察的阻拦，想冲到肇事车辆里，看看有什么蛛丝马迹，她不能放过那个坏人！

当然，唐果被警察拦到了警戒线外。她趴在警戒线上，瞪圆了眼睛，不愿错过任何一个细节。

林风林警官戴了双白手套，用镊子从车里取出一枚戒指。林风转身把戒指放入袋子里时，唐果看清了那枚戒指。

唐果伸手，从脖子里取出一条项链。项链上穿着一枚戒指，和林风手里的戒指是一模一样的款式。只不过，林风手上的是男款，而唐果手上的是女款。

唐果缓缓地转过身，看着罗禹静，目光惊恐而无助。

唐果说："师父，是白文字……"

后来的后来，罗蓝蓝加了唐果的微信。在聊天中，罗蓝蓝说过这样一段话。

她说："其实我们换一种方式想，小晨得到这样的结局也挺好的，他挣扎得太累了。"

后续：爱成永恒

梓洛常说，她和张生之间的爱情，有些像三毛和荷西，一个葬身于火海，一个消失于人海。但现在她和张生的结局好像还不太完美，因为她还活得好好的。

张生走后，其实梓洛又去过珠峰。没有了张生的陪伴，梓洛加入了一个登山爱好者团队。一行十一人，有兄弟，有姐妹，有夫妻，有情侣，只有梓洛是一个人。同行人会问梓洛，但梓洛只会笑笑，从不多透露自己的故事。搭伴儿同行而已，转身即天涯。

他们不会知道，她从来都不是一个人。

在水里，在天空上，在空气里，到处都有张生的痕迹。

梓洛是存有私心的，她想找到当年张生离开的那个三千米平台处。但茫茫冰原，哪里都像，但哪里又都不是。

夜里，团队扎营住宿。梓洛躺在睡袋里，翻来覆去，最后索性坐起来不睡了。

梓洛走出帐篷，帐篷前的火堆还燃着，她便坐在火堆边烤火。她看着天上的星，远处的雪，好像灵魂得到了召唤。

梓洛站起身，顺着一缕星辰的光亮前行。她越走越远，越走越远，走到脚趾发麻，浑身冻得僵硬，走到天空已经翻起了白肚皮。

梓洛好像失去了十几个小时的记忆，因为等她苏醒过来的时候，天又黑了。

团队的头儿是一位五十出头的大汉，见梓洛醒了，先是松了一口气，然后便破口大骂，"老子出来玩，就不爱带你们这种小娘们儿！一点组织性纪律性都没有！啊，你说，我们要是找不到你怎么办？你要是死了怎么办？谁负责？啊？还不是我！"

灵魂彻底回到身体里，梓洛从最开始的迷茫，到后来的愧疚。

梓洛说："大哥，对不起。我是半夜起来上厕所来的，可是再想回帐篷，发现就找不到了。下次我不会这样了。"

"哎呀，算啦算啦，人家姑娘也不是故意的。"

"对呀对呀，应该是第一次登珠峰，没经验的。"

"我看应该是雪盲了，有情可原有情可原。"

人家纷纷帮梓洛说话，头儿心里再不痛快，也不好再难为梓洛了。只不过，接下来的几天，头儿几乎寸步不离地跟着梓洛，就差跟着她上厕所了，弄得梓洛既尴尬又不好意思。

再后来，因为天气的原因，这支队伍只登到了珠峰的四千米处。

山下，梓洛和队伍挥手告别的时候，她想，以后她应该不会再来这里了。

半个月前，梓洛的著作权侵权案输了。

当初梓洛把她和张生的故事片段发表在微博上，但是微博是不能证明这个故事的原创者就是梓洛的。并且，出版公司出版的那本《生与死之间的珠峰》，里面没有任何的句子是和梓洛所发表的文字相同的。说白了，《生与死之间的珠峰》充其量就是抄了梓洛的梗，但著作权法里，是没有相关的法律条文的。更让罗禹静气愤的是，《生与死之间的珠峰》的作者——淡淡粉，都是出版公司虚拟出来的人。

庭审的整个过程，包括法官宣判结果，梓洛都是无比平静的。庭审结束，梓洛一个人率先走出法庭，完全像是一个听众。

罗禹静眼看着梓洛走出去，只能把后续的事情交给唐果处理，自己跑出去追上梓洛。

罗禹静说："梓洛，对不起，我没有帮你打赢官司。如果你愿意，我可以帮你联系我的律师朋友们，我一定给你找一个在著作权方面比我擅长的律师。我……"

梓洛微笑着打断罗禹静的话，她说："罗律师，你没有对不起我。相反，我还要感谢你呢，当初只有你愿意接我的案子。但是罗律师，你也应该了解，我并不在乎这个案子的输赢。打这个官司的初衷，我是想捍卫我和张生的爱情。但无论官司输赢，张生都死了。"

梓洛走了。

其实到了这一刻，罗禹静才彻底明白梓洛的想法。她就是想通过一场官司，逼着自己承认，张生真的不在了。

再一次得到梓洛的消息是三个月后。梓洛在家中吞食大量安眠药，弥留之际，被去送快递的小哥发现，并送到医院，捡回了一条命。

这个消息被爆到了微博上，一时间舆论鼎沸，"出版公司侵权,逼死畅销书女作家!"各种新闻纷纷成为头条和热点。

这回,面对网络攻击,甚至是网络暴力,出版公司再也不能置身事外了。《生与死之间的珠峰》在书店、网站全线下架,连马上就要开拍的同名电视剧都无限期地搁置了。

看到这个新闻和事情的后续,罗禹静挺感慨的。偶尔她会跟唐果抱怨:"想不到这件事儿最后竟是这样解决的。有时候真的挺疑惑的,咱们律师有什么用?"

而这一次,唐果也语塞了。是啊,律师们一个多月的努力,还不如人家几天的舆论效应。

后来,唐果又去拜访过梓洛,那是一个雨后新晴的早晨。而这次来梓洛的家,家里的模样却是大不相同。院子里的花花草草不见了,绿植凉棚也变成空架子。梓洛穿着一个大围裙,戴着橡胶手套,正在打包家里的用品。

唐果感觉自己的拜访有些不合时宜,就很不好意思地说:"梓洛姐,我需要帮你做些什么吗?"

梓洛抹了抹额头上的汗,说:"不用不用,我这马上也就忙完了。哎,唐果,你坐那边的沙发,我去给你泡杯……哎呀,茶没有了,苏打水喝吗?"

唐果乖乖地坐到还没有包起来的沙发上,觉得自己真的打扰到人家了。

"梓洛姐,你这是要搬家?"唐果问道。

"算是吧。我以后不住在这里了,也不固定住在哪里。"梓洛这样回答。

"梓洛姐,那你……"唐果有些难以启齿,她其实是奉罗禹静的命令来看看梓洛的状态的。但是……总不是直接问人家还想不想自杀吧?

梓洛是个活得通透的女人,自然明白唐果为什么支支吾吾。梓洛说:"其实这次自杀前,我去过珠峰,差一点死在那里。所以我前后两次都没死成,那我应该就是命不该绝,我得好好活着。"

梓洛离开了北京,开始了一场又一场的旅行。

之后,"梓洛"这个笔名从各大杂志和出版图书中消失了,取而代之的是一个叫"张生"的名字。

半年后,这个叫"张生"的作者出版了一本畅销书,并迅速刷新各大网络书店的销售记录。

畅销书的名字叫《爱,是一场盛大的修行》。

第三卷 记忆深处的你

第一章　巴黎巴黎

　　唐果从未想过，有一天会和曹星光交代自己与白文宇的前情往事，因为她也没想过打听曹星光以前的那些桃色新闻。

　　那是蒋小晨出事的第二天晚上，唐果下了班，坐上一班公交车，看着窗外出神，全然忘了自己应该在哪一站下车。等到车开到终点，司机师傅清人的时候，唐果才意识到自己得下车了。

　　下了车，唐果发现公交车已经开到了郊区。因为入了暑，夜风不但不凉，反而还有些黏黏的热。真快啊，自己毕业已经快一年了，唐果不禁感慨。

　　低着头，漫无目的地又走了几步，唐果觉得有点饿，也很困了。那……别溜达了，回家吧！

　　唐果掉个头，重新走回公交车站。她看见刚才坐的公交车还没开走，想着自己的运气真好，能坐这班车回市区。

　　此时公交车站只有唐果一个人，她等呀等，可公交车的车门还不开。等到公交车师傅都拿着家当下车了，她还有些懵。

　　司机师傅已经走出了几步，见唐果还在等，一时心软，回头朝唐果喊："小姑娘，我刚才那辆已经是末班车了，别等了！"

唐果左手叠右手，很尴尬地说："谢……谢谢啊……"

公交车没有了，那就打车吧。可这是郊区啊，荒郊野岭的，别说出租车了，就是打个滴滴，也没有师傅愿意接单吧？

唐果站在原地转了个圈，又转了个圈。咦，这不是曹星光家附近嘛！唐果如获至宝，立马拿出手机向曹星光求救。

作为贯彻"老年人作息"的曹星光，他在吃完晚饭，辅导完小珊功课后，就已经休息入睡了。接到唐果的电话，他还有些不清醒。曹星光撑起身体，靠在床头思考了几秒钟才想起来，唐果现在已经是他的女朋友，而作为男人，是不能骂女朋友的！

曹星光披上外衣，去开大门的时候，发现唐果已经乖乖地站在门口等着了。她穿了一件黑白相间熊猫主题的卫衣，卫衣连着帽子，帽子上还竖着两只熊猫耳朵。下面穿了一条白色的运动短裙、帆布鞋，青春俏皮又可爱。曹星光呼出一口郁气，突然发现有唐果的小夜晚挺美好的。

曹星光上前一步，抱了下唐果，然后揽着她的腰进屋。

时间已经很晚了，唐果不好意思像上次一样麻烦曹星光做夜宵。好在家里有好多曹小珊的零食，唐果选了几样，坐在床边，吧唧吧唧吃得很带劲儿。

有那么好吃吗？曹星光扭过头去，很是不屑。过了半分钟，曹星光很淡定地顺来一包蟹黄味青豆，真他……好吃！

唐果很大方地把剩下的几袋小零食都推给曹星光，说："这个肉松味，还有这个海苔味都很好吃的哦。你先慢慢吃，我身上出了好多汗，去洗澡。"说完，唐果还拍拍曹星光的手背，一时间母爱爆棚。

凡事适可而止，唐果欢快地跑去浴室洗澡，不再招惹曹星光。

进入浴室,唐果发现浴室里的东西和她之前来时的不一样了。洗漱台上多了一个牙缸和一支牙刷,挂架上也在最初的黑色毛巾旁边,新挂上了一条粉嫩的毛巾。唐果打开小柜子,里面板正地躺着一件女士浴袍和一条性感的粉红色睡衣。

看着这些多出来的东西,唐果的脸红得要命。原来,曹星光说他们在一起,并不是说着玩玩。他是把她安排进他的生活中,在未来的每一天,她都是他生命中不可或缺的角色。

唐果洗完澡,换上睡衣。她站在大镜子前看了看,觉得不妥,实在是太性感了。最后,唐果还是在睡衣外面套了件干净的浴袍,才去开浴室的门。

室内光线很暗,唐果又是低着头出去的,等到她发现头被顶着,身体走不动的时候,已经晚了……

曹星光穿着一条黑色的缎面睡裤,上半身是光着的。他居高临下地看着唐果,不等她尖叫出声,曹星光已经把她打横抱回床上了。

时间变得很慢很慢,屋里的光线也调到了最暗。成年人之间的爱抚不再青涩、懵懂,而是顺其自然,懂得怎样才能让对方最舒服。

唐果抱着曹星光的脖子,她说:"我不计较你的前情往事,但余生你得听我指教。"

曹星光抬起唐果的膝盖,他说:"我向来生活肆意,从不听人摆布,但这次你可以例外。"

这一刻,他们是实实在在地拥有对方的。

时间回归正常,曹星光起身调亮了床头灯。夜已经很深了,唐果很困,但睡不着。她拉着曹星光聊东聊西的。渐渐的，曹星光也被唐果弄得没了睡意。

唐果聊起了白文宇，还聊起了肇事车上的那枚戒指。唐果说："我不相信白文宇会故意杀人，他连蒋小晨都不认识，完全没有杀人动机啊！"

唐果的意识已经有些模糊了，说话也颠三倒四的。但曹星光还保持着理性，他说："白文宇有没有动机，杀没杀人，这是警察的事儿，不是律师的事儿。"

"林警官联系过师父，他说那枚戒指上没有任何指纹，车上也没留下任何有用信息，警方还不能指控白文宇。"

"既然警察都在处理了，你还操什么心啊？当了一年的小助理，还真当自己是福尔摩斯了？"

唐果没心思跟曹星光贫嘴，她总觉得事情不会如表面上这么简单。

从薛佳佳的离婚案，到蒋小晨的抢劫案，这些看似没有关联的案子，却像潜伏在暗处的一双大手，拼命地将所有人推向一个深渊。

又是一个星期六，但最近事务所案子多，工作压力大，唐果不得不收拾好心情投入到工作中去。女强人罗禹静又接了一个案子，是过失方起诉离婚，还要争孩子争家产的案子。唐果在整理前期材料的时候，越整理越是生气，师父为什么要帮一个渣男打官司呢！

唐果抱着资料去找罗禹静，气呼呼地说："师父师父，你为什么要接这个案子呢？这个当事人，他就是十足的渣男，坏蛋！"

罗禹静的视线从电脑屏幕上转移到唐果身上，她早料到了唐果的情绪,说:"你是不是想说,我会帮一个坏蛋打官司,我本身也不是什么好东西?"

"不……不是……"唐果当然没有这个意思,但罗禹静这样问,一下子不知道怎么解释了。

而罗禹静呢?她压根儿就不在乎唐果的解释。她说:"唐果,我们是律师,不是天使。我们在为法律服务的同时,还是为人民币服务的。我们是为人打官司,不单单为好人,坏人也有打官司或者申诉的权利,不是吗?"

"是……归是。可我总觉得……"

唐果还没说完,她的手机就响了起来。唐果把手机拿出来一看,是曲向歌。曲向歌向来是个工作狂人,正常上班时间从来不会打电话给唐果的。是有什么要紧的事?唐果看了一眼罗禹静,退后几步,把电话接了。

"喂,唐果,你知道白文宇今天下午就飞巴黎了吗?"曲向歌在电话接通的第一刻就直奔主题,语气有些急促。

"啊?不知道啊!他走得这么急?去巴黎干什么?"唐果又看了罗禹静一眼,并在罗禹静的示意下,打开了手机免提。

"我也是刚才在咱们学校群里看见的,说是白文宇申请了国际交流生的名额,前两天刚审核通过,这就出发去巴黎了。我还以为你知道呢。"

"我不知道啊!"唐果再也镇定不了了。距离蒋小晨出事不到一周,白文宇的出国名额刚刚申请到,这一切真的只是巧合吗?

罗禹静拍了一下唐果的手背,低声说:"问他航班号。"

唐果点点头,对手机那头的曲向歌说:"曲向歌,你知道白文宇的航班号吗?"

"不知道啊……我怎么知道这个。不过看群里的意思,白文宇是今天下午走。你要是旧情未了,想去送个别啥的,可以下午去机场碰碰运气。"

唐果控制着身体的颤抖,应付了曲向歌最后一句,说:"呸!旧情未了个大头鬼!"

挂了电话,唐果看向罗禹静,罗禹静也看着唐果。

是罗禹静先打破的沉默气氛,她问:"唐果,你真的确定那枚戒指是白文宇的吗?按理说款式相同的戒指很多啊,说不定就是巧合呢?"

唐果摇头,细细回想下,再次摇头。她说:"我和白文宇结婚领证的时候,是大四刚开学。那时候我们俩不过是穷学生,哪里会有钱买对戒?戒指是我听老家的一档音频节目,幸运地抽中的,我很清楚地记得,主持人说过,两枚戒指是为了活动特意定制的。所以并没有什么同款,那枚戒指就是白文宇留下的!"

"可是……"对于这件事儿,罗禹静也显得恼火且烦躁,"你说的到底只是一面之词,林警官没办法根据你的指控抓人啊。"

"那就放白文宇走?连基本的调查都没有?"

其实到此时此刻,唐果也是不相信白文宇会杀人的。曾经那么俊逸优秀的少年,现在前途一片光明的重点大学研究生,怎么会去杀人呢?

因为不相信,所以才一定要去确认。

"白文宇要真去了巴黎,之后的调查就没办法开展了。"罗禹静琢磨了下,说,"这样,唐果,你中午就出发去机场,尽可能在白文宇登机前找到他。无论用什么手段,能留下他最好。留不下……也要打听到白文宇在巴黎的学校、住址等信息。"

唐果朝罗禹静点点头，很慎重地说了句"好"。

唐果回到工位上，看了下时间，还不到十点。她把渣男的离婚案材料铺在桌子上，重新整理。可从头翻到尾，从尾又翻到头，全无头绪。最后唐果暴躁地把所有文件都推到一边，眼不见心不烦。

王小布坐在唐果旁边的工位上，看着唐果丢文件，丢得他心惊胆战的。王小布说："唐果妹子，我知道你不喜欢你师父接的那个案子，但你别把事务所给拆了啊。至少，至少你别把我的工位拆了。你看啊，就这些文件，我可是熬了三个通宵弄出来的！"

唐果朝王小布摇摇手，要他放心。她说："你就把心放肚子里吧，我对你的文件不感兴趣。"

"那是怎么啦？"王小布拉着椅子凑到唐果跟前，一副很八卦的样子。

唐果一把推开王小布的大脸，她现在不想让任何人靠近自己。唐果说："不是现在这个案子，是上一个案子，因为一些问题现在收不了尾。"

"哦哦哦，那我知道啦！不过唐果你知道吗，你在咱们事务所啊，名声可是传开了的！"

"什么名声？"唐果难得被提起一点兴趣。

"只要你跟进的案子，再小的案子，也会被搞成大案子啊！你是现实版的柯南吗？"

"我是你大爷！"

唐果这个气啊，她随手拿起桌子上的一块橡皮，丢到王小布头上。王小布缩回到自己的工位上，终于消停了。

反正也是无心工作了，唐果索性打开电脑，看看学校群里关于白文宇的信息。在群里同学们的讨论中，唐果渐渐明晰了白文宇的动向。

原来，白文宇去交流的大学是巴黎大学。早在半年前，白文宇就向院里提交了交流申请，而这一批交流生也确实是在前些天统一发布的。也就是说，肇事车主逃逸，和白文宇刚好出国，真的是巧合。

巴黎大学，唐果记得曹星光也是从这个学校毕业的。而她与沈安和Cara的偶遇，也是在巴黎。就连曾经罗禹静字里行间的透露，曹星光的女神级前女友，现在也是居住在巴黎的。

巴黎，这座西方的浪漫之都，是否隐藏着秘密？

唐果又看了一次时间，十点四十一分。唐果再也没办法好好待在公司，她去和罗禹静请了假，之后下楼，打车，飞奔到机场。

机场里人来人往，少有送别，大多匆匆奔走。唐果顺着人流，停在安检门口。白文宇若是乘坐今天下午的航班，那安检处是他的必经之地。安检附近的椅子已经坐满了人，唐果有些腿软，不想站着，就蹲在了一处不起眼的消防栓旁边。她目光死死地盯着安检口，不一会儿工夫，眼睛里就盯出了泪来。

十二点、一点、两点、三点……

白文宇是在下午三点四十分出现的。

唐果松了一口气，但更多的是提心吊胆。腿已经麻得快没知觉了，唐果狠敲了几下腿，站起身，小步跑到白文宇身前。

白文宇看到唐果的时候，明显很吃惊，但很快平静下来。

他说:"唐果,没想到你来了啊。"

唐果看着眼前的白文宇,白T恤,浅棕色的休闲裤,黑色鸭舌帽,简单清爽的穿着,高大又帅气。行李大概是托运完了,此时的白文宇只背了一个大小适中的运动款双肩包。

唐果又上前一步,盯着白文宇的眼睛。她说:"白文宇,当初不是说好了,恋人做不成,也要做朋友的吗?怎么,要出国这么久,都不告诉一声吗?"

白文宇笑了,露出一颗小小的虎牙,很好看。他把帽子摘下来,拿在手里,对唐果说:"去巴黎留学,只去一年而已,不是什么大事,就不想麻烦你。"

机场里有空调,但唐果还是流了很多汗。额头上的汗顺着脸颊流到脖子里,运动衫和运动裤也被汗浸透了。唐果觉得自己从未在白文宇面前如此狼狈过,但无论如何,她也不能就这么放白文宇走。

"你什么时候跟我这么客气了。"唐果抬手,抹了一下额头上的汗,又说,"来不及请你吃顿饭了,那就请你喝杯咖啡吧。"

白文宇看了下手表,三点五十分,还来得及。

唐果和白文宇去了机场里的一家咖啡馆,咖啡馆里人不多,在嘈杂的机场里显得难得安静。唐果直接点了两杯咖啡,不加糖。咖啡上来的时候,唐果尝了一口,很苦。自己是什么时候开始喜欢喝这样的饮品呢?她记得当初和薛佳佳第一次见面的时候,还是喜欢喝甜甜腻腻的东西。

相比于白文宇之前的腼腆、沉默不语,这次他居然很主动地跟唐果聊天。工作的进展啊、生活的情况啊,问得事无巨细。唐果有些回答得具体,有些回答得很敷衍,但白文宇全然不在意。

直到白文宇说:"我听曲向歌说,你交了新男朋友,恭喜你啊。"

"我记得你说过,人总得往前看,这点我做得可比你好。"说着,唐果从脖子里取出那条串着婚戒的项链。她打开项链,拿出戒指,放在手心里,递到白文宇跟前。

唐果说:"白文宇,我男朋友很小气的,这枚戒指我不能继续留着了。"

白文宇很理解地点点头,从唐果手里拿走了戒指。

唐果并没有收回手,她说:"那你的呢?你的戒指呢?"说完,唐果死死盯着白文宇的眼睛,生怕错过一丝一毫的信息。

白文宇愣了一下,就这一下,差点让唐果的心脏跳出来。

她是多么害怕,怕白文宇拿不出那枚戒指!

她是害怕,他会是凶手!

白文宇也在看唐果的眼睛,他修长又白皙的手指伸到脖子里,在那条和唐果一样的项链上,取下一枚和唐果同款的男款婚戒。

这枚婚戒被完好无损地放在唐果的掌心上,重若千斤,让唐果一下子就哭出了声。

第二章　黑色周末

白文宇从座位上站起来，走到唐果身边。他伸出手臂，轻轻地把唐果揽在怀里，还拍了拍唐果的头，以示安慰。白文宇说："唐果，我真的只去巴黎一年。就一年，所以……你不用这么舍不得我。"

唐果靠在白文宇的怀里，点点头。她闻着白文宇身上熟悉的木檀香，心境终于从坐过山车似的，慢慢恢复到平静。

唐果推开白文宇，接过他递过来的纸巾，擦了擦眼泪。她说："我也不知道最近怎么了，好像特别感性，遇见个什么事都要哭一哭，你别介意。"

离白文宇登机的时间越来越近，唐果去结了账，还一路把白文宇送到了安检口。境外登机口的人比境内登机口的人少很多，所以这里并不拥挤，甚至不用排队。

没有了提心吊胆，没有了细碎的心绪，分别变得稀疏平常，有些感伤，但更多的是祝福。

唐果伸手拍了一下白文宇的肩膀，说："我之前就说过，北京这种大都市也是留不住你的。你的未来在远方，不可限量！"

白文宇有些不好意思地摸摸鼻头，笑道："希望你的话是真心的,而不是讽刺我。"

唐果有点想翻白眼了,说:"我是那么小心眼儿的人吗?"

当初恨白文宇为了前程放弃爱情是真的,而现在祝福他未来前程似锦也是真的。唐果还是挺庆幸自己遇到过白文宇这个男生,他俊朗、优秀,是好多女孩心目中的男神。她也庆幸两个人和平地分手,没有纠缠,没有牵绊,现在各自过得都很好。

告别完了,唐果等着白文宇去安检,她好挥手再见,回事务所继续工作。但白文宇挠挠头,看着唐果,有些不自然,又有些尴尬,没有走。

唐果很摸不着头脑,就问:"喂,你不会突然舍不得我,不想走了吧?"

"当然不是……"白文宇把双肩包取下来,连同手里的身份证和机票,一块递到唐果跟前,"那个……你帮我拿一下。我去趟卫生间,刚才喝的冰咖啡好像不太舒服。"说着,白文宇的脸竟然有一丝羞红。

这孩子……咋这么逗呢!唐果哭笑不得地接过白文宇的东西,说:"喏,卫生间就在那儿,你去吧,我等你。"

白文宇去了卫生间,唐果就拿着东西在门口等着。还别说,这个双肩包看着不大,分量却不轻。装的是什么呀?难道是一书包的老干妈?不过老干妈不让直接带上飞机吧……应该得托运,唐果暗想。

唐果站在厕所门口等啊等,五分钟过去了,又一个五分钟过去了,白文宇还是没有出来。唐果想着白文宇肚子不舒服,难不成是自己请他喝的那杯咖啡让他闹肚子了?这样想着,唐果只能愧疚地继续等。

无聊中,唐果想起应该给罗禹静打个电话,汇报一下。事关蒋小晨的案子,罗禹静也是很紧张。

电话接通了,罗禹静先发制人,语气急促地问:"唐果,白文宇那什么情况?"

那枚男款婚戒已经挂在了唐果的胸口处,她按了按戒指的轮廓,说:"师父,刚刚白文宇已经把那枚戒指交给我了,肇事车车主不是白文宇。"

罗禹静松了口气,但更多的是迷茫和遗憾。她说:"那行,你送完白文宇就回来吧,新案子有很多工作要进行。"

唐果刚要说好,却看见一位穿着性感的女人从卫生间出来,朝着唐果迎面走来。女人妖艳的红唇弯出一个弧度,向唐果笑了笑。大概离唐果只有半米的时候,女人才转了方向,迅速消失在人群中。

电话里罗禹静"喂"了好多声,不知道唐果那儿发生了什么事,是不是出了什么状况,很担心。唐果手里拿着电话,却惊得发不出任何声音。她张大着嘴巴,看向女人消失的方向。想要抓住些什么,却什么都抓不住。

那个女人穿着一条黑色的吊带连衣裙,裙子很短很短,屁股又很翘,所以吸引了好多男人的目光。她鼻子上有一个鼻环,鼻环上坠着一颗火红火红的宝石,这和她清冷凛冽的气质很不搭。她的右腿上有一个很大的文身,文身是一棵长长的树干,蜿蜒缠绕,从脚踝一直蔓延到大腿根。

但,这些都不重要。

重要的是,这个女人和唐果的长相一模一样!

紧接着,从男卫生间里传来一声惨叫。大概是一个中年男人的声音，惊恐又浑厚。男卫生间里开始出现混乱，跑过来围观的人越来越多，甚至好多女人都在张望。

"死人了，居然死人了！血，好多血，都是血！"

从唐果看到那个和自己长得一模一样的女人开始，她就有很坏的预感。而现在，她再也顾及不到那个女人，放下手里的物品，拨开人群，冲到卫生间里。

是白文宇……

真的是白文宇……

小小的卫生隔间里，白文宇坐在地上，背靠着墙壁，头、手臂都毫无生气地向下垂着。白文宇的脸色像白纸一样，刘海遮住了眉毛和眼睛，嘴巴微张着，孤寂又无力。血已经从隔间的瓷砖上蔓延出来，血腥味混着厕所味，让人头脑炸裂。

机场保安已经赶来，他们拉了警戒线，开始疏散人群。大概是事不关己，现场又很惨不忍睹，在保安的疏散下，机场乘客纷纷离开卫生间，去赶自己的航班。唯一例外的是唐果，安安静静地站在警戒线一尺之外，也不吵也不闹，但就是不走。

保安大哥很为难，他说："小姑娘，你别在这里待着了，挺吓人的……而且我们已经报了警，警察马上就到了，会处理现场的。"

此时唐果的目光是不聚焦的，她看向保安大哥，又好像是在看保安大哥身后的白文宇。她说："我是他的前妻，我也是一名律师，我得在这儿。"

保安大哥既同情又无奈，鉴于唐果站在警戒线外，也并没有闹事的意思，就放任她不管了。

很快，警察来了，他们再次清理现场。这次，在警戒线外的唐果也不能继续待着了。

唐果抓着一位警察的袖子，请求道："我是律师，我是律师的。让我在这儿吧，我不捣乱的。"

警察是个很年轻的小伙子，大概刚毕业不久，就这么被一个小姑娘拉扯着，小警察有些不好意思。他说："小姐姐，我们正在办案，而且法医也过来了，所以现在现场是不需要律师的。等我们调查好了或者死者家属联系您打官司，才是您出马的时候啊。"

"可是……"唐果并不放手，看着小警察的眼神很空洞，但是语气上听不出伤悲，"可是，我就是死者的家属啊……"

"这……"

站在小警察旁边的是他的领导。领导对小警察交代了几句，让他出去安抚死者家属，并了解一些情况。

小警察把唐果带到卫生间对面的空位上，坐下。他说："小姐姐，你要不要先联系下你的家人？"

"哦，对！"小警察的话像是瞬间点醒了唐果，是啊，她现在哪里有什么时间伤春悲秋呢？蒋小晨、白文宇接连死亡，这背后的真相到底是什么？如果没有人去制止，未来会不会发生更加可怕的事情？这样想着，唐果不由得冒出一身冷汗。

唐果打电话给罗禹静，她说："师父，出事了……"

刚才唐果接通电话但不说话，罗禹静就意识到事情不对了。她很担心唐果，但自己不在现场无能为力，只是干着急。罗禹静说："唐果，你现在是安全的吗？出了什么事？你慢慢跟师父说。"

"我没事，不是我。师父，是白文宇，白文宇他死了，就刚刚。他说他要去洗手间，我就在外面帮他拿书包，等着他。他去了好久，一直没出来，再也没出来……"

罗禹静万万没想到是这样的结局，按照刚才唐果的说法，白文宇不是肇事车司机，没有害死蒋小晨。那为什么白文宇转头却被人杀害了呢？这两个人，两个案子，到底有没有关联？

罗禹静尽量语气平缓地对唐果说："唐果，我这就去现场找你。不行，我还得去找趟林警官，你要是有什么事，随时给我打电话。"

不到二十分钟，罗禹静和林风赶来。让唐果没想到的是，曹星光居然也一起来了。唐果站起身，看向曹星光，嘴角张了张，想说些什么，却不知道该从何处说起。

曹星光大步走到唐果跟前，张开手臂，直接把唐果抱在怀里。他贴着她的耳朵说："没事的，不用怕，我们回家。"

唐果的嘴巴堵在曹星光的肩膀上，所以说话的声音闷闷的。她摇头，说："我想等一等，看看案情结果是什么。"

曹星光搂着唐果坐下，摸摸她的头，安抚道："案情不会这么快就出来，而且即使出来了，现在也不会告诉你。尸体马上就要转移走，我们把这里交给警察和罗律师。"

唐果还是摇头，说："那我至少等等看林警官一会儿怎么说。"

曹星光叹口气，只能同意，他觉得自己已经好久好久没有对一个人这么有耐心了。

林风的管辖区域并不在机场，但都是同一系统的兄弟，没一会儿就打听出了情况。林风走过来，对唐果说："初步鉴定，死者是吞食了大量坚硬物品自杀。因为发生在卫生间隔间，里面指痕、脚印复杂，现在并没有进一步的发现。"

"自杀？"唐果难以相信，"白文宇怎么可能自杀呢？他刚刚申请到巴黎大学交换生的名额，他半个小时前就应该登机飞往巴黎了。那么好的前途在等着他,他怎么可能会自杀?"说着,唐果激动地站了起来。要不是曹星光拦着,唐果已经冲到案发现场了。

"你先别急,这也只是初步判断。等回去,法医会有进一步的分析和判断。"林风说。

罗禹静之前和唐果有过两通通话,她有预感,唐果或许知道一些显性信息以外的东西。罗禹静问道:"唐果,之前你一直和白文宇待在一起,你应该是白文宇出事前见到的最后一个熟人,那你有没有发现白文宇有什么奇怪的地方?或者你们身边有什么异常情况?"

白文宇……在刚才近一个小时的相处中,白文宇除了话多一点,并没有什么奇怪的地方。他甚至在把身份证和机票交给唐果保管的时候,要她仔细一点,丢了他可就飞不成巴黎。至于他们身边……

"对了师父,我们第二次通话,我没了声音,不是因为我得知白文宇被杀了,而是我见到了一个和我长得一模一样的女人!"

作为一名老刑警,听到唐果的话也着实一惊,而罗禹静也瞪圆了眼睛。只有曹星光,他站在唐果身后,眼神晦涩而幽深。

罗禹静乘胜追击,说:"你是从哪个方向看见那个女人的?她是从卫生间出来的吗?女卫生间还是男卫生间?除了和你长得一样,其他有没有明显特征?"

罗禹静问了好多,唐果不得不细细回忆,然后磕磕巴巴地说出一些话来。她说:"我没有留神那个女人是从哪个方向来的,等我看到她的时候,她已经向我走来了。其他的特征?那个女人穿着打扮很性感……整条腿上有一个特别大的文身……"

"无缘无故出现一个女人,出现之后白文宇就死了,这其中……"罗禹静转向林风,说,"林警官,你看一下能不能调出机场的监控,我觉得这个女人很可疑!"

林风点点头,现场的警察应该去查看监控录像了。他目光偏了偏,看到唐果座位旁边放着一个男士书包,便问道:"这个书包是死者的吗?我需要看看里面有什么,然后还要交上去。"

唐果点点头,把书包交到林风手上。林风接到手上,没想到书包还挺沉。他拉开拉锁,里面基本都是本子和书,还有一本厚厚的相册,怪不得这么重。

林风一本一本拿出来查看,看得唐果越来越惊。唐果在上大学时记过的课堂笔记、英语四六级的练习卷子、毕业时一稿二稿不停修改的毕业论文,甚至还有好多份唐果求职时的个人简历……

林风说:"之前已经调查过,死者并没有托运的行李。也就是说,书包里的东西,是他的全部家当。"

唐果看着面前这些自己毕业时随意丢弃,之后也不在意的物品,一时间百感交集。她看着罗禹静,眼眶又红又涩。她说:"师父啊,白文宇为什么只带了这些东西走啊?他是不是,一早就知道自己走不掉啊……"

忙碌的周末,就这样一下子陷入了黑暗的谷底。

曹星光给唐果放了一个星期的假。白天,唐果接送小珊上下学,偶尔喝个下午茶或者去商场买衣服,去家居店买生活用品。唐果会问曹星光："我想把你的黑色床单换成粉的，可以吗？你要是不接受，换个蓝的也行。"曹星光给了唐果一张银行卡，告诉她："想换什么东西你自己做主，我都不介意。"

曹星光工作不忙的时候，也会回家陪唐果。曹星光手艺很好，唐果很爱吃。短短两三天的时间，唐果圆圆的小脸就有些肉嘟嘟的了。

小珊已经开始尝试和唐果交流了。她会问唐果作业上的问题，曹星光不在家的时候，小珊也会找唐果签字。

有一次，小珊左手拿着一条粉色公主裙，右手拿着一条蓝色公主裙，跑来问唐果："唐果姐姐，哪条好看？"

明天就是六一儿童节了，小珊有一个重要的节目表演。

唐果把两条裙子照着小珊比了比，还思考了下，才很谨慎地对小珊说："我觉得蓝色更适合你，你是一个高贵冷艳的小公主呢。"

小珊很不好意思地红了脸，抱着两条公主裙跑了。

六一儿童节当天，曹星光和唐果收到曹小珊小朋友的邀请，去她的小学看表演。唐果从来没看过这样的表演，一时间很紧张。她在衣帽间里不停地换衣服，觉得哪套都不太适合。等到唐果把一套小西装穿出来的时候，曹星光终于忍不了了。

曹星光替唐果把西装外套脱下来，看着她雪白的肩膀和脖子，嗅了嗅，又低头亲了亲。唐果怕痒，推开曹星光，又抢回自己的白色小西装外套，问道："这套衣服不好看吗？"

"好看，但是太正式了，你是去别的公司面试吗？"

唐果撇撇嘴巴，"讨厌！"

最后还是曹星光给唐果选了一条淡黄色的长裙，他说："这个样子才成熟点，像个学生家长。"

节日演出在一个礼堂里进行，舞台上小朋友们唱歌跳舞，舞台下坐满了家长。曹小珊班级的节目排在第四，是大合唱节目。但小珊作为领唱，站在队伍的最前面。

曹小珊穿着闪亮亮的公主裙，扎着高高的马尾，配上舞台灯光，和唐果记忆中的一张照片完全重合。

唐果侧了侧身，向曹星光靠近。她说："曹星光，你是知道那天我在机场遇见的人的，是吧？"

现场人多又嘈杂，曹星光得把耳朵贴到唐果嘴巴上才能听清楚。可听清楚了，曹星光却不知道该怎么回答，或者说不知道从何说起。

不过唐果并不在意曹星光的答案，她继续说："其实仔细看，小珊也是有些像我的。当初你好像问过我，可我却当成玩笑。所以，我在机场遇到的那个女人，就是小珊的妈妈吗？曹星光，她到底是谁？我又是谁？"

第三章　故人归来

今天是星期三，每个星期三的放学后，是曹小珊小组留下来值日的日子。每个星期三曹星光来接曹小珊，都会晚那么十分钟。可是今天情况特殊，因为明天市教育局会派人到学校检查，所以全校最后一节课改成大扫除，下课后就都按时放学了。

一路走出来，曹小珊觉得自己会在校门口等十几分钟，却惊喜地发现唐果姐姐早就在门口等着自己了！可是……今天的唐果姐姐怎么有点不一样呢？

她穿着一条红色的长裙，一双又尖又细的高跟鞋衬得她气势逼人。曹小珊小步走到她跟前，声音轻轻喊道："唐果姐姐？"

她扯着裙摆蹲下身来，拍拍曹小珊的脑袋，声音温柔得发腻。她说："小珊，我不是唐果姐姐，我是唐葭妈妈。"

唐果是在曹小珊失踪六个小时之后才知道这件事的。当时事务所加班，唐果之前请了一个星期的假，重新接受工作，忙得焦头烂额。等到下班走出事务所，已经是晚上十点多了。

最近一段时间，唐果只要没按时下班，曹星光都会开车来接她。如果曹星光有应酬,他也会提前为她安排好车。可是今天,办公楼下空空如也,哪还有曹星光的身影?

唐果拿出手机,拨打曹星光的电话号码。她准备打车回去了,曹星光没必要多跑一趟。

"嘟,嘟,嘟……您拨打的用户暂时无法接通。"反复两次,曹星光的电话都是这样。可是以前,从来不会有这样的情况。

唐果揣着一颗忐忑的心,叫了一辆滴滴,一路奔曹星光家开去。唐果还琢磨着,若是曹星光不在家,要不要去他公司看看呢?哎呀,也不行,那样是不是太高调了?之前她怎么没记一下曹星光司机的电话呢,要不然现在就可以问问司机大叔了。

唐果的焦急和顾虑在走进家门的一刻打消了,曹星光坐在客厅的大沙发上,背挺得笔直,手里拿着茶杯。

客厅里的灯光很暗很暗,只开了一盏饭厅的小白灯。所以唐果只能看见曹星光的轮廓,并不能看清他的神态。

唐果打开客厅的大灯,走到曹星光跟前,语气有点撒娇又有些抱怨地说:"曹星光,你不去接我就算了,怎么连我电话都不接?"

曹星光一直低着头,所以唐果走到跟前,还是看不见他的神色。唐果不得不蹲下来,仰着头去看曹星光。这一看,吓了唐果一跳。

曹星光黑着一张脸,额头上的青筋都出来了。他的眼睛有些微闭,但唐果还是能看得出来,整个眼球布满了红血丝。

唐果握住曹星光的手掌,说:"曹星光,怎么了?发生了什么事?"

曹星光的神情有些恍惚，等到唐果第二次问他的时候，他才有些缓过神来。他说："小珊，小珊丢了……"

"丢了？"唐果吃惊极了，"好好的怎么会丢？"

"是啊，好好的怎么会丢？"曹星光喃喃着，"我就晚去了十分钟，她怎么就跟别人走了？"

"跟别人走了？人口贩子吗？小珊丢多久了？我们赶紧报警，儿童走失不用等二十四小时！"说着，唐果去拿手机，可唐果还没拨出去呢，手就被曹星光按住。

唐果不可思议地瞪着曹星光，但这回曹星光很快给了唐果解释。曹星光说："没用的，报警也没用的。她如果不主动献身，没人能找得到她。"

"她？"唐果敏锐地发现曹星光话中话，"是那个和我长得一样的女人吗？她，就是小珊的亲生母亲？"

曹星光并没有回避唐果的问题，他拉着唐果的手，让唐果坐到自己身边。他说："是，她叫唐葭，是小珊的亲生母亲。"

唐果快要跳出喉咙的一颗心终于往回落了落，她说："那她既然是小珊的母亲，带走小珊，应该也不会有什么危险吧？"

谁知，唐果的话一下子让曹星光暴躁起来。他从沙发上站起来，大吼道："她就是个神经病！她是个变态，她什么事都干得出来！"

律师对案情的敏感，让唐果一下子联想到那个黑色周末。她说："难道那天在机场真的是她杀了白文宇？"

曹星光再次坐回沙发，他揪着自己的头发，样子说不出的颓败。他说："我不知道，但小珊现在真的很危险。"

"那怎么办，我们找林风警官？"

"没用的，我们只能等。"曹星光最后这样说。

这一夜，无论是对曹星光，还是对唐果来说，都是无眠的一夜。

卧室里的灯没开，但窗帘是拉开的，月光和路灯的光亮洒进来，屋里并不黑。唐果和曹星光并排平躺在床上，目光盯着天花板，各自想着各自的心事。

夜晚很深，很静，又很快。天蒙蒙亮的时候，唐果坐起身，看着躺在旁边的曹星光，看着他青青泛起的胡茬儿，问道："曹星光，你为什么会说自己的妻子是神经病、是变态？她到底是一个什么样的人？"

曹星光侧了侧身，把头靠在唐果的肚子上，他说："唐葭不是我的妻子，小珊也不是我的女儿。"

这简短语句的背后，不亚于晴天霹雳。唐果不知道怎么接话，也不知道还要问些什么。好在曹星光并没有到此为止，他顿了一下，继续说。

"小珊的父亲是我的大学学长，小珊的出生被学长发现后，学长就对她起了杀心。而那时唐葭神经错乱，并不认自己的女儿。后来……后来又发生了许多事情，我从巴黎回国的时候，带走了小珊。"

"那你这位学长……"

"他叫白东，是巴黎大学的高才生，也是国际上记录在案的杀人犯。十几年前，我们在巴黎结怨，后来我回国，倒是风平浪静。直到……我见到了Cara。"

"Cara？"这个名字对唐果来说并不陌生，但这一年来唐果接的案子不少，她思考了一下，才把名字和案件对上号。

"就是沈安的那个男助理，Cara？他和白东有什么关系吗？"

"他应该就是白东的人。"

当初Cara说，白东就要回来了！而唐葭的出现，代表白东已经回来了！

十几年的平静，终于打破了吗？

是什么让尘封了十几年的旧事，卷土重来？

接下来的三天，唐葭和曹小珊音信全无。

而这三天对曹星光和唐果而言，都很不好过。曹星光在家里等着、熬着，脸不洗衣不换的，就目光死死地盯着手机。后来唐果硬喂了曹星光些白粥，才不至于让他虚脱。而唐果也好不到哪里去，衣服没换，头发也没洗，连脸上的妆都忘记卸了。

第三天清晨，曹星光像突然被打通了任通二脉一样，火急火燎地奔向浴室，洗澡、刮胡子。然后曹星光走进衣帽间，比对了好几套西装，最后选了一套黑色带深蓝暗格的。领带是唐果帮他选的，是一条淡青灰色的。唐果仰起头，看着眼前的这个男人，虽然还是很憔悴，但清爽了很多。

唐果轻声问道："曹星光，你这是要去公司吗？"

曹星光点点头，"今天公司有一个重要的会议，我必须得去。你可以在家休息，如果想去事务所也可以，晚上我会回来陪你。"

唐果和曹星光交往的时间尚短，尽管唐果很担心曹星光的状况，但还是没有阻止他。唐果说："你放心去公司吧，不用管我。如果小珊有什么消息了，随时联系我。"

曹星光风风火火地出门了，唐果低头看着卧室、浴室、客厅，一屋子的狼藉，决定在收拾自己之前，先把屋子收拾干净了。人人都想要大房子，可大房子也有大房子的缺点，就是太难搞卫生了。而曹星光家又没有保姆，唐果拿着拖把和抹布，觉得自己可以干到地老天荒。

到了中午，唐果看着窗明几净的屋子，想着终于可以去拾掇下自己了。她去洗了澡，换了衣服，还化了淡妆。带上包包准备出门的时候，唐果路过小珊的屋子。她想，小珊一定会平安回来的，一定。

曹星光在公司开完会，已经下午三点了。助理敲门进来，给曹星光端来一杯咖啡。曹星光放下烟，喝了一口，太苦，又放下了。

曹星光对助理说："这几天我没在公司，你把需要我签字的文件拿来吧。"

小助理抱着一摞文件的双手都在抖，天知道老板这几天没来，积压了多少文件！他的小办公室都快被各个部门的主管踏平了！但是作为老板的一助，助理得保持镇定，他绷着一张小脸，淡定地说："老板，这些是比较重要的文件，您先看看。"

曹星光接过文件，拿出笔，倒是有模有样地签着。但当他抬头看助理的时候，问的却是："我的手机充好电了吗？我去开会的时候，有没有电话或者信息？"

助理毕恭毕敬地把手机交到曹星光手中，说："已经充好了，没有电话和信息。"

曹星光把手机放到眼皮底下，然后对助理说："好，你出去吧。"

一份、两份、三份……在曹星光签到第十五份文件的时候，手机响了。曹星光拿起电话，看见是一个从国外拨过来的号码。他点开通话键，静静地听那边的声音。然后他听见了时隔多年的声音，卷携了久远的记忆。

她说："好朋友，我们好久不见呀。"

曹星光放在桌面的手握成了拳，手背上的青筋也突了出来。他说："唐荙，小珊是你的女儿，如果你做了伤害她的事，你会遭报应的！"

"报应？"唐荙像听到了什么笑话一样，说，"从我跟了白东那天起，我会怕报应？"

白东，单单是一个名字，对曹星光来说也是梦魇般的存在。

曹星光沉默，但唐荙不在乎。她继续说："不过星光，你跟十年前比还真是一点都没有变，对我女儿的关心，比对我多多了。"

曹星光没理会唐荙的调侃，他谨慎地说："唐荙，既然你回国了，那作为老朋友，我们总是要见一面的吧？"

唐荙答应得很痛快，说："好啊。"

晚上九点，天已经彻底黑了，曹星光和唐荙约在后海的一家不知名的小酒吧里。曹星光是提前半个小时到的，不过唐荙更早。等曹星光进小酒吧门的时候，穿着一身红裙的唐荙，等在那里。

十年了，十年的光阴没有夺走唐荙一丝一毫的美貌，她反而变得更加妩媚妖艳。周边买醉的男人会朝唐荙吹口哨，唐荙很大方地朝他们笑，偶尔还会回吹几个口哨。

唐莨看见曹星光，眼睛一亮。她用手提了下长裙摆，小碎步跑到曹星光跟前。唐莨的鞋跟很高，但站在曹星光面前，还是低了他半个头。她仰着头，看着曹星光的眉眼，想着颜夏当年会爱上曹星光是有道理的，谁能拒绝一个这么帅的小学弟？

唐莨挽着曹星光的手臂，说："走吧，我等你很久了。"

曹星光低头看了下唐莨挽上来的白嫩的手，没有拒绝。其实在看到唐莨之前，曹星光在和唐果相处的过程中，难免会有些恍惚。他会问自己，当初把唐果招进公司，是不是因为自己始终放不下那段前尘往事。后来和唐果在一起，是不是想弥补当初对唐莨的愧疚。可见到唐莨的一瞬间，曹星光才意识到，唐果就是唐果，她不是任何人。皮相可以复制，但眉眼神色，心灵深处，每一个人都是独一无二的。他爱唐果的单纯，爱她对未来充满希望、不怕失败。那是他年少时曾经拥有，后来被摧毁淹没的。

这家酒吧不大，四张桌子，稀稀拉拉坐了不到十个人。但装修风格文艺又别致，棚顶上没有灯，灯光集中在桌子上。每张桌子上有一盏蜡烛形状的小电灯，昏暗但有格调，非常适合旧友重逢和聊天。

不过面对这样的好环境，曹星光却并没有这样的好心情。他没有喝唐莨点好的酒，也没有吃桌上的水果和花生。他开门见山地说："Cara是你们的人。"

唐莨向来是个坦荡的女人，所以面对曹星光的问话，她没有躲避，也没有含混不清。

"是。"

"所以杀薛千和沈安的都是Cara。"

"是。"

"白文宇真的是肇事车主,他杀了蒋小晨。"

"是。"

"那天在机场,是你杀了白文宇。"

"是。"

"白文宇是你们的弃子,那他到底是谁?"对于前几个问题,曹星光都是很肯定地陈述。可是对于白文宇的身份,他确实不了解,也不敢妄加推测。

唐荑拿起酒杯,抿了一口,酒杯口留下一记鲜红的唇印。她说:"星光,抱歉,这个我不能回答你。"

曹星光难得地笑了一下,其实他也没有多在意这个白文宇。曹星光不经意地话锋一转,却扔下一个重磅炸弹,他说:"白东消失了这么多年,怎么现在回来了?"

唐荑略微有些惊讶,白东是上个月到的香港,前几天才回到内地,曹星光居然知道?

曹星光看出了唐荑的想法,他说:"你不用把我想得那么神。你回来了,你们制造了这么多毫无关联,但最终都指向我的案件,他就一定回来了。"

唐荑点点头,表示了解。她说:"白东确实回来了。你这次愿意跟我见面,就是想知道他回来的原因吧?"

"那你愿意说吗?"曹星光在赌,赌唐荑会告诉他。

好在唐荑说了。

唐荑说:"因为颜夏回国了,她生病了。"

颜夏?生病了?什么病?严不严重?现在怎么样了?曹星光惊得差点从座位上跳起来。

到了这时,唐荑才觉得,这才是当年意气风发、无所忌惮的俊逸少年,而不是眼前这个老练沉稳的精英男士。

曹星光问:"颜夏得的是什么病?"

当年唐葭和颜夏多有不和,但时过境迁,唐葭此刻说起颜夏的事,完全是一副事不关己的旁观者姿态。她说:"名字还真有点复杂,叫肌萎缩侧索硬化,听过吗?"

曹星光摇头。

"通俗来讲,就是渐冻症。病人肌肉会萎缩,机体会失去活力,最终呼吸衰竭、死亡。"

曹星光不可置信,明明当年他离开巴黎的时候,颜夏还好好的。颜夏还跟他说,她不愿意回国,会在巴黎生活得很好。可是现在,现在为什么会变成这个样子?!

唐葭是一名称职的老友,她继续解释道:"颜夏的病是去年夏天检查出来的,病因好像是先天的基因缺陷。颜夏在巴黎治了一年,可并没有什么成效,反而有些恶化。然后就想回国了,不是有个成语叫落叶归根吗?"

这天晚上,是唐葭先离开小酒吧的。她拍拍曹星光的手背,细声细语地说:"星光,小珊现在很好,你安心。"

唐葭走后,曹星光又点了很多酒,喝到天快亮了才离开。清晨的酒吧街十分安静,曹星光点了一根烟,吐出一个眼圈,在氤氲里,他好像看到了自己的青春。

第四章　独一无二

曹星光的无眠夜，对唐果来说，也是一样的。

结束了事务所的工作，已经是深夜十一点半。唐果和罗禹静一起乘电梯下楼，电梯里很静，两个人又是一身的疲惫，罗禹静半调侃地说："律师真不是人干的活儿，特别是女人。"

难得罗禹静这么真性情，唐果一下子觉得没那么困了。她说："师父呀，怎么一下子这么感慨了呢？是不是律师的工作太忙，没时间找男朋友，被你妈妈逼婚了呀？"

"逼婚"这个词已经出现在罗禹静的生活中十年，现在她早已对它免疫。罗禹静说："我今年都三十六岁了，我妈逼婚已经逼了十年，她早就放弃了。前两天我爸还打电话跟我说，我妈正计划着两个人去医院，弄出来一个二胎呢。"

唐果想笑又不敢笑，说："你爸妈还真是被你逼狠了啊……"

叮，电梯到了地下一层。罗禹静朝唐果摇了摇手里的车钥匙，提议道："到我家去吃夜宵怎么样？"

不能更好了呀！

凌晨的北京城，难得安静。唐果摇下车窗，吹着北方并不粘腻的夜风，心情渐渐归于平静。

唐果侧身，看着罗禹静，看着她眼角被粉底遮盖也遮盖不住的细纹，还是很心疼的。她说："师父，虽然你之前警告过我，我也确实不适合说，但我总觉得，你既然那么喜欢林风警官，就可以再努力一下的。"

这次，罗禹静没有制止唐果的言辞，而是在斑驳的路灯下，陷入了沉思。

等红灯的时候，罗禹静开了车里的音响，一首《好久不见》撩拨夜的心弦。

罗禹静说："其实林风是我的学长，我大一新生入校的时候，就是林风接待的我。林风是我们学校的风云人物，是我们女生心目中的男神，也是我的暗恋对象。从大一到大四，我暗恋了他整整四年。后来我研究生被录取的时候，准备跟他表白，却发现他已经和他同班级的女神在一起了。一步慢，步步慢，我再没了和林风吐露心声的机会。这些年，我看着他们恋爱、结婚、生子，又看着他失去妻子，而我始终只是他的师妹，只是一个外人。"

"可是……"唐果斟酌着措辞，"可是林风警官的妻子毕竟去世那么久了，你们应该给彼此一个机会。"

绿灯已经亮了，罗禹静发动车子。她说："唐果，你还年轻，你不明白。如果和一个人错过了太久，就没有那么想得到他了。"

罗禹静家住在四环的一处高档公寓，两室两厅，八十平方米，不大，但这可是寸土寸金的北京，罗禹静还是全款买下来的。走进屋，唐果发现罗禹静把家里装修得精致又温馨。罗禹静还养了水竹、鲜花和一只小乌龟，极富生活气息。罗禹静说，其实她一直想养条狗，上次去宠物店，觉得和里面的一条金毛特别有缘。但奈何自己的工作太忙,这个愿望一直都没能实现。

罗禹静从冰箱里拿出一大块牛肉,回头对唐果说:"这个牛肉还是我上个星期买的,再不吃就不新鲜了,我就做个牛肉火锅吧。"

唐果点头说好,然后跑过来问罗禹静:"师父,那我给你打个下手吧!"

罗禹静把一袋青菜推到唐果面前,说:"那你就洗这个吧。"

罗禹静几乎不在家里开火吃饭,但这完全不影响她极佳的厨艺。而且罗禹静的厨具很高级,盘、碗、碟、筷一样都不缺。

看着罗禹静精心做饭的侧影,唐果一下子就释然了。如果面包自己买得起,谁愿意强求男人的爱情?更何况现在渣男太多,不但不给你爱情,还会抢你面包,气人不?

牛肉火锅很快做好,为了配合气氛,罗禹静还开了一瓶红酒。罗禹静给唐果倒酒,说:"在事务所你也跟了我一年,这一年我们都忙着工作,我竟才请你到家里吃饭。"

唐果受宠若惊,立马双手接过酒杯。她说:"师父,您这样说我多不好意思呀,作为徒弟,我还没孝敬过您,请您吃顿饭呢。"

罗禹静看了唐果一会儿,最终翻了个白眼,说:"阿谀奉承这套咱俩都不擅长,还是正常说话吧。"

唐果笑着和罗禹静碰杯,庆幸自己遇到一个好上司,或者说是一个在工作上严厉,但在生活中和蔼的大姐姐。

牛肉很嫩又很辣,唐果觉得自己已经好多天没吃过一顿有滋味的饭了。酒足饭饱后，唐果问罗禹静："师父，你知道当初事务所为什么会录用我吗？"

罗禹静放下筷子，也是很满足。她回忆了下，说："这个我还真知道些。当初事务所招聘的时候，我对你的求职信印象挺深刻的。一个中文系的小姑娘，到律师事务所应聘，是当法律系没学生了吗？当即我就把你的求职信丢了出去。"

想不到自己当初的求职还这样一波三折，唐果继续问："那后来呢？后来我怎么就收到入职通知了呀？"

"说来也奇怪，曹总以前是基本不来事务所的。他说律师事务所对他来讲不太吉利，总觉得是自己公司犯官司了才会来。但那次他真就来了，还随手看了些求职信。曹总看到你的求职信的时候，直接就拍板要了你。我们当时还很好奇，想着你是曹总亲戚什么的。"

听了罗禹静的话，唐果觉得挺讽刺的。自己当初稀里糊涂进了盛夏，竟是因为和另一个女人长得像。

唐果说："师父，你还记得我说过在机场见过一个和我长得一模一样的女人吗？那是曹星光的老友，而我当初能够进入盛夏，怕也是因为她。"

罗禹静有点不可置信，事情的背后竟有这么多隐情。白文宇的案子极有可能与那个女人有关，而她和曹星光竟还有关系？

"师父。"唐果喝了口酒，继续说，"曹星光和这个唐葭牵扯不清，他心里还藏着一个女神。师父，你说我在曹星光心里是不是连一个替代品都算不上啊？"

曹小珊是在失踪的第四天傍晚，自己回来的。

这时唐果正和曹星光在饭厅吃晚饭,听见门铃声,两个人都是一怔。唐果是了解曹星光的秉性的,他从来不会叫外人来自己家。那敲门的人又是谁呢?

曹星光给唐果一个安抚的手势,然后自己去开门。隔了大概两分钟,曹星光牵着曹小珊的手回来了!

是小珊!此时她背着新书包,穿着一身新的粉嫩的公主裙,俏丽丽地站在唐果面前。唐果从座椅上站起来,走到小珊面前,蹲下来,捏捏她的小手。是真实的,小珊真的回来了!真好!

唐果说:"小珊,原来你穿粉色的裙子也很好看呢!"

曹小珊扯了扯裙摆,对于唐果姐姐的夸奖有点害羞。

相比于唐果的激动,曹星光倒是平静得多。他拉开唐果和小珊,对唐果说:"去把晚饭吃完。"然后转过头对小珊说:"晚饭吃了吗?如果吃了,现在自己去卫生间洗漱,然后回房间补这几天落下的功课。一会儿爸爸吃完晚饭就上去陪你。"曹星光的样子有些严肃,像一个大家长一般。唐果和小珊都默契地吐了吐舌头。

看着曹小珊背着书包上楼,曹星光重新坐回到椅子上,拿起筷子继续吃饭。唐果看着曹星光淡定吃饭的样子都惊呆了,这得多强的心理素质才能在女儿失踪又回来后稳坐泰山啊?

曹星光看着唐果呆呆的样子,有些不满。他看着唐果还剩半碗的米饭,说道:"米饭要是吃不完,一会儿你负责洗碗!"

啊……唐果低头狂吃。

曹星光严厉归严厉,但在教育女儿上,他做得很好。等曹星光和唐果吃完饭,洗完碗,一起上楼陪小珊的时候,小珊已经洗漱完，换了睡衣，并且坐在小书桌前学习了。

曹星光坐在小珊旁边的椅子上，看着小珊看书做题。小珊不会的题会问曹星光，曹星光就会很认真地在草纸上验算，给小珊讲解。唐果就坐在床边整理小珊的物品，再看看有什么衣物需要洗的。

对于唐葭的出现，在小珊学习的时候曹星光只字未提。当小珊准备睡觉的时候，曹星光坐在床边，摸摸小珊的头，声音很轻地说："小珊，爸爸不反对你和妈妈接触，但以后你跟妈妈走的时候，要告诉爸爸。"

小珊眨眨眼睛，眼睛有点红。爸爸虽然没责怪她，但到底是她错了，让爸爸担心了。她带着些哭腔说："爸爸对不起，以后我不会了。"

"嗯。"曹星光给小珊盖好被子，关了卧室的灯出去。

曹星光回到房间的时候，唐果已经换好睡衣准备入睡。曹星光走到床边，掀开被子的一角，躺在唐果身边。他叹了一口气，小珊的回来，让他心中的阴霾终于淡了一些。

唐果的头枕在曹星光的手臂上，她问："小珊睡了？"

"嗯，估计这几天是玩累了。"

"总之小珊回来了，这是好事。"

"唐果。"曹星光低了低头，去看唐果的眼睛，转了话题，"我这周末要去医院看颜夏，你能陪我一起吗？"

颜夏，这个只出现在话题中的人，突然活生生地出现在生活中，唐果还是有些意外的。

"颜夏？她生病了吗？严重吗？"

"对，她生病了，有点严重。"

"可是……"唐果迟疑了，"可是我去不合适吧？"

"为什么不合适？你是我的女朋友。"

唐果翻了个身，背对着曹星光。她看着窗外明亮的星空，心里却并不敞亮。她说："曹星光，虽然你现在是我的男朋友，但我时常会恍惚，你到底是不是属于我。"

曹星光皱了下眉，"怎么会这么想？"

"我有过一段很荒唐的婚姻，所以我并没有资格去指责你的前情往事。但是你不得不承认，你是一个有故事又有些复杂的男人。我把控不了你，也掌握不好我们之间的爱情。"

曹星光把唐果的脸掰过来，亲了亲她的眉心。他又好笑又无奈地说："你还真是人小鬼大，我不就是有一两个前女友吗，你竟上升到这种高度。"

唐果被曹星光亲得有些痒，又有些舒服。她不服气地说："前科太多还不让人说了？"

曹星光张开嘴，舔了舔自己的牙齿，低下头，直接咬到唐果的唇。

呜呜……说好的温柔呢？说好的体贴呢？自己家的男朋友怎么就这么梦幻呢！

曹星光说："唐果，我已经三十几岁了，我喜欢谁，爱谁，后半生想跟谁一起度过，我有自己的判断。你也要相信自己的判断，难道你找男朋友是在大街上随便捡的吗？对自己这么没有自信！"

是啊……为什么在怀疑曹星光的同时，还要质疑自己呢？都不是小孩子了，难道连对自己的爱情都没办法负责任吗？

近些天的阴霾终于在曹星光的言语间一扫而光。曹星光有多少前任有什么关系，他心底里的女神是谁有什么重要，她是他现在的独一无二。

周日是个好天气，阳光很足，但风挺凉快。曹星光和唐果先送小珊去了兴趣班，然后又一起去了医院。

路上，唐果看出曹星光有些紧张。天气不太热，唐果本想开窗吹吹风的，但曹星光直接开了空调。过红绿灯的时候，前两辆车压着绿灯开过去了，但到了他们这儿，黄灯都已经闪完两下，变了红灯，曹星光却是看都没看，一脚油门开了过去。

其实唐果也是紧张的，她今天特意穿上自己最贵最得体的一条裙子，还提前一个小时起床，化了美美的妆。到医院见到颜夏前的每一分每一秒，唐果都在想，自己不如颜夏好看怎么办或者自己差颜夏太多怎么办？毕竟，那可是曹星光心目中的女神啊！

唉，前任是心里的一根刺啊！

可是事实上，曹星光和唐果都白紧张了，颜夏根本不在医院。

按照唐苡之前给的地址和病房，曹星光带着唐果一路找上去。可病房里空空如也，哪里还有颜夏？

曹星光去护士站询问护士，护士查了下记录，说："哦，你是说二病房的颜夏啊，她一个小时前刚刚被人接走了。"

曹星光心底一凉，他还是比白东晚了一步！

"接走？请问是谁接走的她？是转院了吗？转到了哪里？"

护士合上记录本，对曹星光很有礼貌地微笑，但言辞并没有温度。她说："对不起先生，这是病人的隐私，我们不知道，也无法告诉您。"

走出医院大厅，曹星光和唐果的紧张一时之间还没有散。去停车场取车，回家的路上，曹星光都没有说话。

车窗外车水马龙，唐果转过身看了眼曹星光，率先打破沉静。她说："曹星光，你能跟我讲讲，颜夏是一个什么样的人吗？"

"颜夏……"曹星光再次陷入深思。

"颜夏她，是一个很好很好的姑娘……"

郊区外的一个高级疗养院里，白东推着轮椅上的颜夏到院子里晒太阳。

白东很高，又很瘦，穿着一件白衬衫，一条牛仔裤，皮肤白得透亮，分明就是一个少年的模样。他松开轮椅把手，走到颜夏面前，蹲下，伸出双手，十分虔诚地捧着颜夏的脸颊。

白东说："颜夏，都过去十年了，你还是放不下曹星光吗？"

颜夏没有躲开白东的手，但看着白东的目光里也没有任何温度。

颜夏说："白东，我是不是放下了曹星光，这个一点都不重要。重要的是，放不下那段青春岁月的，自始至终都是你，只有你。"

第五章　此间少年

曹星光正式认识颜夏，是在他大三的时候，那个时候颜夏读研一。

当时由曹星光牵头，他带领几个华人伙伴开始了人生中的第一次创业，在巴黎注册了科技公司。很快，人员、技术，万事俱备，倒是其中一个合伙人一语点醒了曹星光。

合伙人施玮说："光哥，咱们一群法盲在异国他乡开公司，是不是得聘请个法律顾问啊？"

一语点醒梦中人，曹星光迅速给另一个合伙人胡俊布置了任务。

胡俊哭丧着一张脸，就差抱住曹星光的大腿了，说："光哥啊，你难道不知道巴黎律师贵得要死，我们要是聘请了律师，公司第一笔产品的宣传费用可一点都没有了啊！！"

也是啊……曹星光坐在老板椅上想了想，站起身又想了想。他看了眼施玮，又看了一眼胡俊，突然一拍大腿，说："咱们去找法律系的学姐帮忙呗！"

胡俊简直眼冒金光啊，连连说："对对对，找学姐、找学姐，自家的学姐好说话呀！咱们给不起律师费，大不了给学姐以后公司的股份嘛！以咱们公司的发展速度，上市也就是明年的事儿！"

曹星光立马咳了咳，制止胡俊的异想大开，说："我手上可是没有多余的股份啊，你俩要是想分出去点，我倒是不介意的。"

施玮施施然地摊摊手，说："我也没有。"

胡俊痛心疾首，"你们两个可恶的资本家！"

巴黎大学的华人圈子就那么小，几经联系就找到了研一法律系在读的颜夏。曹星光是老板，施玮主管技术，胡俊主管人事，所以去和颜夏谈这样的重大任务就落到了胡俊身上。

去找颜夏谈的前两天胡俊相当暴躁，还总是自言自语。

"哎呀，学姐要是不答应可怎么办呀？"

"哎呀，人家可是女神呀！要是人家答应了，我又给不出多少好处，那多丢人呀！"

…………

施玮戴着耳机窝在椅子里敲代码，自扫门前雪，最后倒是曹星光忍不了了。

曹星光踹了一脚胡俊的屁股，大骂了一声，说："老子陪你去！"

后来当曹星光知道颜夏就是那个"大姐姐"时，他宁愿公司吃官司也不想找什么破法律顾问。

三人约在离学校不远的一家蛮有档次的咖啡店里，全程胡俊都在夸大公司会给颜夏多少多少的好处，然后弱化颜夏可能会承担的工作。但颜夏呢，她只是最初的时候很礼貌地和胡俊握手、微笑，剩下的时间都是颇有深意地和曹星光对视，眉眼浅笑。

胡俊自己滔滔不绝讲了半个小时后，终于后知后觉地发现情况不对劲了。他轻轻咳了咳，说："那个……不好意思啊，我去个洗手间。"

然而，场上的两个人没在意他说了什么，又去干什么。

胡俊走后，颜夏终于忍不住，噗的一下笑了出来。她看着曹星光，语调轻柔，试探地问："小弟弟？"

你妹妹的小弟弟……曹星光的脸色黑成锅底。

曹星光长得老成严肃，脾气又大，可颜夏并不怕他。颜夏伸手，戳了戳曹星光放在桌子上的胳膊，说："喂，小弟弟，这么小气呀？"

曹星光立马收回手臂，觉得自己头疼得快要爆掉了。他说："学姐，我虽然是你的学弟，但我也只比你小了两岁。我叫曹星光，不叫小弟弟。还有，您大人不记小人过，能把我们在国内见过面的事情给忘了吗？"

颜夏点点头，很好说话，"好的，星光弟弟。"

曹星光突然觉得他们公司其实根本不需要什么法律顾问。

后续的事情，曹星光再没陪过胡俊。不过胡俊倒是很乐意和颜夏沟通，还说自己一个人完全能搞定。

胡俊说："颜夏学姐人实在太好啦，她说咱们公司刚刚起步，这段时间她只要有空了就会来咱们公司帮忙。关键是，最后谈成的条件，学姐只要了很少的工资！我还试探性地说以后等公司上市，可以给她些股份，可学姐想都没想就拒绝了。以后颜夏学姐就是我心目中最重要的女神！"

施玮摘下耳机，对于胡俊的最后一句话表示相当不屑，"吉泽明步这么快就不是你女神了？"

那边曹星光继续补刀，说："还好我们公司未来的股份没有被稀释，不然我觉得你以后就没有股份拿了。"

胡俊气呼呼地拿着拖把一路奔向洗手间，因为他还没有雇到合适的保洁！

之后，颜夏遵循承诺，常常来星光科技。公司里的宅男们都很欢迎女神学姐，胆子大的还会让女神学姐帮忙介绍对象。胡俊更是狗腿，忙前忙后，端茶倒水，就差扑上去叫人家亲姐了。

与之相反的，要数星光科技的曹星光。前头的几天，只要颜夏来了，曹星光都会说出去谈生意谈合作或者回学校处理事情。再后来，理由用光，曹星光索性窝在自己的办公室里不出来。

这天，到了下班点，公司员工陆陆续续地离开。天已经黑了，颜夏刚把税单查看完，揉了揉脖子。这两天学校公司两头跑，还真是有点累。

胡俊摇了摇手里的车钥匙，讨赏似的对颜夏说："颜学姐，公司刚刚买了公车，是我下午去4S店提回来的，钥匙还热乎着呢。今晚我送颜学姐回学校？"

颜夏点点头，又摇头，说："不好意思呀胡学弟，我今天有事情找你们曹总谈，你看明天可以吗？"

"可以可以，完全没问题啊！"

员工区的灯已经关了，颜夏借着老板办公室的光亮，去找曹星光。

此时曹星光正在打手游，抬眼看颜夏进来了，惊得他差点把手机摔地上。

颜夏言笑晏晏地走到曹星光对面的椅子旁，拉开椅子，坐下。她说："星光弟弟，你就那么不待见我，成天躲着我？"

曹星光收起手机，也不管排位不排位的。他挠挠头，有点烦躁，又有些无奈，说："不是，我就是……你一叫我弟弟，我就头皮发麻。"

颜夏收回笑容，看着曹星光的目光开始变得认真。她说："看来是我玩笑开大了，我以后叫你星光，可以吗？"

"可以啊。"这个称呼简直太完美了。

不是"星光弟弟"的曹星光当晚心情大好，和颜夏谈完工作上的事宜，还主动请颜夏吃了饭。

饭店是颜夏选的，是一家开在华人街上口味非常棒的火锅店。曹星光把菜单交给颜夏，颜夏倒也没客气，直接点了一大桌。

把长发束起，擦掉口红的颜夏不再有女神范，但曹星光觉得看着更顺眼了，简直是一抹人间绝色。颜夏涮着毛肚，对曹星光说："不在学校食堂吃饭，来外面吃的话，我最喜欢这家店了。就这个毛肚，一绝，又辣又嫩。可我男友就不喜欢，他说这种煮熟的没味，他喜欢吃日料。可我受不了那个，一堆生的，我又不是原始人。"

曹星光笑笑，女神已有男友，看来胡俊要失望了。

"火锅我吃得不多，但也大多去中餐馆，日料那东西我也受不了。有次去吃三文鱼，我恨不得拿打火机把一盘鱼片给烤了，再撒点烧烤料。为这，朋友没少笑话我。"

颜夏笑得捞毛肚的手都不稳了，说："你也是个人才！"

一顿饭下来，两个人说说笑笑，气氛空前得好。

酒足饭饱，无论是作为星光科技的老板，还是颜夏的学弟，曹星光都向颜夏表示了感谢，并表示公司盈利，一定不会亏待颜夏。

颜夏向来对金钱没什么感念，她说："咱们都是中国留学生，出国在外，相互帮衬一下很正常。而且我在你们公司帮忙，也算是为我自己积累工作经验。你可能不知道，在巴黎，女性律师的工作比男性难找一些。"

颜夏说得轻松，但曹星光知道这里面的情分和重量。

第二天，曹星光把颜夏有男友的事儿告诉给胡俊，胡俊鼻涕一把眼泪一把的，甚是伤心。情绪恢复后，胡俊反问曹星光："哎我说光哥，女神有男友了，你就不伤心？"

曹星光觉得莫名其妙，"我为什么要伤心？"

"所谓窈窕淑女，君子好逑，我就不信你没对颜学姐动凡心！"

曹星光仔细琢磨了一下胡俊的话，好像还真没有。至少在这时，他对颜夏是没有男女私情的，更多的应该是对学姐的尊敬。

为了安慰刚刚"失恋"的胡俊，曹星光特别大方地请了两个合伙人下馆子搓了一顿，地点就定在颜夏喜欢的那家火锅店。看着胡俊飞舞着筷子大快朵颐，没有一点点悲伤的样子，曹星光的心情不太舒畅。

曹星光说："这家店可是你女神最喜欢的一家店，还有，对，就是你正在吃的毛肚，刚好是你女神最喜欢点的。"

胡俊吧唧一下掉了筷子，哭丧着一张脸对曹星光说："我难得出来吃一顿好的，您就宰相肚子里能撑船，放过我好吗？"

另一边的施玮有点看不过去了，对曹星光说："我说光哥，您差不多点就行了。哪天你要是真把小俊俊气走了，人事管理这块，咱们就等着哭吧！"

胡俊更伤心，"人家不叫小俊俊！"

施玮立马安抚,"嗯,咱们不叫小俊俊,小俊俊乖啊。不过你也是的,喜欢谁不行啊,非得喜欢人家颜夏。就那种女神级别的,哪能没个男朋友?"

胡俊一拍大腿,立马就顿悟了,说:"也是啊!不过你们知道她男朋友是谁吗?咱们学校的?"

曹星光摊手,他从来都不关注这些八卦。

施玮叫来服务员,又点了三份毛肚。他想了想,对胡俊说:"颜夏学姐的男朋友我好像还真知道。他是法国籍华人,也是咱们学校的,和颜夏学姐一届,读研一,好像叫……白东?"

曹星光很快就见到了白东。

周一晚上六点,大家一起从公司下班,颜夏和曹星光同乘一部电梯。同一时段下班,电梯里人很多很挤,曹星光挡在颜夏身前,几乎是个拥抱的姿势。曹星光很高大,即使颜夏穿了很高的高跟鞋,可站在曹星光面前,还是矮了一小截。

颜夏伸手顺了顺刘海,抬眼看着曹星光,说:"我男朋友想请你吃个饭,你看方便吗?"

"方便啊。"

两个人离得太近了,曹星光闻到了颜夏的洗发水味、香水味,还有身上淡淡的体香。恍惚间,曹星光下意识就答应了。可答应完才反应过来,方便个屁,我为啥要见你男朋友?

可为时已晚,颜夏说:"那就今天晚上吧,九点,我们在学校旁边的中餐馆见。"

好吧……

"不过,你男朋友怎么想起来请我吃饭?"曹星光垂死挣扎。

"我最近一段时间经常跟我男朋友提到你呀,说你年轻有为,又有干劲儿,大学没毕业就做起了公司,是我们华人学生的榜样和骄傲!"

曹星光有点愧不敢当,也没想到自己在颜夏心里的评价这么高。

晚上九点,三人准时在中餐馆见面。

颜夏的男朋友和曹星光想象中的样子出入很大,他以为性格大方强势的女神会选一个比自己更强势、高大威猛的男朋友。可事实上,白东长得高高瘦瘦,戴着一个金边近视眼镜,很斯文,还有些弱不禁风的感觉。

两个男人握手,自我介绍,交换信息,还都很和谐。席间,大多是颜夏在活跃气氛,曹星光配合聊天,倒是起意请客的白东很少搭话。

"我是学生物工程的,也搞些医疗。最近我们会出一批新药,但彻底治愈癌症又不太可能,唉。"

"听说你是读行政管理的,这专业毕业了不好找工作吧,你回国吗?"

"啊,也不对,你是富二代。"

"颜颜说她不回国,但我不想让她做律师。女人在律师界怎么会有多大发展?"

寥寥几句,全无逻辑,曹星光觉得这个白东就是个神经病。

一顿饭下来,曹星光吃得食之无味,到最后颜夏也聊得有些尴尬。她让白东去买单,白东点点头,起身去了前台。

颜夏说:"不好意思啊,我男朋友,大概搞科研的脾气秉性都有点奇怪吧。"

曹星光笑着摇摇头，白东的脾气再怪，跟他有个毛线关系？

转眼过了半年，从深冬到了初夏。星光科技慢慢步入正轨，订单增多，收益翻番。用胡俊的话讲，他马上就能出任CEO，迎娶白富美了！

"你的白富美不是颜夏学姐啦？"施玮怕胡俊骄傲，给了他当头一瓢凉水。

颜夏学姐啊……

因为公司正一步步发展壮大，三个月前，颜夏已经被正式聘为星光科技的法律顾问，工资也很可观。学业上，颜夏进入研二，学校课业越来越少，社会实践越来越多。她一边把星光科技的工作做好，一边已经开始向巴黎各大律所投出简历，并且已经陆陆续续收到一些律所的笔试或者面试了。

面对此状况，胡俊很心急呀。他去找颜夏，委委屈屈地说："颜学姐，你是嫌我们公司给你的工资低吗？工资这事我们是可以商量的呀！你就别走了好不好，我们都舍不得你呀！"说着，胡俊还拽着颜夏的胳膊摇了摇。

颜夏被胡俊闹得哭笑不得，她扯开胡俊的手，说："当初我加入星光科技就不是为了钱，现在更不会为工资走。"

胡俊还是很委屈啊，他指着颜夏当下的电脑页面，说："那你为什么还要去面试，这个什么律师事务所啊？"

"因为我的职业理想并不是公司的法律顾问，而是专业的律师。而且我向你保证，在我研三毕业之前，我是不会离开公司的。以后就算离开，我也会向你们推荐靠谱的学弟或者学妹。更何况，以你们公司的发展状况，已经完全有能力聘请专业的律师团队了。"

好吧……胡俊被颜夏说服，垂头丧气地走开。

颜夏除了有工作上的打算，性格上也变得比最初的时候内向了。因为是年轻团队，上班的时候彼此闲聊几句，打闹几下很正常，但颜夏只埋头在自己的办公桌前，从不参与。私下的员工聚会，颜夏也是能推就推，很少参加。

最先发现这个问题的是曹星光，那天大伙儿好不容易把颜夏拉出来唱歌。KTV包房里的声音很吵，灯光又很闪，可颜夏居然坐在沙发上，抱着抱枕睡着了。曹星光是离颜夏最近的人，他看着熟睡中的颜夏，乖巧得像个婴儿。想着她可能最近工作太累了，就没忍心叫醒她。

等午夜散了场，颜夏还没有醒的迹象，曹星光只好把她摇醒。颜夏揉着眼睛醒来，还是很困的样子。曹星光问："感觉你最近都很困，是工作太忙，还是学业压力大？"

颜夏打了一个大大的哈欠，说："不大啊，学校也没啥压力，我的导师管我不严。我也不知道怎么回事，最近总是困得不行。"

曹星光有些龌龊地想，这傻大姐不会怀孕了吧？不过接下来，他看到了不可置信的一幕。由于颜夏穿的衣服比较短，她一下子站得又有些急，曹星光不小心看见了她的肚皮。而在颜夏的肚皮上，有多道很清晰的打痕……

第六章　第二个他

午夜散场，胡俊安排同事们回家，曹星光则单独送了颜夏。车上，曹星光总会不由自主地看上颜夏一眼，看的次数多了，颜夏觉得很奇怪。

颜夏问："星光，我是有什么不对的地方吗？你好像总在看我，你开车要集中注意力啊。"

曹星光也不想跟颜夏绕弯子了，直接说："你刚才说你最近其实没什么事儿，但又总是困，你是怀孕了吗？"

颜夏觉得自己这个小学弟好可爱啊，天天都想些什么呐！她喝了一口曹星光递过来的矿泉水，让自己清醒一点。她说："我前两天才刚结束月经，怀哪门子的孕呀？"

既然确定不是怀孕，那……曹星光说："那你最近有吃过什么药或者吃了什么平时没接触过的食物？我觉得你的精神状态不太好。"

"你说得对，我最近的状态真是挺糟糕的。我跟你讲啊，我现在不单单是困，偶尔我还会产生幻觉。以前基本都是在晚上出现的，可就在前两天，我在公司的时候也出现了一次幻觉。我是不是应该去看心理医生了？"

颜夏越往下说，曹星光的眉头就皱得越深，他觉得事情并不简单。

"我觉得不是你的心理问题，或者说不是你本身的问题。"曹星光把车开进人行道，停在停车位上，熄火。他转过身，看着颜夏，说，"我能冒昧地问你一个问题吗？你肚子上的伤是怎么来的？"

颜夏的眼睛慢慢瞪大，肚子上的伤，曹星光怎么知道……

颜夏撩开一截衣服，手摸到一块刚刚结巴的伤口上。她有些迷茫，又有些无措，她说："我真的不知道这些伤口是怎么来的，我没有任何印象。但我每天早上会感觉到疼，隔上几天会添几处新的伤口。可是，并没有人打我呀，我是不是真的脑子出了问题……"

曹星光伸手按下颜夏的衣服，他说："你除了白天在学校或者公司，还会去哪儿，还会见到什么人？"

"见不到什么人了呀，我下了班，都回家的呀。哦，是白东的家，我们在半年前同居了。"

白东……那个神经病？

"那你是不是从半年前开始，出现没有精神、头昏、嗜睡的症状？而且也是从半年前，你的身上开始出现不同程度的伤口？"

曹星光每多说一个字，颜夏的心就多往下沉一点。她不傻，只是大多时候，她总以爱一个人为借口，忽略了很多事情。比如，白东是个十分内向的人，但隔一段时间的某一天，他会变得特别外向。他拉着她去见形形色色的人，他和他们非常熟，勾肩搭背，喝酒赌牌，可他们对她来说分明就是陌生人。回过头来她问他，他完全不承认，而下一次，他带她见的又是另外一拨人。

那几天他会变得特别暴躁，游戏打不好，他会摔手机，菜稍微咸一点，他会掀桌子。她去收拾地上的碎盘子，被碎盘子划了手，她抹了抹眼泪，可换来的却是他的嘲讽，"这点小事儿都做不好，还有脸哭？再哭就从我的房子里滚出去！"颜夏拿眼睛剜了白东一眼，行李都不收拾了，开门就跑了出来。而第二天，那个正常的白东就回来了，他对她嘘寒问暖，甚至把整个世界都捧给她。

颜夏会给白东找很多借口：从事生物工程压力大，跟着导师做项目辛苦又收入微薄。男人和女人都一样，每个月都有那么几天心情不好。不能因为他偶尔的毛病，就否定这一个人吧……

可当初觉得可以包容的事，现在看来，一切并没有那么简单。

想着想着，颜夏觉得自己浑身都在颤抖。她抓住曹星光伸过来的温暖的手掌，抬起头，含着泪水说："星光，你说我身上的伤是白东弄的？我精神状态越来越差，是白东给我吃了什么东西？"

褪去女强人的外面，曹星光第一次觉得自己是可以拿颜夏当小女孩去宠的。他张开另一只手臂，把颜夏严丝合缝地搂在怀里。他说："颜夏，我现在不能确定你的说法，但你的男朋友白东，一定有嫌疑。"

"那我该怎么办？我现在很害怕……"颜夏挣脱开曹星光的拥抱，她看着他的眼睛，双手搭在曹星光的肩膀上，"你愿意帮助我吗？如果白东真的伤害了我，我不会再像以前一样让步了。"

当然愿意。

曹星光很有行动力,他在发动车子的瞬间,就点开车载电话,拨给施玮,让施玮准备好一样东西,曹星光马上就去他家楼下取。二十分钟后,曹星光拿上针孔摄像头,又一路开往白东家。

曹星光把针孔摄像头交到颜夏手里,嘱咐道:"颜夏,趁白东不注意,你把这个东西塞到娃娃的眼睛里、插座里或者任何不容易被发现的地方。另一边的显示由施玮控制,你要是有什么情况,我马上过来找你。"

颜夏把针孔摄像头紧紧地抓在手里,朝曹星光点点头。往小区里走的时候,颜夏的每一步都变得无比坚定。她告诉自己,她不能再每天过着浑浑噩噩的生活,她不能守着一个可能存在暴力因子的男友。她要拿到证据,然后彻底离开这个人。

而另一边,曹星光把油门踩到底,一路飞奔到施玮家。而施玮在家早已打开电脑,等着颜夏把摄像头放到安全地点打开。

对于曹星光今晚的一切指令,施玮虽然照办,但心里疑惑颇多。他看着坐在自己身边,全身紧绷,目光死死盯着黑屏电脑,问:"我说光哥,今晚到底有啥大事儿要发生啊?"

施玮是曹星光很信得过的人,曹星光不想隐瞒他,而且一会儿如果颜夏发生了意外,曹星光还需要施玮的帮忙。所以他说:"颜夏的男友可能对颜夏犯了故意伤害罪,还在一定程度上控制了颜夏的精神和人身自由。如果我之前的推断正确,我就要找到证据,把她男友告上法庭,或者让颜夏脱离苦海。"

施玮向来淡定,但这一刻他的嘴巴也惊成了一个O形。他指着一点一点变清晰的电脑,说:"颜夏的男友,白东,他是个变态?"

画面正式切进来，施玮捂住了嘴巴，和曹星光一起盯着显示屏。

一切都还算正常，最开始的画面，是白东递给颜夏一杯咖啡。透过画面，曹星光能看出颜夏有一丝的不情愿，但很快，她接过杯子，喝了一大口。颜夏把杯子放到床头柜上的动作似乎引起了白东的不满，他看着咖啡杯，皱了下眉。白东走过去，拿起咖啡杯，然后拉着颜夏的手坐在床边。白东很瘦，但胜在高大，他让颜夏坐在他的腿上，是完全包裹住的姿势。白东一点一点把一整杯咖啡都喂给颜夏，喂完后，终于满意地笑了。

镜头之外，曹星光握紧了拳头，那杯咖啡一定有问题！谁会大半夜地喂女友喝咖啡？不睡了吗？

神奇的是，过了不到十分钟，颜夏就打着哈欠，满身疲惫地睡着了。白东躺在颜夏身边，看了她一会儿，摸摸她的脸，又摸摸她的头发，眼睛里流露出的完全是爱惜的神色。又过去几分钟，白东关了床前灯，盖好被子，也睡着了。

之后的两个多小时，画面里都是颜夏和白东熟睡的画面。时间一秒一秒地过去，每过去一秒，曹星光就会更加怀疑自己：是不是真的想错了，是不是他太以恶想人了。白东那爱惜的眼神，并不是装出来的，他是真的爱颜夏。

施玮打了个哈欠，侧了下头，看向曹星光，说："光哥，你困了吧，要不，我坐着盯会儿，一会儿再叫你？"

曹星光摇头，他一刻都不敢放松。

而这时，白东掀开被子，坐起来了。

而这一刻白东的眼神完全变了，残酷、憎恶、扭曲、冰凉。

曹星光一下子站了起来，慌忙地去抓桌子上的车钥匙。施玮也跟着站起来，太可怕了，他从来没有见过那么可怕的眼神。

可是晚了……白东迅速撕扯颜夏的睡衣，然后用绳子绑住睡得全无知觉的颜夏。白东从衣柜的暗匣子里拿出一条很细的鞭子，那么细的鞭子，就抽在了颜夏的肚皮上。他还有一把小小、尖尖的匕首，他用匕首，描摹颜夏的乳房、心脏，刻出他喜欢的痕迹……

曹星光觉得自己的牙齿都在打战，他转头看向一脸错愕的施玮，艰难地保持着镇定，他说："施玮，视频保存下来了吗？"

施玮下意识地摇头，不对，又点头，整个人都是懵的。他说："保……保存了。"

"好，那你继续在这里盯着，我去白东家救颜夏！"话音刚落，曹星光已经一阵风一样冲出了施玮的公寓。

一路向白东家奔去，曹星光恨不得在车子上插两个翅膀。他一路闯了三个红灯，可他不在乎，颜夏的安全，甚至生命，比任何都重要。对了，他还得报警，毕竟异国他乡，他自己一个人的力量太小。电话拨通，曹星光阐明意图。好在法国比较重视人权，表示会马上出动警力。

时间在高速飞驰的车上，反而变得很慢。现在，每一分每一秒对曹星光来说都是煎熬。

十分钟后，曹星光终于到达白东的公寓。他下了车，门都来不及关，一路跌跌撞撞冲上楼。可是，他并不知道白东家具体是哪户啊！他在楼道里，拳头狠狠砸向墙面，血肉淋漓。

十三分钟后，警察赶到。他们事先调查了白东的资料，找到白东家，直接撞开了门。可是，屋里、床上，一片狼藉，却没有任何人的身影。

曹星光错愕地站在警察身后，刚刚还在，就这么一会儿的工夫，人就没了？

手机铃声响起，曹星光拿出手机，屏幕显示的来电人是施玮。

"光哥不好了！白东应该是带着颜夏学姐跑了！"施玮的声音又慌又急。

五分钟前，画面里的白东收拾好"工具"，给颜夏换了一套新衣服。白东走到玩具熊前，对着玩具熊的眼睛，朝着施玮这边的显示屏狰狞一笑，随即抠掉了玩具熊的眼睛，电脑屏幕黑屏。

施玮吓死了，他从来没见过那么可怕的笑容。手中的手机应声落下，摔得电池都弹了出来。施玮蹲下来捡摔得四裂的手机，腿、胳膊、指尖都是抖的。捣鼓了几分钟，施玮终于给曹星光打了电话。但为时已晚，只有五分钟，白东就带着颜夏逃得无影无踪了。

警察已经封锁了现场，曹星光被拦到房间外。他回想刚刚看到的画面和现在人去楼空的现场，完全懵掉，甚至怀疑自己刚刚看到的画面是不是都是幻觉。一名巴黎大学的高才生，竟然是一个精神扭曲、变态的罪犯！

大部分的警察已经开始收队，并带曹星光回警局接受调查。还留在现场的两个警察突然惊呼：里面的小暗房有尸体！

所有警员重新冲回房间，小暗房里整整平躺着六具女尸。她们都很年轻，在二十岁到二十五岁之间。每个人都着装整齐，头发有束起来的，也有披散的，但都很整齐。她们的脸上化了精致的妆容，细致到脖子上也涂了粉底。除了衣服之外遮不住的皮肤留下伤口和疤痕，她们就像睡着了。暗房里有干冰和冰块，尸体保存得很好。

里面有一具独特的女尸，因为只有她一个人是盖着被子的。被子很厚，女孩又很瘦，像被挤瘪的稻草。警察上前，想掀开被子，检查尸体，却在掀开被子的刹那，尸体睁开了眼睛……饶是身经百战的警察大叔，也是差点吓得倒退了好几步，差点一屁股坐在地上。

尸体说："你们终于来救我了……"

女孩叫唐葭，是暗房里唯一存活下来的人。

唐葭被带到医院做一系列的身体检查，检查显示唐葭身体没有任何问题，只不过，她妊娠已经六周了。

唐葭看着化验单苦笑，坐在走廊的椅子上仰着头对警察大叔说："我就是因为这个才活了下来。我是该庆幸还是该恶心？"

警察大叔不善言辞，最后用宽大的手掌拍了拍唐葭的肩膀，以示安慰。

身体没有问题，警察在征询了唐葭的意见后，把她直接带到警局做案件调查。

在唐葭的陈述下，暗房里的女孩均是巴黎大学的学生，年纪最大的今年上研三，最小的只有大二。唐葭读研一，是白东同一学院但不同专业的学妹。唐葭表示，她们并不是第一批被白东迫害的女生，之前的几名女孩尸体腐烂，已经被白东处理掉了。至于之前还有几批，她不得而知。

警察迅速查近半年来巴黎大学失踪女学生的名单，惊奇地发现报案的寥寥无几，只有三例。而按照唐葭所说，至少有十名以上的女学生或失踪或死亡。

唐葭说:"白东很聪明,他从来不找本地人,甚至是欧洲籍的学生。他会找家乡很远的,以亚裔为主,并且他只找在假期中或者请事假的学生。"

对手高智商,又很狡猾,这很棘手啊……

而曹星光这边,在问询室里简直暴跳如雷。他说:"我怎么想到的安装针孔摄像头不重要,我和颜夏是什么关系也不重要,重要的是,颜夏现在被白东带走了,很危险!白东他是个杀人犯!"

警察先生大概是案件经历多了,整个人理智又镇定。他说:"先生,您朋友的视频我们已经收到,追查白东和找颜夏的工作已经开展,至于对您的问话,这是需要走的流程,请您务必配合。"

…………

折腾了一个清晨和上午,等曹星光走出警察局的时候,太阳已经升到了最高处。

和曹星光一同出来的还有唐葭。她主动走到曹星光身前,满身疲惫,但打着精神对曹星光说:"听说你也是中国人,我也是。我现在处境并不好,你能帮下我吗?"

无论是作为男人还是中国人,面对唐葭的请求,曹星光都拒绝不了。他说:"你需要我做什么?"

"帮我找一间小公寓,帮我联系一家私人医院。我现在怀孕了,我打算生下这个孩子。"

曹星光没有问唐葭任何的前因后果,对于唐葭的请求,他悉数照办。冥冥之中,他觉得,他现在帮了唐葭,就会有别的人帮助颜夏。那颜夏是不是也就会像唐葭一样,幸运地安好着。

　　曹星光发誓,在这以前的任何一个时刻,他从未对颜夏有过非分之想。但经历了这漫长又艰难的一天,他发现自己对颜夏的感情就像洪水决了堤,一发不可收拾。

　　是爱吗?

　　这就是爱。

第七章　爱如繁花

曹星光在自己公寓的对面给唐莨租了一间屋子，平时他在家叫外卖的时候也会给唐莨叫上一份。刚开始曹星光敲门给唐莨送过去，后来熟了，他就直接把唐莨叫到自己家里吃饭。曹星光有空的时候，会送唐莨去上学，每个月的第三个周末，按时陪唐莨去医院做产检。医院的医生和护士会善意地夸曹星光是位好丈夫、好爸爸，曹星光只能苦笑。

在没找到颜夏的日子里，曹星光没有跟身边的任何人提起过颜夏。对唐莨的好，也是不求回报的。但唐莨偶尔会和曹星光聊起白东，还有属于他们之间的岁月。

唐莨说："曹星光，你知道吗，其实我是白东的前女友。在他和颜夏恋爱前，我是他最爱的女人。"

唐莨说："我从高中的时候就认识并且喜欢上白东了。他是天才，他那么聪明，学习那么好。为了追上他的脚步，我得付出更多的努力，才能配得上他。"

唐莨说："白东的父母很早就去世了，他靠着别人的资助和奖学金学习生活，我没见过比他更坚强的男生了。"

她说："不过后来白东告诉我，他的父母其实是被他亲手杀死的。他说，他的身体里住着两个自己。白天的他是个天使，想给所有人爱和幸福。夜晚的他是恶魔，想要摧毁所有的美好，只留下恨。"

她最后说："可是白东他只是生病了，他不是变态。我能理解他，真的能，因为我和他是同类，我们都有第二人格。"

那天曹星光把唐莜赶出家门，自己一个人在房间里彻夜未眠。上半夜他打开酒柜，喝了好多酒，下半夜趁着酒劲砸了房间里所有的东西。他透过破碎的玻璃镜，看到了憔悴不堪的自己。

什么生病了，什么第二人格，都是放狗屁！难道有"神经病"这把保护伞就可以随意伤人，甚至杀人了吗？

曹星光陷入了消沉的情绪。自从颜夏失踪，曹星光已经不去学校上课了，就连期末考试也有三门科目旷考。会偶尔去一下公司，但大多都是坐在办公室，望着颜夏以前的办公位发呆。出去谈生意，迟到是常有的事儿，甚至还放过客户鸽子。客户暴跳如雷，声称与星光科技再无往来！

施玮和胡俊急得不得了，轮番过来劝解曹星光。

施玮说："你现在是星光科技的老板，你不是一个人，你要为咱们公司的员工考虑啊！"

这个问题曹星光考虑过，他说："我想好了，我可以退出星光科技，这个老板归你和胡俊，我什么都不要。"

施玮气到不行，大吼："是！你是富二代！你是有钱人！星光科技这种小公司怎么能入曹少爷的眼！你不在乎你自己的心血，你也不在乎我们所有人的心血！"

胡俊马上过来劝，说："星光，我们都是一起走过来的兄弟，我们是不想看着你整个人废掉啊！"

曹星光点了一支烟，在烟雾的氤氲里，他想：废掉就废掉吧，反正现在颜夏也回不来了。

颜夏是在三个月后被找到的。

回来后的颜夏像变了一个人，不再热情、外向，而是每天低着眉，活得小心翼翼。她不肯去学校上课，也不愿去公司上班，整个人蜷缩在家里，连睡觉和吃饭都毫无兴趣。那时候学校里会议论纷纷，说法律系的大才女，未来的律政佳人，就这么被白东糟蹋了。可曹星光不信这个邪，千等万等等回来的人，他一定要给她未来和希望。

曹星光把颜夏接到自己家，每天照顾她的饮食起居，带她去电影院，去图书馆，还陪她去商场买衣服。他学会了穿搭，还会给颜夏烫刘海、扎辫子。曹星光会捧着颜夏的脸，爱怜地对她说："颜夏，我同情你的遭遇，但你不能一直活在过去。你看每天的太阳都是新的，你的生活也应该是新的。"

而那时，曹星光已经彻底把星光科技交给施玮和胡俊。他说："公司我早晚还会开，但心爱的人只有一个。"

一个月后，颜夏终于开口说话了。那天是清晨，曹星光拉开卧室里一半的窗帘。阳光柔柔地照射进来，每一粒空气都带着星光。曹星光扎着围裙在厨房给颜夏准备早餐，然后颜夏赤着脚，头发散乱，睡衣的肩带也滑落到肩膀上，一路跑到曹星光的面前。

颜夏扑过去，抱住曹星光的后背，泪水滴答滴答地往下掉。颜夏说："星光，我好像做了一个梦，一个好长好长的梦……"

曹星光拨开颜夏的手，转过身，重新把颜夏抱进怀里。他轻轻呵气吹吹颜夏的面颊，说："都过去了，梦醒了，现在是新的一天。"

那天，曹星光和颜夏依偎在阳台的大摇椅上，断断续续地讲了很多话。

颜夏说，白东带走她后，一直躲避在巴黎下面的各个小村庄里。因为白东还会喂她安眠和产生幻觉的药物，所以前一个月，她大多是浑浑噩噩的，只知道白东带着她不停地换地方。一个月后，不知是她服用药物时间太长，产生了抗体，还是白东喂她的药量减少了，总之，她清醒了很多。清醒后，颜夏立马准备逃跑的事情。打这之后，无论白东给颜夏喝什么，回头趁白东不在的时候，颜夏都会吐出来，吐到胃里没有任何食物，没有任何水，吐到只能吐出胃酸来。这个过程很痛苦，但总算结果是好的，她越来越清醒了。

等他们逃到西北边陲的一个小村子时，那里空气很清新，食物也很丰盛。白东难得不再有戾气，每天吃吃睡睡，生活过得很安逸。

颜夏是在白东一直熟睡的夜晚逃出来的，她躲进一户农家的牛棚里，一躲就是三天。渴了，她就喝喂牛的水；饿了，她就吃几片喂牛的菜叶子。三天后，颜夏请求农户帮忙报警，最终，安全回来。

颜夏不知道的是，从逃亡开始，白东的第二个人格已经越来越少地出现了。等到后面的日子，他已经能抱着颜夏一睡一整夜。那些天白东特别开心，精神头也特别足，他好像从记事开始，就没有睡过这么安稳的觉。看着身边温顺又漂亮的女朋友，白东第一次感觉到心脏跳动，第一感觉到身体里的血液是热腾的。他想，他一定要改变，杀死另一个自己，他和颜夏才有未来。

可是，颜夏最终没有给他这个机会，她把他独自留在了黑暗里。

白东说，为了你，我甚至愿意杀死另一个自己！可是你呢？你却狠心抛弃我！这世界上没有任何久远的爱，只有久远的恨！

白昼终会被黑夜所吞噬，人间陷入无尽的黑暗……

一年后，颜夏和曹星光的女儿出生了。颜夏给女儿起名颜菲菲，曹星光没有反对。

施玮和胡俊对曹星光和颜夏最后能走到一块儿都挺惊讶的。

施玮说："颜夏学姐和白东……那些事，你就真的不介意？"

胡俊则说："经历了那些事情，颜夏学姐还愿意相信你，和你在一起，我挺佩服你，也挺羡慕你。"

曹星光此时正抱着菲菲喂她喝牛奶，他看着在阳台上晾衣服的颜夏，觉得缘分有时候就是这么神奇，没有什么不可能。

唐葭的女儿叫唐小珊，比菲菲大了几个月。唐葭租下了曹星光对面的房子，偶尔唐葭还会和颜夏凑在一块讨论育儿经。曹星光大四毕业后，顺利拿到研究生就读名额，同时开始着手新公司的创办。

一切都朝着顺利的方向发展，没有了白东，所有人都觉得获得了新生。直到唐葭把一张小珊的照片发到Facebook上，被白东看到了……

第二天可能是个阴雨天，所以当天晚上月亮没有出来，乌云很多，就算拉开窗帘，卧室里也是黑漆漆的一团。曹星光打开了床前灯，在昏暗的灯光里，他亲吻了香甜熟睡着的菲菲，又回来亲吻身边的颜夏。大概大雨来临前，空气都是很闷的。曹星光又打开了空调，调到换气功能。

一切安顿好后，曹星光躺在床上翻来覆去地睡不着，心神很不安。他伸手去拿床头柜上的水杯，发现杯子是空的，早被自己喝光了。曹星光的喉咙又很干，不得不起身去客厅倒水。既然到了客厅，曹星光索性又点了支烟，坐在沙发慢吞吞地抽。

就在这时，隔壁开始有响声。起初曹星光并未在意，半夜回家在巴黎很正常，或许是自己幻听了。然后，响声越来越大，有小孩子的哭声，大人的笑声，砸东西的声音，好像还有抽打的声音……

不对，隔壁是唐葭和小珊母女俩！

曹星光立马站起身，一路跑出去，冲到唐葭家门前。走到这里，声音更大了，也听得更清晰了，是男人的笑声，还有鞭子的响声。

是白东！白东又来了！

门没有关，曹星光推门而入，映入眼帘的是一幅比当初白东对颜夏做的更可怕的画面。白东一手掐住小珊的脖子，一手拿着细鞭子抽打她的四肢和后背。白东疯狂地笑着，而坐在一边的唐葭也笑着。唐葭麻木地笑着，看着自己的女儿，而她自己手里还有一把匕首。她说："亲爱的，这把匕首你要吗？它可是一支很好用的画笔呢。"

疯子！全都是疯子！

曹星光冲过去，和白东扭打成一团。

曹星光强壮但他并不会打架，白东瘦弱但胜在技巧，一时之间两个人还真是难分胜负。小珊已经不哭了,不知道是哭累了睡着了,还是被打晕了,或者已经没气了……唐葭拿着匕首在一旁观战,白东回身的时候瞪了唐葭一眼,唐葭的眼睛里立即闪过一抹诡异的光。

唐葭拿着匕首朝曹星光冲过来,在白东钳住曹星光双手之际,匕首直直插进曹星光的肚子!曹星光疼得脸色发白,他退后几步,凭着毅力,把匕首从肚子里拔出来,然后冲上去插在白东的大腿上!白东吃痛,抬脚把曹星光踹飞在地,并拿起床上的鞭子一甩,抽到曹星光的肩膀上。曹星光只觉得天地都在旋转,眼前一片漆黑。

曹星光绝望地想,自己可能活不过今天了。他好不甘心,他还没有看到女儿一点一点地成长,他还没有和颜夏过好接下来的一生,他还有朋友、学业和事业……

白东一步一步逼近曹星光,他用舌头舔了舔牙齿,像一头狼舔它锋利的爪牙。这一刻,他对曹星光已经动了杀心。

曹星光缓缓地闭上眼睛,他好像感觉到了死神在牵他的手。

可是,突然,杀气骤停,整个屋子陷入沉静。

颜夏一脸苍白地走进来,手里拿着手机,她对白东说:"我已经报警了,白东,你自首吧。"

这样说着,警笛已经由远到近地响了起来。白东收起手里的鞭子,又拔掉大腿上的匕首。他一步一步地走到颜夏跟前,说:"颜夏,还有曹星光,我不会放过你们的,一辈子都不会!"

白东对颜夏说的每一个字,吐的每一个气息,她都觉得要晕厥过去。她用指甲掐着大腿外侧的肉,疼到她想尖叫,她才不会惧怕面对白东。而在白东跳窗而出的一刻，颜夏一根紧绷的弦终于断裂，晕了过去。

警察闻声赶来，但并没有抓到白东，他再次逃走了。而这次一同消失的还有唐葭，他们只把奄奄一息的小珊留了下来。警察把小珊、曹星光和颜夏一同送往医院。

苏醒后的曹星光很担心颜夏，怕她受到白东的刺激，再次陷入自我封闭。但事实上颜夏并没有，她比任何一次都要坚强。

颜夏说："星光，我们回国吧。只有回国，我们才能过上真正平静的生活。"

曹星光当然同意，白东手里有那么多条人命，却依旧逍遥法外，他们都不是他的对手。只是……

曹星光的一个眼神，颜夏就懂了他心中的顾虑。她说："按照当地的法律，以白东和唐葭的精神状态，他们已经不具备做小珊监护人的权利了。我们在巴黎领证，然后合法收养小珊，再带她回国。孩子……毕竟是无辜的。"

在接下来的几天中，在颜夏这个准律师的指导下，事情办得极其顺利。他们先在巴黎注册结婚，然后办小珊的收养手续，到学校办理休学手续，最后订机票回国。

飞机在戴高乐机场起飞，冲上云霄的一刻，他们想，所有过去的黑暗，应该都被抛到身后了吧？

回国后，曹星光和颜夏为了家庭和事业，忙得不可开交。曹星光成立了公司——星光国际。这一次，他不但重拾老本行，搞科技，还把触角伸向酒店餐饮。短短几年的工夫，曹星光就成了京圈的商业翘楚，青年才俊。

而在曹星光的帮助下，颜夏成立了盛夏律师事务所。颜夏不但如愿以偿地成为一名职业律师，还摇身一变做了老板。颜夏偶尔会和曹星光开玩笑，说："我们两家公司算不算上线和下线啊？你们公司要是出了什么问题，正好我们事务所帮你们擦屁股！"颜夏想了想，又说："呸呸呸，我真是乱讲话！你们公司一直都用不上我们事务所！"

事业、家庭、老婆、孩子，那是曹星光人生中最幸福的一段时光。

再后来，白东回国，把菲菲一路绑架到了巴黎，颜夏就一路追到了巴黎。颜夏没有挽回女儿的命，也彻底消失在了巴黎，再没有回国。

颜夏永远也忘不了女儿消失的那个场景。

颜夏和白东约定在一条公路的两边，颜夏站这头，白东牵着菲菲的手站那头。白东拨通了颜夏的电话，他先把手机对着菲菲的嘴巴，让她叫颜夏"妈妈"，然后他收回手机，对颜夏说："颜夏，你是我白东这辈子最爱的女人。为了你，我甚至想过放弃苟活在黑暗中的自己。但是你，背叛我，抛弃我，你说，你是不是该死？"

颜夏握着手机的手又抖又僵，她说："是我该死，你把我弄死我都无所谓！但是孩子是无辜的！我求求你，求你，放了菲菲好不好？"

白东突然笑了出来，他松开了菲菲的手！白东说："好啊，你颜夏求我，我哪有不答应的道理？"说着，白东拍了下菲菲的后背，让她向颜夏跑去。

颜夏浑身的血液都沸腾起来，她的菲菲，她最疼爱的宝贝，终于要重新回到自己的怀抱了。

颜夏也朝菲菲跑去，二十米、十米、五米，马上就到了！

然后，一辆大货车从颜夏眼前飞驰而过，货车裹挟着风，冲得颜夏退后两步。货车开过后，颜夏眼前终于恢复清明。只见菲菲头破血流地躺在地上，瞬间没了生命体征，像一个破烂的娃娃。而白东站在马路对面，穿着一件雪白的衬衫，笑得像个小孩子。

从这以后，颜夏把自己永远禁锢在了巴黎。

这就是颜夏、白东和曹星光之间的纠葛。

之后的岁月里，曹星光还是会想起自己和颜夏这段短暂但刻骨铭心的爱情。他想，他们之间的爱就像繁花一样，开时绚烂无比，开后零落成泥。

第八章　真实目标

茶余饭后，唐果会把曹星光告诉她的往事跟罗禹静讲讲。在和曹星光的爱情中，唐果总会有诸多的疑惑，她想听听别人的意见。而恰好曹星光的那段往事，罗禹静算半个见证者。

罗禹静从冰箱里拿出一盘洗好的水果，放到茶几上，和唐果一起吃。电视里放着综艺节目，声音不大，当然，两个人也没在关注。

罗禹静说："盛夏律师事务所是我毕业后的第二份工作。第一份工作我做得很不顺心，甚至有过放弃做律师的念头。后来感谢颜夏，她是我的好老板。同事们都很喜欢颜夏，她有厉害的海外留学背景，有才华，长得又漂亮，后来颜夏突然消失，我们都很恐慌。我们硬撑了一周，终于等来了从巴黎风尘仆仆赶回来的曹总。他说，他和颜夏都不会放弃盛夏，让我们安心做事。我们都能看出来曹总的挣扎，但按照你的说法，曹总当时应该是真的没有办法了吧。一个正常人，怎么能斗得过精神病人？"

提到白东，唐果不自觉地有些惧怕。她说："我查了一下白东的相关记录，他是国际上挂名的犯罪高手。他手上有好多命案，被害人集中在二十岁到二十五岁的女学生。"

"二十岁到二十五岁之间……唐果你多大了？"罗禹静抓住唐果话语里的关键词，突然问道。

"二十四岁啊……"唐果最开始有些懵，她的年龄跟白东的案子有什么关系？但当她看到罗禹静严肃的神情、紧皱的眉头时，不禁睁大了双眼。

唐果试探着问："师父，你是觉得，白东的下一个目标可能是我？"

"你想一下，这一年里，薛佳佳的案子，蒋小晨的案子，看似是白东一步一步逼近曹总，但这些案子，比起曹总，你才是接触得最深最近的人！还有，白东的棋子白文宇，他还是你的前夫！"

顺着罗禹静的思路，唐果觉得自己身上的汗毛都竖起来！似乎从她毕业进入盛夏开始，她就被卷入了一个庞大的黑色漩涡。

此时的唐果盘腿坐在沙发上，她扭个身，看向罗禹静，手里的橘子瓣因为紧张捏得稀碎，黄汁都滴到白色的抱枕上。唐果哭丧着一张脸，说："师父啊，那我怎么办呀？我现在跟曹星光分手还来得及不？"

罗禹静看着唐果，哭笑不得，最后只说："你现在还有心思跟我开玩笑，心理素质不错啊。"

几乎是同一时间，曹星光也想到了同一个问题。

当时曹星光正躺在家里的浴缸泡澡，看到水面漂浮着唐果弄来的小黄鸭、小绿鸭、小粉鸭和小黑鸭，心底有点痒。他给唐果打电话，问问她下班了能不能回家，能不能有一点做别人女朋友的觉悟。结果唐果跑到自己师父家蹭吃蹭喝，好不快活。这下好了，曹星光原本集中在下半身的郁气，扩散到全身。

水温大概是调高了，浴室里的水汽蒸腾，曹星光觉得有点晕。他从浴缸里站起来，打开了浴室里的排风扇。排风扇呼呼响起，浴室里的大镜子渐渐清晰起来。曹星光看清了镜子里自己的眼神，他开始思索起这一年多来，白东筹划的一个个案子。

沈安应该是单纯的被害者，Cara才是整件事情的主导者，他才是白东的人。蒋小晨与自己和唐果没有任何关系，但他是罗禹静最在意的人，白东摧毁了罗禹静对法律的信仰，也间接摧毁了唐果。然后就是白文宇，现在曹星光最疑惑的也是白文宇。按照唐茛的说法，白文宇是白东的一枚棋子。可是作为唐果的前夫，这枚棋子却在杀掉蒋小晨之后立即被杀。这么重要的身份，就这么点用途？

不，不对，白文宇的死，对唐果的伤害最大！而唐果和唐茛几乎是一个模子刻出来的，难道这并不是一个巧合，背后还有什么玄机？所以，白东策划整件事情并不是针对自己，而是针对唐果？

如果是针对唐果，那就太可怕了……

曹星光冲进卧室，打开衣柜，随意拿一套衣服穿上，根本顾不上身上的水滴。他拿上车钥匙，一溜烟儿地冲进地下车库，发动汽车，一脚油门开了出去。曹星光拨通唐果的电话，嘟、嘟、嘟，每一秒的等待，都好像扎在了曹星光的心里。

"喂，曹星光……"唐果的声音很小，有些怯怯的。

谢天谢地，电话接通了。

"唐果，你现在还在罗律师那儿吗？我现在就去接你。"曹星光呼出一口浊气，尽量把声音放得和缓。

"我在这儿啊,怎么了?我一会儿吃完晚饭就回去啦,师父说要给我做水煮牛肉呢,师父做的水煮牛肉可好吃了……"

唐果有些语无伦次了,曹星光不得不打断她,说:"白东的下一个目标应该是你!"

唐果听了曹星光的话,都快哭了,她说:"我知道啊……刚刚我跟师父也想到了这儿。曹星光,你说我该怎么办呀?我该怎么办!"

曹星光告诉自己,这个时候首先自己不能慌。自己都慌了,那唐果怎么办?说到底,唐果也是受了无妄之灾,白东要对付的人从来都不是别人。

曹星光说:"你现在好好在罗律师家待着,我已经在路上,马上来接你回家。"

唐果一个劲儿地点头,说"好好好,我等你",挂电话前还不忘嘱咐曹星光车不要开得太快,那样危险。

唐果的声音有些抖,但是甜糯糯的,听得曹星光都快忘记眼前的危机了。

终于到了罗禹静家,是唐果开的门。在开门的瞬间,唐果就扑到了曹星光的怀里。曹星光抬手摸摸唐果毛茸茸的小脑袋,又捏了捏她的脸蛋,真软。

曹星光说:"真像一只懂事又乖巧的萨摩耶。"

唐果龇牙,"你骂谁是狗呢?"

曹星光转身就把自家的"小狗"拎走了。

回家的路上,曹星光特别严肃,专心致志地盯着前方路况,一句话都没有。唐果大概坚持了十分钟,坚持不住了。她拽了拽曹星光的袖子,说:"曹星光,你能不能陪我说说话?你这样,我很紧张。"

曹星光刚才一直在想怎么把唐果保护起来，甚至都想好把唐果送到哪个国家，托哪个朋友来照顾。但是很快曹星光就把这个想法否定，以白东的本事，把唐果藏到哪里白东都能找到，那就不如放在身边还图个心里踏实。

曹星光说："明天开始，你就不要去事务所了，先在家待一段时间，我也会尽量在家陪你。"

过了最初的紧张，唐果现在反而是最冷静的一个人。她摇了摇头，说："以白东的本事，我躲到哪里都不够安全。既然哪里都不安全，那就是哪里都是'安全'的。我不能因为一个白东，连自己的生活都不过了。"

曹星光看了看唐果，又看向前方的道路。一直绷着的弦有所缓解，然后他笑了，说："我好像被白东吓破胆了。"

唐果拍拍曹星光的肩膀，调侃道："没事儿没事儿，你这属于青春期阴影，一点儿都不丢人。"

既然做好了不让白东打扰自己生活的准备，唐果第二天便雄赳赳气昂昂地上班去了。早上唐果准备给罗禹静送咖啡的时候，罗禹静眼睛都瞪圆了。

罗禹静说："你和曹总商量了一晚上，结果就是你正常上班？"

"啊，不然呢？"唐果摊摊手说，"那我是能飞上天，还是能钻地洞？"

罗禹静的思维转换得倒是快，她拿起跟前的一沓文件，递给唐果，说："那既然上班了，就把这些文件处理一下吧。"

唐果的手抖啊抖，文件都接不稳了。她说："师父啊，节奏搞得不用这么快吧？"

"不快不行啊,这个离婚案马上就要开庭了,可咱们还有几个证据没取呢。我下午约了当事人的老婆,你帮我跑一趟啊。"

"离婚案,当事人的老婆?"唐果带着疑问低头翻文件,这一看不得了啊,居然还是那个渣男的案子!唐果合上文件,放到罗禹静桌子上,说:"师父,这个案子我不做!"态度相当坚决。

罗禹静看都没看唐果一眼,说:"那行,你现在去咱们人事部,把离职手续办一下,回家安心做曹总的全职太太吧。"

唉……唐果垂头丧气地把文件拿走了,说:"师父,我觉得我还是可以试着做一下的……"

当事人的老婆叫李薇,她们约在李薇工作楼旁边的咖啡厅,时间定在下午两点。依着习惯,唐果提前半个小时到达咖啡厅。她看着咖啡厅窗外的人来人往,等了李薇整整半个小时。

李薇是个雷厉风行的女人,留着一头齐耳的利落短发。她说:"唐助理您久等了吧,我这个人,比较按时。"

唐果忙说没有没有,自己也没来多久。低头看一眼手表,指针将将划过两点。

因为李薇只给了唐果半个小时,所以唐果也没时间客套,两个人一问一答都很直接。

唐果说:"接下来的对话,我可以录音吗?"

李薇做了一个请的手势,表示随意。

唐果拿出一张图片,递到李薇跟前,说:"这是您儿子膝盖和小腿受伤的图片,按照您丈夫罗洋的说法,孩子是和您在一起的时候受伤的,是这样吗?"

李薇拿起照片看了一眼，嘴角不由得带起一丝嘲讽。她并没有回避，也没有否认，而是大大方方地说："是，当时我带着儿子去游乐场，他想做大摆锤。下来的时候大概是晕了吧，没站稳，摔倒了。"

"您当时没在他身边？"

"我恐高，坐不了。"

"按照当天的票据，您儿子一共做了六个项目，其中有四项和高空有关，您都没有陪他？"

"这都是去年的事儿了吧，你们能把这件事儿翻出来，还挺费心思的。"李薇放下手里的咖啡，靠回到椅背上，说，"事情过去那么久了，你得容我想想。当时……我印象中只陪他开了卡丁车。我儿子比较独立，他说他自己可以。"

"一名六岁的孩子，在您看护期间受伤，您没有考虑是否存在自己的看护失责，而是把指责推到一个孩子身上，说他可以独立？"

"做律师的，口才确实不错。"李薇说，"那你可以回去查查，罗洋一年能陪儿子几天，我又陪了他多久。"

"我当然可以查，但这是另外一件事儿。"

…………

半个小时很快过去，唐果结束了和李薇的谈话。走出咖啡厅的一刻，唐果如释重负。唐果真希望师父接下一个案子的时候慎重点，要是一直帮垃圾打官司，她会怀疑自己的职业理想。

三天后，罗洋和李薇的离婚案正式开庭审理，时间在下午三点。

上午罗禹静有一份文件要交给罗洋，唐果再次承担了跑腿的任务。见渣男不可怕，见渣男的过程很可怕。上午的北京路段，堵得跟饺子馅似的。罗洋开始让唐果去他单位找他，好不容易到他单位，罗洋又说："不行，我现在回家了，我发给你我家的地址吧。"发发发，发你妹妹的发。

罗洋家在西四环，而罗洋的单位在东三环。唐果看着茫茫车海，觉得自己还有一个世纪的路途。

赶到罗洋家门口，已经是中午十二点半。唐果还没见到罗洋，倒是接到了罗禹静的催促电话。

罗禹静说："唐果，你都跑了一个上午，案子都快开庭了，怎么还不回来！"

唐果有苦说不出，她走到大门口，发现大门是虚掩着的，并没有关。她敲了敲门，没有回应，又敲了敲，还是没有声音。唐果推门走进去，发现屋子里的味道不太对，腥腥的，这是搞什么海鲜了？再往里走，过了客厅，唐果看到饭厅的白瓷砖上红红的一摊液体，是血……顺着血迹，唐果看到罗洋扭曲着身体靠在橱柜上，脑袋耷拉着，已经断了气。

唐果蹲下身，一只手抱住自己的膝盖，另一只手依旧拿着电话。她对电话那头的罗禹静说："师父，罗洋不能按时出庭了……"

半个小时后，警察封锁了现场。唐果作为第一发现人，被带到警局配合调查。

一个小时后，罗禹静和曹星光一同赶到警局，但消息尚在封锁阶段，他们得不到任何信息。罗禹静和曹星光只能在警局等着。

罗禹静内疚得要死，她说："我不应该让唐果跑出去的，我应该只安排她一些文件工作！我怎么这么糊涂！"

曹星光点了一支烟，但只抽了一口就掐掉。烦躁的时候，只能是越抽越烦。

曹星光说："这件事儿谁都不怪，该来的躲不掉。而且唐果和死者没有任何关系，她也就是被问问话，一会儿就没事了。"曹星光在安慰罗禹静，其实也是在安慰自己。

五个小时后，林风出来了。罗禹静像看见救命稻草一样抓住林风的袖子，急切地问："唐果怎么样了？是不是问完话了？那唐果呢？她怎么没出来？我们是来接她的啊！"

林风按住罗禹静的肩膀，让她先冷静一下。他说："唐果这件事儿没有那么简单……"

"什么叫没有那么简单？唐果之前都没有见过罗洋，罗洋的死跟她能有什么关系？"

林风也是很头疼啊，他说："你先坐下，我跟你讲。"

曹星光压着自己起伏不定的心脏，越过罗禹静，对林风说："林警官，那我们现在可以先看看唐果吗？"

林风摇头，"现在还不行。"林风找了一间空屋子，让罗禹静和曹星光先进去坐。林风知道两个人很焦急，也就不客套了，直接说："按照现在的证据显示，杀害罗洋的凶手，就是唐果。"

曹星光和罗禹静同时瞪大了双眼，怎么可能？

林风继续解释道："罗洋的致命伤在头部，是被棍棒敲击所致。这根铁棒我们已经找到，就在橱柜的最下层。经检测得出，铁棒上的血迹是罗洋的，而指纹是唐果的。"

"可是，唐果在发现罗洋尸体前，正在跟我通电话。"罗禹静说，"罗洋的死亡时间是什么时候？罗洋家或者他家附近的街道上肯定有监控，你们调出来，对比下时间就知道了！"

林风还是摇头，说："罗洋的死亡时间在中午十二点左右，而在这个时间段，所有的监控录像都消失了。"

随着林风的叙述，曹星光的心不断地往下沉。他问："难道就没有别的证据证明唐果的清白吗？她是被别人陷害的啊！"

"别的证据倒是有一份，但是……"林风欲言又止。

"但是什么？"罗禹静都要急死了。

"但是对唐果来说，这份证据能把唐果的罪拍死了。"

林风打开桌子上的电脑，输入密码，调出那份视频。视频是三天前唐果和李薇见面的画面，画质非常清晰，声音紧接着而来。

"罗洋打离婚案子能给你们多少钱？不如我给你多倍的价钱，你跟我干。"

唐果瞪大了眼睛，没想到李薇竟提出这样的要求。

"那你可以给我多少钱？"

"只要你帮我办成，价格随你开。"

"帮你打离婚案子，夺到财产和孩子的抚养权？如果是这样，那我觉得你没有必要花这么多钱请我。北京有这么多优秀的打离婚官司的律师，你请一个，不见得会输给罗律师。"

李薇却摇头，说："如果是办这种事儿，我就不找你了。我不用官司赢，我不要家产，有没有孩子的抚养权我也无所谓。我要的，是罗洋的命。"

唐果犹豫了很久，但最终扬起了一抹诡异的笑，对李薇说："好。"

"这不可能!"罗禹静说,"当时我是让唐果去取证的,她怎么会和李薇聊这些?"

曹星光盯着画面里的唐果,双手握成拳。他说:"那根本就不是唐果,那是唐莨。"

第九章　生死幻境

唐果已经不记得自己在看守所待了多少天，这里没有窗户，没有阳光，只有一盏灯。她被没收了手机，也没有手表。白天和晚上看所守提供的是馒头配咸菜，中午是一碗没什么滋味坨成一块的面条。白天唐果要跟着其他人做工，糊纸盒、做鞋子，晚上偶尔还要值夜班。别人会问唐果年纪轻轻的，是犯了什么罪进来的。唐果只是摇头，她到现在都不知道自己为什么会来这儿。

罗禹静的出现，让唐果觉得自己在看守所里已经过了一个世纪那样漫长。但罗禹静说，距离案发不过才过去三天。

唐果抓住罗禹静的手，眼泪一下子就落了下来。她说："师父，我为什么会在这里啊？我什么时候才可以出去？警察说我杀了人，可是我那天进去的时候，罗洋已经死了！我连碰都没碰他！我怎么可能会杀他？"

罗禹静回握住唐果的手，原本白嫩的小手此时已经长了不少薄茧。罗禹静心疼不已，她说："你这次确实遇到了麻烦，但我和曹总一定会救你出去的，你要相信我们。"

"曹星光……师父，曹星光在哪里？他怎么不来看我？"唐果从来没有像这一刻这样想念曹星光。她想念曹星光宽厚的手掌,想念曹星光温暖的拥抱。

"你现在还不允许被探视,我也是凭着律师的身份进来的。唐果,你再等等,过几天你就能见到曹总了。"说着,罗禹静从包里拿出几袋进口小零食,说,"这是曹总让我带给你的,应该是青豆吧,有蟹黄味、肉松味,还有海苔味。他说你最喜欢吃这些零食了。"

唐果接过零食,拆开其中一袋,然后把整袋的青豆往嘴巴里面倒。袋子里的小颗粒有些落在了眼睛上,唐果的眼泪再次涌了出来,眼前一片模糊。唐果说:"师父,你一定要救救我啊,我的人生不能就这样完了……"

一周后,唐果被第一次提审。只是提审的过程有些奇怪,她需要被转移到京郊的另一所看守所。因为之前蒋小晨的事,唐果对转移很有阴影。她向警察提出疑问,并且在上车的时候不太配合。

警察是一位中年大叔,长得高大又壮实。警察使劲儿推了唐果一下,把她推到车上,吼道:"老实点!"

唐果戴着手铐和脚镣,被警察这么一推,直接栽倒在车旁边,额头磕到车架上,瞬间被磕得红肿又发昏。唐果被吓到了,之后警察再有什么要求,唐果都是浑浑噩噩地照做。

因为是上午十点多,避开了上班高峰期,所以路上的车辆不多,一路上差不多都是通行无阻。汽车上了高架桥,大约又行驶了几分钟,汽车突然停了下来。唐果蹲在汽车的后厢里,整颗心都提到了嗓子眼儿。接着,一声巨大的声响,汽车被撞出去十几米远。唐果的头撞到车的挡板上,又因为手铐是固定在车上的,撞击后整个身体又弹回到挡板上。

后厢的门被人打开了,唐果扭曲地趴着。她艰难地抬起头,迎着阳光,看见了一个高高瘦瘦的男人。他穿着一件白T恤,头发有些长,刘海盖住了眼睛。男人长得白极了,像纸一样。他的嘴角在动,睫毛也在动,忽闪忽闪的,像两只小蝴蝶。

男人居高临下地站在唐果跟前,他说:"Hello,唐果,欢迎来到新的世界。"

唐果的眼皮很重,在听到这句话的同时晕了过去。

眼前是黑色的,手和脚都伸不开。唐果就这样蜷缩在一个铁笼子里,铁笼子外面还罩着一个黑袋子。她好像是被托运的"货物",旁边还有不同的"货物"。她听见了狗叫声,还有浓重的腥臭味。这些货物在大船的最底层漂着,从一个港口驶向另一个港口。

唐果的双腿已经失去了知觉,膝盖已经磨破皮出了血。唐果很饿,但因为长时间坐船,胃很不舒服,肠子好像都绞在一块儿打了结。她在小笼子里睡觉、清醒、呕吐,然后闻着各种难闻的气味,没有白天,也没有黑夜。

在唐果意识还算清醒的时候,她知道有人往笼子里投放了几个馒头、几瓶水。但舱室很黑,唐果怎么努力都看不清那人的脸。只有一次,唐果抓住了那人的手,这只手指骨分明,手指又细又长,皮肤细腻,很滑。

唐果问:"你就是白东吗?"

唐果的声音非常沙哑,但轻轻的、柔柔的,听得白东有几分喜悦。他非常大方地承认,说:"是的,我就是白东,唐果,你好啊。"

"白东,我们现在到哪里了?"

"到哪里了?我想想,我们确实走了好远好远。我们是从南海出发的,过了马六甲,横渡北印度洋,又过了曼德海峡,我们现在应该到红海了,再过几天就到苏伊士运河了。"

"苏伊士运河?我们是要去法国吗?"

"聪明的姑娘,你说对了我们的目的地。"

"我们去法国,那颜夏呢?你把她自己留在中国你放心吗?"

颜夏,提起颜夏,白东显然不开心了。他盖上笼子,又封好袋子,说:"颜夏现在生了很重的病,她活不了多久,我不喜欢不鲜活的生命,但你不一样。"

客轮又开了很久很久,等到客轮登岸,白东把笼子上的黑袋子拿走的时候,唐果的眼睛已经见不得阳光了。她用手捂着眼睛,可眼睛还是很疼,眼泪不停地往下流,止不住。

白东看起来高瘦,但力气不小。他把铁笼子直接搬起,又放到一辆小货车的后厢。他拍拍笼子,对唐果说:"抱歉啊小姑娘,你还得在笼子里待一会儿。"

接下来是六个小时的车程,唐果就这样被带到了死亡之地。

这是法国郊外的一处荒村,因为前几年的一场泥石流,这里已无人居住。荒村的深处有一座山,山中间是空的。白东用几年的时间在里面建成了牢房、审讯室,还有自己的房间。白东说,这里是他的天堂。

一间挨着一间,有空的,但大多都住了人。她们都是年纪不大的女孩,衣着破烂,头发披散,两眼无神。她们听见响声,看都不看一眼,呆呆地坐着、躺着或者站着。

唐果被白东拉进其中一间牢房，进了房间，白东终于把笼子开了锁，让唐果出来。可唐果腿已经没有知觉，走不了，最后还是白东把她抱起来放到床上。

白东颠了颠唐果的小身板，不太满意，"唐果，你太瘦了，这几天你得多吃点，这么瘦可没得玩儿。"

这之后，唐果每天都会收到白东送进来的新鲜食物，有猪肉，有牛肉，还有鸡肉和鱼肉，都是新鲜的，生的。

唐果把这些生肉推得远远的，不想吃，连碰都不愿意碰。隔了几天，生肉已经有了腐臭味。而过了几天，唐果已经饿得快晕过去了。没办法，总不能被饿死，她总有一个信念，她会再次见到曹星光，他不能不管她。

唐果从床上爬起来，又一路爬到腐肉前。她拿起一块肉，塞到嘴巴里，强迫自己吞进去。吃了吐，吐了再吃，唐果像一只被丢弃到岸边的干瘪的鱼。

远处的白东看着唐果吃下肉，满意地笑了。

第二天，唐果被转移到审讯室，在这里，她再次见到了白东。

此时的白东坐在一把藤椅上，手里拿着一把匕首。匕首很小，包在白东的手掌里。但它无比锋利，白东正在用匕首修指甲。

唐果趴在地上，仰起头，看着白东。她说："白东，你现在就这样折磨死我，曹星光根本不知道，你得不到快感，这是徒劳。"

白东从藤椅上站起来，走到唐果跟前。他蹲下身，用匕首挑起唐果的下巴，说："你很聪明，我不会让你就这么死的。我今天叫你来的，也没别的意思，就是让你见见老朋友，你们叙叙旧。"

白东说着，铁门应声被人推开。走进来的是和白东一样高高瘦瘦的男人。他穿着和白东一样的白T恤和休闲裤，和白东一样白皙的皮肤和修长的手指。

唐果在看到男人正面的瞬间落了泪，是白文宇……

是那个在校园林荫小路上牵她手的白文宇。

是那个她把整个青春都交付给他的白文宇。

是那个最终彼此放手，但从未后悔在一起过的白文宇。

此时，白文宇就站在唐果面前。他仰着头，很不屑地瞥了唐果一眼。他的目光很浑浊，看向唐果的时候没有任何情感，就像看一只小猫、小狗一样。他嘴里嚼着口香糖，整个人看起来懒散又颓废。

随着白文宇一步一步地逼近，唐果一点一点地向后挪。她拼命地摇头，说："你不要过来，不要过来，你不是，你不是白文宇……"

对于唐果的反应，白东倒是很满意。他拍拍唐果的头，说："好眼力啊。来，我给你介绍一下，他叫白宇，是我的亲弟弟。"

这太不可思议了，她的白文宇，死于机场的谋杀，现在却以白宇的身份重新出现在她的面前。唐果觉得自己就像置身于一场幻境，不知自己的生死。

白东继续解释道："我和我弟弟都继承了家族优秀的基因，身体里面住着两个灵魂。我的一个灵魂，死于十几年前颜夏的背叛。而我弟弟的另一个灵魂，在不久前，被我的朋友，唐葭杀死了。"

"哦，对了，你是不是很疑惑，为什么你和唐葭长得那么像吗？唐葭还可以模仿你杀死罗洋。因为唐葭是你的亲姐姐啊。"

白东的每一句话，都让唐果如坠地狱。她觉得她应该坚持不到见到曹星光的那一天了。她现在每多活一秒钟，都是煎熬。

白东把匕首交给白宇，说："下面就交给你喽，玩得开心点。"

白宇一副毫无兴致的样子，但还是接过了匕首。

白东走了出去，大铁门把整间屋子锁得严严实实。

白宇蹲下来，用匕首挑落唐果身上破烂的衣服。然后白宇把唐果抱起来，小心翼翼地将她放在旁边的铁床上。铁床上有手铐和脚镣，白宇给唐果扣好。

唐果仰着头，看着黑洞洞的棚顶，眼前浮现出曹星光的模样。

白宇把手中的匕首耍出一个帅气的刀花，然后像庖丁解牛一样刻画出唐果身体上的骨骼。唐果感觉不到痛，但能感觉到身体里的血液在一点一点减少。

唐果闭上眼睛，想象着白文宇的样子。她说："白宇，你叫白宇是吧。你这个名字真难听，一丁点都比不上白文宇。"

白宇刻画得很认真，对于唐果的言语充耳不闻。

唐果继续说："白宇，你想听听白文宇的故事吗，他是一个非常非常温暖的少年。"

唐果陷入了青春的回忆，她说："当时我和白文宇领证，我身边的亲戚朋友都觉得我疯了，问我为什么这么早就把自己一辈子的事定下来？可是，结婚本身不就是一件很疯狂的事吗？"

想到后来的分开，唐果又有些感伤，她说："不过后来白文宇一而再、再而三地没有把我编排在他的未来里，我还是挺难过的。"

唐果好像又看见了曹星光的光影，她说："不过那些都过去了。曹星光对我说过，他说，人生的精彩，往往在于不同的际遇。我不后悔爱过青涩的白文宇，而对于现在曹星光的爱，我好像终于可以敞开心扉坦然接受了。"

白宇用匕首勾勒出最后一道线条，他点点头，很满意手上的作品。但这个作品实在是太吵了，他又不太开心。他看见铁床旁边有一根铁棍，他捡起来，抬手敲了一下作品的头，世界终于安静了。

白宇把藤椅搬到床边，他坐下来，守着他刚刚完成的作品，面容祥和。

这边，曹星光已经急疯了。

曹星光第一次这样控制不了自己的情绪，对林风大吼大叫。他说："接连发生这样的事情，怎么你们都处理不了？啊？是不是等人死了，你们才能赶到，说对不起，但是我们尽力了？"

接连发生这样的事情，社会影响极大，还造成了市民的恐慌。上头对林风施压，林风在高压中展开工作已经是焦头烂额，眼睛里的红血丝绝对不比曹星光的少。

林风说："两次，两名司机，四名押送人员都在车祸中牺牲，死了！他们有的刚结婚，有的孩子还很小！我难道不比你急？谁的命不是命啊？不是说公务人员就比老百姓的命贱！"

林风的话终于让曹星光恢复了一些清醒，他坐下来，说：

"对不起,我不是那个意思。"

林风走过来拍了拍曹星光的肩膀,对他说:"你的心情我能理解。我们已经和国际刑警取得了联系,必要的时候我们也会去法国实施逮捕。不会很久的,你放心。"

曹星光点点头,"那就拜托你们了。"

唐果之前说得对,他对白东就是有着很严重的心理阴影。当初他掳走了颜夏,三个月后,颜夏才被找到。曹星光到现在都记着那三个月里的煎熬以及每一分每一秒的痛苦。十几年后,悲剧再次上演,可曹星光再也不想毫无作为地等待了。白东就是一个魔鬼,可是魔鬼有什么好怕的?这个世界不可能永远是黑夜,总有一个时刻,天会亮的。

在找寻唐果和白东前,曹星光决定先找到颜夏。颜夏和白东纠葛那么深,之后又一直留在巴黎。也许在这个世界上,只有颜夏知晓白东的下落。

曹星光发动朋友,拿颜夏的名字在北京各大医院、疗养院中找人。可是没有,找不到。倒是有几个同名的,但是年龄都对不上。曹星光就扩大范围搜寻,扩大到天津、石家庄、张家口,甚至承德、唐山,可还是没有。一夜之间,曹星光差不多白了一半的头发。

这时,小珊跑了过来。她拉住曹星光的袖子,声音小小地说:"爸爸,我想唐果姐姐了,她什么时候能回来呀?"

曹星光摸摸小珊的头,说:"爸爸也不知道。但是爸爸相信,你的唐果姐姐一定会回来的,她舍不得离开小珊和爸爸。"

小珊歪了下头,突然转了话题,问:"爸爸,你现在在找一个叫颜夏的阿姨对吗?"

曹星光很惊讶,"颜夏"这个名字居然会从小珊的口中说出。他抓住小珊的肩膀,说:"你怎么会知道颜夏阿姨?你是不是又去找唐莨了?"

曹星光的神情很严肃,小珊有点被吓到了。她扭着身体,想躲开曹星光的手,她说:"爸爸,你把我弄疼了……"

曹星光立马松开手,但言语依旧严厉,他说:"唐莨跟你说什么了?"

小珊低着头,有些不开心了,爸爸以前从来不会这样对她的。

小珊说:"不是我主动找她的,是她找我的。她说,爸爸现在应该在找一个叫颜夏的阿姨,可是你这样找是找不到的,颜夏怎么可能还叫颜夏?"

是啊……这么多年都过去了,颜夏怎么可能还叫颜夏?

颜夏既然已经不叫颜夏,他用颜夏的名字找人,当然找不到。可是颜夏不叫颜夏了,她又叫什么呢?这样岂不是大海捞针?

不对,按照白东的行为方式,他不会用颜夏的名字,也不会用颜夏新的名字。

那……

用白东自己的名字!

曹星光立马拜托朋友用白东的名字查一遍,不出三个小时,朋友就打电话过来,"星光,找到了,在北郊的疗养院,你过来吧。"

在去往北郊的路上,曹星光思绪万千。大概有十一二年没见到颜夏了吧,她会变样子吗?应该是不会的吧,岁月总是会偏爱美人的。曹星光把遮阳板放下来，在镜子中，他看到了不再年轻的自己。黑发蒙了灰，眼睛有了细纹。十年的时间，足以改变一个神采飞扬的青年。曹星光把遮阳板向上推，目视着前方笔直的车道，思绪慢慢回落。

颜夏，多年不见，你还好吗？

第十章　爱有新生

这是一所京郊的高级疗养院，这里人烟稀少，环境清幽，远离凡尘。

曹星光的朋友早就等在这里，在见到曹星光后，立马带曹星光去找颜夏。

此时的颜夏，在疗养院外的草坪上，坐在轮椅晒太阳。旁边有一名护士，时不时给颜夏擦擦汗或者喂她一些水喝。

曹星光背对着颜夏，一步一步走过去。每走一步，曹星光都觉得眼泪在眼眶里打转。终于，曹星光走到了跟前。他和护士打了招呼，说明自己来照顾颜夏。护士同意了，走前留给曹星光一个水瓶。曹星光接过水瓶，倒了一点水在水杯里，并把水杯递到颜夏嘴边。

颜夏的目光很迟缓，一点一点落到曹星光脸上。颜夏的手臂和双腿已经严重变形、萎缩。她说话已经不太利落了，张了好几次的嘴角，声音才发出来。她说："星光……你来啦……"

只这一声，曹星光就再也忍不住，抱着颜夏瘦弱的双腿，哭了出来。

曹星光哽咽地说："颜夏，对不起！对不起！我来得太晚了!"

颜夏的手一点一点地移到曹星光的头上,然后一下一下顺着摸。她说:"不怪你……星光……真的……不怪你……是我……不想回来……"

曹星光摇头,不是的,不是这样。如果当年他能再勇敢一点,再勇敢一点,也许时至今日,所有的事情都会不一样。况且,天道有轮回,十几年后的今天,曹星光还是没有逃过白东的劫。

生病后的颜夏变得很嗜睡,曹星光把颜夏推回病房,照顾她午睡。曹星光找护士要来热毛巾,他用毛巾给熟睡中的颜夏擦脸、擦手。因为生病,颜夏的皮肤不再白皙嫩滑,而是有些黄,又有些干。但曹星光仍然觉得这样的颜夏也是美的,他永远忘不了当年意气风发的帅气学姐。

午睡后,颜夏的精神好了一些,曹星光才断断续续讲了一些这些年发生在他身上的事。讲到唐果的时候,曹星光又忧心又无奈。他说:"颜夏,你知道白东现在在哪里吗?"

颜夏闭上眼睛,回忆了好久好久。等她睁开眼睛的时候,她说:"菲菲刚刚去世的时候,我精神很崩溃,思维也一度很混乱。我记得那个时候,白东把我带到了巴黎下面的一个农村。村子很荒,但景色还不错。我在村子里待了半年多,精神也恢复了大半。再之后,我无聊的时候就会种一些蔬菜和水果。偶然还会爬爬山,看看远处的风景。那个时候白东已经比较放心我,不再监视我了,我行动起来也就自由得多。渐渐地,我发现白东晚上经常消失,接着就是白天出现的次数也越来越少。有一次我抑制不住自己的好奇心,就跟着白东走了一段路。然后我看见了一个山洞,白东走了进去。山洞里很黑,阴森森的，我不敢进去。我贴着洞口听里面的声音，好像有女人的叫喊……"

颜夏说："我觉得，白东现在应该是在那里。"

曹星光像抓住救命稻草一样抓住颜夏的手，说："那你知道那个村子在哪里吗？"

颜夏点点头，"我知道。"

唐果被白宇送回到牢房后，休养了差不多一个月的时间。这一个月里，白东倒是安安静静，没有继续对唐果做什么。白宇每隔一到两天会过来给唐果换一次药，走之前还会给唐果留一些牛奶和面包。唐果看着白宇，有时候会精神恍惚，她会觉得命运是不是还在垂怜她，把她的白文宇送回来了。

可是没有。换完药，白宇收好药箱，坐在唐果的床边把玩匕首。他低着头，目光完全锁定在匕首上，他说："你的伤应该快好了，等好了，我们就能玩新的了。"

白宇的话让唐果彻底清醒，这个世界上，哪里还有她的白文宇？

唐果把目光转向另一边，看向旁边牢房里躺着的一个女孩。女孩是昨天被白东抬回来的，回来后，女孩一动都没有动，像死去了一般。

唐果问："那个女孩伤得很重吗？还是，她已经死了？"

白宇顺着唐果的目光，看向那个女孩。他微微一笑，说："她伤得一点也不重，现在也没什么痛苦。只不过，她身体里的内脏和肠子都被挖空了。哦，你不要难过，我哥的手法很好的。她的心脏，还在娃娃体内跳动呢。"

"娃娃？什么娃娃？"

"你不知道吗？我哥喜欢买娃娃回来，然后给娃娃换上鲜活的器官，很好玩的。"说到这儿，白宇倒是有一点感伤，他说，"可是我不行，我没有我哥的好手法，我现在只能玩一些基础的。"

唐果原本是想喝一些牛奶补充体力的，可听到白宇的话，她再也没有胃口了。

白宇越说越兴奋，还站了起来。他说："唐果，你不要急，我现在正向我哥学习呢。等我学好了，我们也可以玩那个了！"

唐果闭上眼睛，她很累了，她想睡觉。

这边白东自己的房间，装修得堪称豪华，卧室、客厅、餐厅、浴室，一应俱全。此时，白东正在浴缸里泡澡，旁边放着一瓶红酒，音响里传出贝多芬的钢琴曲。手机铃声响了起来，很吵，白东不得不起身看一眼手机。是唐葭的来电，白东一笑，愉悦地接起电话。

唐葭说："东哥，我已经告诉小珊了。我相信曹星光已经在赶往巴黎的路上，最快你们明天就能见面。"

白东打了一个响指，对唐葭说："小珊真是我们的好女儿啊！"

挂断电话，白东抑制不住喜悦的心情，倒了一杯红酒，几口就喝光了。连喝了几口，白东将将尽兴，就叫来了弟弟白宇，吩咐道："现在你就去准备一个铁笼子，能挂的那种，今天晚上放到山那边的悬崖上，我明天要用。"

"哦，没问题。不过哥，你要给谁用啊？"

"唐果啊。"

白宇瞬间暴躁了起来，他一脚踢翻了白东的红酒瓶，说:"哥,你不是说了吗,唐果是留给我的!你怎么说话不算数?"

白东从浴缸里跨出来,围上一条白浴巾。他拍拍弟弟的肩膀,说:"你先别急,明天我又没说是自己玩儿,我带着你啊。"

"哦,那还好。"可是白宇又有些不明白,"可是哥,这个唐果有什么不一样的吗?"

"这个唐果倒是没什么特殊,只是她的男朋友,是我的旧敌。"

曹星光。

我们好久不见。

别来无恙啊。

白宇连夜准备好了铁笼子,然后连夜接唐果出山洞,把她装进铁笼子里,并用铁链把铁笼子悬在悬崖边。夜风很冷,唐果蜷缩在铁笼子里瑟瑟发抖。但夜空很美,星辰散布,没有云雾。

唐果说:"曹星光是要来找我了吗?"

白宇一直在旁边陪着唐果,并没有离开。他说:"你真是一个聪明的姑娘,他应该明天中午会来吧。"

这么多日子,唐果一直期待能再见到曹星光。可当她得知曹星光马上就会出现在自己面前的时候,她又是抗拒的。

唐果说:"别来……别来……"

曹星光,你不要来,这里很危险。他们是人格分裂者,精神病者,他们太可怕了,我们应付不了。

曹星光,我好像看到了生命的尽头。那里有光,比活着温暖。

和白东预计的不太一样,曹星光在天还灰蒙蒙的时候,就赶到了山上。但曹星光没有登到山顶,因为从铁笼子开始,每隔半米放着一把匕首。一共二十米,四十把匕首。白东站在匕首的最前端,嚯着笑,等待着曹星光的到来。

曹星光一路赶来,风尘仆仆。他的头发乱了,衣服和裤子都皱了。但当他看见白东的一刻,莫名地觉得心静了。

变态如何?杀人狂魔又如何?他现在不过是一个来救自己女人的男人,爱可以让一个男人崇高而伟大。

曹星光说:"白东,其实我们之间的恩怨早就应该了结了。"

"是啊,曹星光,我们之间的恩怨在十年前就应该了结了。不过那个时候我看在你把颜夏留给我的分儿上,就饶了你。可是现在颜夏生病了,生命不鲜活了,我不是很喜欢了。"说着,白东侧过身,手臂向后指,指向笼子中的唐果,"可是唐果不一样啊,她那么年轻,那么健康。她还是唐葭的亲妹妹,和唐葭长得那么像。虽然我不爱她,但我挺想把她留在身边的。"

白东是想激怒曹星光,可曹星光并不上当。白东是个神经病,他曹星光可是个正常人。曹星光说:"说吧,怎样才能放过唐果?是要我死吗?死太简单了。"

白东都要为曹星光鼓掌了,他想,如果曹星光和他是一类人的话,他们绝对会成为挚友的。

白东说:"你说得对,死太简单了,我不会让你就这么死的。"白东指着地上的匕首,继续说:"这地上一共有四十把匕首，匕首和匕首之间为半米。我每向你身体里插一把匕首，你就可以前进半米。等四十把匕首都插进你身体里，你就走到唐果跟前，可以救她出来。而且你放心，我的手法非常好，就算四十把匕首都插进你身体里，我也能向你保证，你只是轻伤。"

听完白东的话，曹星光一点都没犹豫，直接脱了外衣，露出黑色的贴身半袖。他说："那快来吧，你手法麻利点。"

白东非常欣赏曹星光的态度，有骨气，是个男人！他蹲下身，捡起第一把匕首。他说："曹星光，你现在还有反悔的机会。不就是个女人嘛，十几年前你爱上的颜夏，现在不是照样爱上了唐果嘛。只是时间的问题，没必要豁出自己的一条命。"

曹星光瞥了白东一眼，有些嘲讽，说："你不懂爱，不代表所有人都不懂爱。你的爱和恨都那么狭窄，我可真同情你啊。"

第一把匕首，稳准狠地插进曹星光的肩膀。匕首的落点很刁钻，在骨头缝里，不伤及筋骨，但又麻又疼，血很快流出。

第二把匕首很快插进，在另一边的肩膀上。曹星光紧绷着唇，站得笔直。

白东循循善诱，说："唐果已经被我和我弟弟折腾两个月了，命已去了一半。你现在救回去，还有什么用呢？"

已经前进了一米，曹星光看向笼子里的唐果，看她的轮廓已经很清晰了。她歪倒着蜷在笼子里，眼睛闭得死死的，确实是没有什么生气的样子。可是那没关系，怎么样他们都要在一起。

曹星光说："唐果活着，我把她接回去，我们白头到老。

唐果死了,我也要把她接回去,我们是要同穴共眠的。"

第三把、第四把、第五把、第六把……

白东说:"曹星光,其实我挺欣赏你这个人的,是条汉子。要不,你考虑考虑,跟我一块儿干?山洞里还有很多女孩,我们可以玩很久呢。你现在身上受的这些伤,就不想加倍还给别人吗?"

曹星光看着白东,说:"白东,有时候我真不能理解你。你不过就是个怪物,你哪来的这些优越感?"

第十把匕首!

到第二十把匕首的时候,月亮落下了树梢,太阳已经从地平线抬了一个头。天空中的灰度已经降下,但还不算彻底天亮。

曹星光的腰已经彻底弯曲了,像年迈的老人一样,一步一步拖着身体向前走。

唐果睁开眼睛的一瞬间,就看到了曹星光。可她觉得是自己出现了幻觉,曹星光怎么可能出现在这里呢?她是不是就快死了,所以看见了自己最希望看见的人。

唐果揉揉眼睛,再揉,这下曹星光的身影越发真实而清楚了。她好像听到了曹星光的声音,他说:"唐果,别怕,别怕,我马上就能来救你了。"

真的是曹星光!

唐果的腿不管用了,站不起来,她就用手攀着笼子,一点一点竖起身体。

唐果说:"曹星光……你来了,你真的来了!"

可是,当唐果看到曹星光身上插满匕首,身后一路血迹的时候,一瞬间,崩溃到大哭。她说:"曹星光,你不要再过来了！不要啊！你能来见我，我就已经很满足了，你不要来救我了，不要了……我好像活不下去了，你不要再搭一条命进来了……"

曹星光的气息很不稳，说话声音已经很小了。他说："唐果……我们，连死都不怕，那为什么不能再坚持一下，在一起呢？"

唐果看着曹星光一步一步艰难地往前挪，眼底里都快沁出血来。她点头再点头，说："曹星光，我们一定都能活着出去，一定能！"

第四十把……

疼痛彻底麻痹了曹星光的神经，但他清楚地知道，自己是开心的。十一年前，因为他的无能和懦弱，害了颜夏一辈子。十一年后，他终于可以为爱勇敢，无所惧怕。

曹星光的膝盖应声落地，英雄末路。

白东给了白宇一个眼神，白宇会意，打开了笼子。唐果匍匐着爬出来，爬到曹星光身边。曹星光此时躺在地上，浑身是血，奄奄一息。他像一只刺猬一样，唐果根本不知道怎么去抱他。

曹星光的目光慢慢移到白东身上，他说："白东，这回可以放过我和唐果了吗？"

白东在曹星光和唐果身前踱步，他饶有兴趣地看着两个人，心底的快感都快从身体里喷发出来了。

白东说："我当然说话算数，我插了你四十刀，我也的确把唐果从笼子里放出来了。但是……"白东话锋一转，"我们两个人的恩怨还没了结啊。"

"那你想怎么了结？再给我一刀吗？直接要了我的命？"

白东摇头,当然不是,那太没意思了。白东从裤兜里拿出一个小巧的遥控器,然后按了上头的一个按钮,瞬间,铁笼子上的一个小盒子发出尖锐刺耳的报警声。紧接着,小盒子的正面显示出倒计时,60秒、59秒、58秒……

是炸弹!

白东说:"颜夏活不成了,这些年呢,我也算是玩够了。不如我们一起去天堂吧,也许那里有更好玩的东西呢?"

50秒、49秒、48秒……

唐果发了疯一样抓住曹星光的手臂,想拖着他走。可曹星光太重了,她怎么拖都拖不动。唐果说:"曹星光,你能站起来吗?我们走,我们离开这里就安全了!"

曹星光动了下腿,却发现他的腿已经完全没有知觉了。他让唐果靠近他,他好想蹭蹭她的脸。怎么办?曹星光愧疚得要死,他从来没有这样绝望过。

30秒、29秒、28秒……

曹星光说:"唐果,对不起,我最终还是没能救你……"

放弃了挣扎,唐果的心终于归于平静。她俯下身,亲亲曹星光苍白的脸颊和嘴唇。

太阳已经爬上了山头,山顶氤氲在太阳的红光里,像一座坐着的菩萨。

唐果说:"只要我们在一起,我不害怕是地狱还是天堂。"

10秒、9秒、8秒……

时间显示到5秒的时候,白宇看着唐果,一瞬间的工夫,目光发生了变化。他穿着白衬衫、牛仔裤,在晨风中站立,依旧是当初的那个俊逸少年。

4秒。

白宇的神色从未如此柔和温暖过,他看着唐果,就像看一件稀世珍宝。

3秒。

他说:"唐果,你要好好活下去啊!"

2秒。

白宇一把抓住白东的手臂,然后一个飞身,整个人撞向铁笼子!白东万万没料到,白宇会有如此举动,脚下一个没站稳,整个人也撞向了铁笼子!

铁笼子上方的绳索白宇是做过手脚的,他昨天晚上绑得并不牢靠。唐果一个人的重量绳索将将承受得起,但现在面对两个大男人的撞击,绳索瞬间滑落。铁笼子、白宇、白东,一起摔向悬崖峭壁。

1秒。

唐果抬起头,正好看见白宇的脸。他笑得很温柔,是不可思议的暖。

"砰!"硝烟弥漫,火光四溅。

在生命的最后一刻,白宇不再是白宇,他是唐果的白文宇。

唐果抱着曹星光的头,望着远处的硝烟,喃喃道:"白文宇……白文宇……"

太阳彻底从山顶升起,阳光照耀着大地,驱走彻骨的黑暗。

天,亮了。

尾 声

一年后，北京。

林风和罗禹静的婚礼如期在盛夏举行。因为两个人都是大忙人，婚礼包给婚庆公司后就真的谁都不管了。罗禹静是在婚礼开始前的一个小时才赶到的，三个小时前，她还在法庭上为辩护人打官司。而林风呢？更狠，一个小时前还在出警，半个小时前刚刚到达会场。

后场，服装师、化妆师忙得脚不沾地。跟妆的小姑娘才入行一年，她一边给罗禹静补妆，一边都快哭了。她说："罗律师，时间真的太紧了……要是妆化得不够美，您可千万别扣我的工钱啊……"

罗禹静被小姑娘搞得哭笑不得，她说："你就把心放肚子里去吧，我就是素颜，也能结了这个婚。不就是个结婚嘛，多大个事儿啊。"

小姑娘一屁股坐在地上，"罗律师，把心放肚子里，会死的，呜呜呜……"

唐果走进来的时候，看到的就是这样一幅滑稽的画面。她坐到罗禹静旁边，调侃道："师父呀，以前在事务所的时候你就知道欺负我，现在我不在事务所工作了，你是不是没人欺负了呀？"转头又对跟妆小姑娘说："我师父的婚礼，你在这儿哭，像什么样子？去忙别的吧，这儿我来。我师父就是跟你开玩笑呢。"

小姑娘委委屈屈地走后，唐果接过粉饼，继续给罗禹静补妆。唐果说："师父，你还别说，这妆一化上，还真是个美人。"

罗禹静不服气，还特意低头挤了挤乳沟，说："我素颜就不好看了？"

"好看好看，就是太严肃、太老练了，不像现在，就是一个二十几岁的小姑娘模样。"

罗禹静笑了，"你就知道调侃我，我都是奔四的人了。"

罗禹静的婚纱非常简单大方，衬托出她婀娜的身材。唐果围着罗禹静转了好几圈，啧啧称赞："漂亮，太漂亮了！我以后的婚纱也要这样的！"

罗禹静连忙扶住唐果，说："你快别转了，要是弄伤了，我怎么跟曹总交代？我还要不要好好工作了？"

唐果总算停了下来，说："我开心嘛。"

唐果帮罗禹静戴好头纱，这下可是真正的新娘子了。唐果说："师父，我记得去年你还义正词严地跟我说，太久得不到的感情，就没那么想拥有了。结果转头就和林警官结婚了，打脸不？"

罗禹静提着裙摆走向会场，她说："打脸啊，但这脸打得痛快，我很乐意。"

婚礼正式开始，唐果回嘉宾席找曹星光。曹星光已经给唐果留好了座位，餐桌前也放好一小盘剥好的虾。曹星光说："趁热，先吃一点。从昨天开始你就兴奋，晚上不肯睡，早上起来又不肯多吃东西,小珊都比你听话,比你乖。"

唐果也确实饿了,接过曹星光递来的筷子,低头吃了起来。

林风警官穿着笔挺的西装站在舞台上,等着他的新娘。罗禹静由父亲牵着手,一步一步走向她的新郎。会场响起《婚礼进行曲》,两边的花童提着篮子,向空中扬着花瓣。

唐果放下筷子,伸手去扯曹星光的衣角,可怜巴巴地说:"曹星光,怎么办,我也想结婚了呢。"

曹星光抽了一张纸巾,给唐果擦油乎乎的嘴巴。他说:"唐果女士,我有必要提醒你,半年前,我们已经领证了。"

"也是哦……但是,那不一样啊!我说的是婚礼,婚礼!没有婚礼的领证有什么意义?"

曹星光很头疼,说:"我让你跟我去晨跑,去健身房锻炼,你说累,不想。结果去医院体检,身体的有些指标没有合格。现在办不成婚礼,你来怪我,我是窦娥吗?"

"那……也怪你啊!怪你监督不力!"

"我监督了,你听过吗?"

"你没有让我听话,这就是你的错啊。"

曹星光放弃挣扎了,女人有的时候,比小孩子都不讲道理。

林风和罗禹静的婚礼办得非常简单,客人也只请了几桌,都是家人和最亲近的朋友。酒席散了,唐果本想拉走曹星光默默走掉,好不耽误师父"办正事儿"。然而罗禹静眼尖,第一时间就抓住了唐果。

罗禹静已经换上了红旗袍,美艳又优雅。罗禹静把新娘捧花递给唐果,说:"唐果,这新娘捧花我一直给你留着呢,你什么时候和曹总办婚礼啊？你看我这份子钱早就准备好了，你这一直拖着，我都送不出去了！"

唐果一张小脸皱成了一个苦瓜，她瞪了一眼曹星光，又看着师父，说："师父，你能不能不揭我伤疤……"

曹星光非常难得地递给罗禹静一个求饶过的眼神，罗禹静才算作罢。

罗禹静转过来安慰唐果，说："你和曹总一路走来这么不容易，再等等嘛，好事多磨。"

是啊，一路走来，太不容易了。

当初唐果和曹星光被警察发现，并送到医院的时候，两个人气都快没了。被紧急送到手术室，曹星光这边进行了五个小时的手术，唐果那边更是连续了十五个小时。其间，两人的病危通知书交替下发，医生却发现两人连接收病危通知书的家属都没有。

医院通过警察联系到中国大使馆，大使馆一边派人过来照顾，一边联系国内的警察。第三天下午，罗禹静和林风匆忙赶来，此时曹星光已经从ICU病房转移到普通病房，而唐果还在ICU病房里，浑身上下插满了管子。

罗禹静隔着玻璃，用手去摸唐果的脸。唐果的脸本来就小，现在遭遇大难，脸上的肉都没了，脸颊处凹进去，瘦得可怕。

罗禹静哭成个泪人，她泣不成声，对身边的林风说："唐果……这么好的一个女孩……怎么就……怎么就卷进这么可怕的事里了呢……"

林风扶住罗禹静，罗禹静才不至于站不稳坐到地上。林风说:"好在现在都没事儿了啊,医院说,唐果已经过了危险期,明天就可以从ICU病房出来了。"

第二天,唐果确实从ICU病房转到了普通病房,但情况依旧不容乐观。唐果浑身上下伤口无数,这需要漫长的时间去愈合。而且是女孩子,伤口太难看总归是不好的,有些地方需要植皮。最严重的是膝盖,唐果的半月板已经完全脱落。

隔天,曹星光清醒过来,他醒来的第一件事就是找唐果。好在他们被安排在一个病房,旁边的病床就是唐果。

曹星光不顾护士的反对,一定要下床去看唐果。后来护士实在没办法了,就把两张床并成一张,让曹星光直接躺在唐果身边。

曹星光伸手去抚摸唐果的脸颊。她的身体好冰啊,没什么生气的样子。曹星光给唐果裹了被子,又小心翼翼地把她抱在怀里。

失而复得的滋味,大抵如此吧。

唐果苏醒的那天,天气很好。曹星光把病房的窗户打开,从窗外飘进树叶的清新还有花的香气。

唐果缓缓睁开眼睛,嘴角扬着笑,说:"曹星光,我就知道,死神也分不开我们。"

曹星光走回床边,俯下身,去亲吻唐果的眼睛,说:"对,我们是注定在一起的。"

为了尽快举行像罗禹静一样简单而温馨的婚礼,唐果下了超大的决心。她不但坚持每天早睡早起,还乖乖地跟在曹星光身后晨跑。不过说是晨跑,其实也就是散步。因为医生说,唐果的膝盖可能永远都不能恢复如初了。

唐果有时候会惆怅,她会问曹星光:"如果有一天我的腿彻底不能用了,你会嫌弃我吗?你会帮我推轮椅吗?"

曹星光伸手弹了下唐果的小鼻子,说:"我比你大这么多,比你先老,应该是你帮我推轮椅才对。那我问你,你会嫌弃我吗?"

"当然嫌弃啊!"唐果可傲娇了,说,"我一定把你带到下坡,然后撒手让你自己滑!"

曹星光不禁啧啧,果然是最毒妇人心啊。

又过半年,曹星光带着唐果去医院做全身体检。唐果对这次的体检结果非常满意,因为她每项健康指数都达标了,可以举办婚礼了呢!

主任医师看了看体检报告,又看了看,最后慎重地对曹星光和唐果说:"再去做一个尿检吧。"

唐果有些不解地回头看曹星光,好端端的怎么要多做一个尿检。曹星光握住唐果的手,心里一沉,不会哪里出什么问题了吧?

好在医生马上就解释了,他说:"唐果,我看你的B超,你应该是怀孕了啊。"

怀、孕、了!

晴天霹雳,好好的婚礼,是不是又不能马上举行了……

而曹星光呢,作为一个老男人,他抱着唐果,几乎是喜极而泣啊!他要当爹了!他要有和唐果共同的宝宝了!他们的宝宝一定漂亮到不行,乖巧到不行!曹星光看着唐果的肚子,已经想好孩子以后去哪所小学,考哪所初中了。

唐果呢,有了小宝宝,她也是很开心的,可是……

"那婚礼怎么办呀?"

"等我们的小宝宝出生了，我们一家人一起举办婚礼，不是更完美吗？"

"是这样的吗？"

"就是这样。"

接下来的日子，唐果就安安心心地待在家里养胎。

小珊知道爸爸和唐果姐姐有了小宝宝后，就更加懂事。回到家后，小珊会给唐果姐姐热牛奶，会给她切水果，弄得唐果都不好意思了。

小珊快过十二岁生日的时候，唐果提前问小珊的生日愿望，想收到什么样的礼物。

小珊这几年身高长得很快，已经快出落成大姑娘了。她有些害羞，但在唐果的坚持下她说："我还是想要漂亮娃娃，大大的那种。"

小珊从小就喜欢娃娃，各式各样的漂亮娃娃，曹星光已经从世界各地搜罗了好多，小珊还专门有一个放娃娃的房间。小珊很爱惜这些娃娃，从来都不借给别人玩，连曹星光都不让碰。小珊性格孤僻，难得这么喜欢一个东西，曹星光也就随了她。

唐果让曹星光在俄罗斯定制一个人形娃娃，小珊收到后，开心得不得了。跟她差不多高的娃娃，小珊硬是坚持自己拖到房间。

深夜，小珊拿着手机走进娃娃房。小珊蹲在床边，认认真真看着放在上面的新娃娃。娃娃真的好漂亮啊，逼真得就像一个真实的小姐姐。小珊把娃娃的衣服脱掉，拉开娃娃肚子上的拉链，肚子里面更是五脏俱全。小珊摸了摸心脏，又摸了摸肝脏，和她平时喜欢翻看的医疗类书籍上的图片一样。

可，依旧不够完美。

小珊打开手机，凭着记忆拨出一个国外的电话号码。

小珊说："妈妈，你能帮我一个忙吗？"